Dessinateur et peintre, François Boulay, ancien chirurgien-dentiste, a reçu le prix Quai du Polar en 2007 pour *Traces*. Il est également l'auteur, aux Éditions Télémaque, de *Morceaux,* de *Racine, racines* ainsi que de *Paradise* aux Éditions La Fosse aux Ours.

FOLIO POLICIER

François Boulay

Traces

Gallimard

Février 2002

Les mêmes images toujours, cognant contre les parois de son crâne. De sales images accrochées par les pattes dans les pénombres du cerveau. Accrochées par les pattes, serrées les unes contre les autres. Attendant leur heure. La nuit.

D'abord de simples taches, mouvantes, qui coagulaient entre elles. Une sorte de poulpe, une forme lumineuse fuyant à la surface de l'eau. Peut-être de l'eau. Peut-être autre chose. Le même rêve. Teresa flottant, en suspension. Une charpie indistincte pendue à un fil invisible… Puis reprenant sa course, ses jambes nacrées effleurant à peine le sol. Tout se brouillait à nouveau. La forme effilochée de Teresa se déchirait, se diluait jusqu'à disparaître… Et se rassemblait brusquement. Teresa maintenant inerte, pendant mollement, ballottée par la brise… Jambes nues, disloquée, le ventre gonflé se fissurait… Une Teresa démesurée, hilare, fondait tel un rapace, l'enveloppait de ses brumes puis éclatait comme un fruit mûr, vomissant sur lui par saccades un flot épais, noir.

Angel se réveilla en sursaut. Son crâne heurta la

lampe bouillotte posée sur le bureau. Une masse de papiers avait glissé à terre. Par superstition il ne numérotait jamais les pages de ses manuscrits. La pendule indiquait deux heures vingt. Il lui restait à peine cinq heures de sommeil avant d'aller réveiller Anne pour l'emmener à l'école.

Vingt ans plus tôt. Novembre 1981

Le casse-tête trois fois par semaine pour Elvire. Donner le plus rapidement possible des réponses satisfaisantes aux étudiants qui l'assaillaient à la fin des cours, échapper aux sollicitations des collègues, vieux profs gluants pour la plupart, récupérer sa voiture qu'elle garait grâce à la complaisance d'un gardien à la retraite derrière San Remigio, sortir de Florence toujours engorgée à cette heure et foncer à la supérette de Sasso Marconi avant la fermeture. Combien de fois s'était-elle trouvée coincée devant la grille coulissante du magasin encore éclairé... Ah! C'est vous madame Vallero, entrez vite je vous attends, comment vont les enfants, vous travaillez si tard, mais qu'est-ce qu'ils font pendant tout ce temps et pour les devoirs comment ça se passe, quelqu'un les garde c'est bien, vous savez que je le retiens jamais le nom... Quel nom Melina? Ce que vous apprenez aux jeunes, aux étudiants... Vous cherchez les barquettes de poisson? Les dernières sont parties ce matin, mais il reste les beignets de scampi, ils les aiment les beignets de scampi? Aujourd'hui le plat préparé c'est le *polpo alla luciana* je vous le conseille demain on le jette, et les paupiettes surgelées vous les avez essayées ?

Presque cent kilomètres pour rentrer à la Marcella. Les sacs plastique entassés sur le siège arrière, Elvire se glissait derrière le volant et tirait une cigarette de la boîte à gants. Elle en fumait rarement plus de deux par jour dont une pendant le voyage qui la ramenait à la maison. Ce voyage qui avait représenté durant les premiers mois de vie commune avec Lorenz le déroulement naturel d'un bonheur intense, partagé, était devenu en quelques petites années une plongée d'une heure et demie, corrosive, dans l'angoisse.

Teresa était toujours la première à se ruer sur les sacs, à extirper en désordre le menu du soir, les barres de céréales pour l'école du lendemain, le petit singe bleu qui se lave les dents ou le stylo quadricolor posés en tête de gondole, maman et mes feutres ? Je t'avais dit des feutres les miens sont usés, Alex et Angel me les empruntent sans arrêt… Demain ma chérie… Ils les empruntent et ne les rendent jamais… Teresa je t'en prie, je n'ai pas eu le temps, nous les achèterons ensemble à la papeterie, as-tu fait tes devoirs, où sont tes frères ? Le bain ? Justin vous a-t-elle donné le bain ?

Justin avait l'obligation d'attendre son retour avant de repartir, prendre sa mobylette dans le garage et rentrer chez elle. Une seule exception, le vendredi. Justin, qui avait succédé à Nadja pour s'occuper des enfants, suivait des cours du soir pour parfaire son italien et ses chances d'insertion dans son pays d'adoption. L'initiative n'était évidemment pas gouvernementale mais animée par des associations bénévoles qui faisaient du bon boulot dans ce sens. Elvire n'aimait pas laissé les enfants seuls. Surtout dans cette maison isolée. Lorenz ne revenait plus depuis son séjour à la clinique San Matteo. Il avait sans doute repris sa vie de nomade inconsistant. Depuis quelque temps une série de phénomènes inquiétants s'ébruitaient dans la presse, déliaient les langues. Le nom de Lorenz Vallero revenait régulièrement, de manière évasive. On parlait d'enquêtes.

Justin, comme Nadja avant elle, avait très bien admis ce régime d'heures supplémentaires pour attendre l'arrivée d'Elvire et passait même parfois la nuit à la Marcella. Elvire lui faisait une entière confiance. Justin était très dégourdie, savait se faire aimer des enfants et se faire respecter. Cette gamine en voulait. En voulait vraiment. Il lui avait fallu un courage remarquable, un culot monstre, pour décider de quitter un pays invivable, sa famille, prendre des risques énormes dans cette évasion. Remettre sa vie et le peu d'argent qu'on avait rassemblé pour elle entre les mains de passeurs douteux. Naviguer toute une nuit à bord d'une barque surchargée pour atterrir quelque part entre Bari et Bisceglie, au risque de se faire cueillir par les carabiniers. Passer les barrages, éviter la police, les douaniers et surtout les bandes organisées portant également uniformes, képis, ceinturons et armes à feu, dont la mission consistait à ramasser les filles pour les jeter dans les bordels de la côte nord, en Tunisie, en France ou ailleurs. Justin avait su déjouer tous les pièges. La seule chose dont elle n'avait pas eu connaissance est ce qu'il était advenu de Nadja, la jeune fille qui l'avait précédée au service des Vallero. Une affaire lamentable. Un sale accident. Une de ces saloperies de faits divers jamais élucidés qui en quelques semaines n'intéressent plus personne. Des histoires de ce genre il y en avait des dizaines par an en Italie et ailleurs. Qui s'en souciait vraiment? Les proches? Ces filles précisément n'avaient plus de proches. Elles s'en étaient éloignées de leurs proches, au prix souvent d'un déchirement qui chargeait leurs épaules d'un poids de culpabilité difficile à imaginer. Les emmerdes elles les ont bien cherchées, disaient les plus immondes. Et les immondes constituaient un coussin électoral croissant. On pouvait compter sur eux. Une valeur sûre, avec une capacité de reproduction de rongeurs.

Dissimulée au cœur de la campagne toscane au milieu des cyprès et des chênes verts, la Marcella faisait encore figure d'oasis. Un îlot inchangé depuis sa vocation agricole du siècle précédent. Un chemin empierré, étroit, bordé de murs en pierres sèches sinuait entre les collines. Les amortisseurs renâclaient dans la descente. La seule voie pour accéder à la Marcella.

Melina avait dû rester avec ses beignets de scampi sur les bras. Les poulpes prendraient le chemin de la poubelle. Avec un peu de chance et quelques épices supplémentaires elle caserait le lendemain ses *cervelli* aux artichauts. Les traditions se perdaient, n'est-ce pas madame Vallero, pourquoi personne n'en mange plus des tripes, des cervelles et tous les abats ? À la friture. Je vais vous dire moi, ma mère avant, à la campagne, elle faisait tout à la friture, et bien honnêtement... Au revoir madame Vallero, je trouve que vous avez sale mine, vous ne seriez pas un peu fatiguée ?

Fatiguée oui. Fatiguée de ne pas comprendre ce qui lui arrivait, de sa vie percée comme un vieux rafiot, fatiguée de ne plus rien maîtriser autour d'elle, de se demander si elle n'était pas folle au point d'imaginer le danger partout, sa vie, ses enfants, en danger. Elle s'était battue. Une femelle blessée, protégeant ses gosses, sa maison, sa peau. Essayant d'éloigner l'intrus, la bête, celui que le destin lui avait balancé dans les pattes et qu'elle sentait partout. Elle le sentait rôder autour de la Marcella. Son odeur, ses pas, son rire, son mépris. Et depuis peu le bruissement malodorant des rumeurs. On la rassurait. Vous savez, ce genre de type, c'est comme les loups. Quand ils abandonnent c'est pour toujours. Ils gagnent les collines sans demander leur reste. On ne les revoit jamais... Comme les loups, oui.

L'Austin tressautait dans les ornières. Chaque pluie, rare mais diluvienne, creusait davantage. Parfois un véritable torrent qui accumulait des nappes de cailloux roulés jusqu'au pied du portail. Elle n'aimait pas cette longue descente. Il fallait attendre les dernières courbes pour que se dresse une masse sombre tassée en terre malgré ses deux étages. La même appréhension chaque fois. Le même rituel métallique. Elvire détestait ces quelques mètres d'incertitude. Quelque chose se bloquait en elle. Idiote ! Névrosée ! Le docteur Schœnberg n'était peut-être qu'un vieux chnoque après tout. Peut-être avait-il raison. Elle l'aimait bien le docteur Schœnberg malgré ses allures empesées d'un autre âge. Un bon clinicien poussiéreux et vaguement désuet qui se voulait aussi médecin des âmes. Elvire, on n'a qu'une vie et une santé ! Et ça signifie quoi exactement ? Que je te sens surmenée et fragile, petite imbécile !... Docteur, vous me disiez la même chose lorsque j'avais douze ans. Et maintenant, tu as ? Trente et un, docteur. Ça prouve bien que tu es une vraie bourrique.

Au-delà des collines métallifères on pouvait apercevoir parfois à la tombée du jour les *soffioni*, des jets de vapeur jaillissant de la terre. Le miracle du lieu jouait encore. Dans quelques instants elle jetterait les provisions sur la grande table en chêne, repousserait quelques secondes les assauts de Teresa, Alex et Angel pour passer les deux ou trois inévitables coups de téléphone tellement urgents… Le premier détail anormal se dressa comme un coup de semonce. L'un des battants du portail heurtait le butoir. Pourquoi était-il ouvert ? Justin ? Oui peut-être. Elle connaissait pourtant bien la manœuvre, un coup d'épaule pour enclencher la serrure. Et puis finalement pourquoi toujours fermer ce portail ? Qui pouvait bien s'aventurer dans ce cul-de-sac ? La vilaine sensation, toujours.

Elle avait tout tenté pour effacer les traces des combats qu'elle avait menés là. Pour Lorenz. Contre Lorenz. Pour le sauver, le ramener à la raison. Ne pas sombrer avec lui. Et puis finalement l'éloigner. Le mettre si possible hors de portée. Mettre les enfants hors de portée. Mais hors de portée de quoi au fait ? Quelles preuves irréfutables avait-elle ? Le plus surprenant surtout, par quel machiavélique calcul Lorenz avait-il accepté le séjour en clinique ? Les tests, les confrontations, les joutes tortueuses avec les médecins, les psychiatres qu'il n'avait eu aucun mal à retourner comme des crêpes au point qu'ils en sortaient eux-mêmes plus que dubitatifs. Elle n'aimait décidément pas ce chemin. Ni cette zone boisée qui entourait les murs d'enceinte. Elle s'était astreinte depuis peu à ne plus venir errer ici les nuits où elle s'imaginait sentir sa présence. Ne plus attendre qu'il se montre. Se montre enfin, pour en finir. Le jeu n'était pas terminé pour lui. Un jeu de mort dont elle ressentait l'étreinte, inexorable, méthodique.

Elvire gara l'Austin entre les cyprès et retourna fermer les deux battants du portail. Un travail de maçonnerie était probablement nécessaire comme des dizaines d'autres dans cette maison centenaire. Une ancienne ferme fin XIXᵉ. Vieillotte, délabrée, mais quel charme. Ni Lorenz ni elle n'avaient longtemps réfléchi avant de signer l'acte notarié. Il y avait douze ans. Les travaux se feraient petit à petit, au rythme des choses qu'on ramène à la vie. Un jardin. C'était bien ce qui l'avait rendue si attachante à ses yeux, ces délabrements, cette érosion liés au temps. Un paradoxe se dessinait depuis que tout avait volé en éclats dans sa propre vie. Cette maison si belle, inhabitée jusqu'à leur arrivée, avait une vie à elle, inatteignable. Et tout s'était figé par la suite, déformé comme sous l'effet chimique d'un corrosif. La maison qui portait sereinement son passé était ternie, malade. Les planchers grinçants, les dormants bancals, les poutres de guingois, les fissures, les rides avaient pris place dans le cortège des illusions perdues.

Les bras encombrés des sacs de la supérette et de son propre porte-documents, Elvire fit le tour de l'Austin pour tout déposer sur la pierre du bassin attenant à la maison. Le réflexe toujours de lever les yeux vers les fenêtres du premier étage. Tout était éclairé bien sûr, chambres, escaliers, salon, rez-de-chaussée. Les principes d'économie ne les avaient pas encore atteints. Mais ils étaient là, jouaient quelque part, l'attendaient. Vingt heures trente, Justin avait sans doute fait le nécessaire avant de rentrer chez elle. Et la sourde appréhension se retirait lentement comme une marée. Une chaleur attendue. La chimie intime de l'émotion. Un fourmillement qui faisait vibrer chaque cellule de son corps. Restait à récupérer dans la malle de l'Austin le robot mixeur tombé en panne pour la troisième fois et la balle de vêtements du pressing. Les clefs. Les clefs de la maison, au fond du sac bien sûr, nouvelle manœuvre... Et soudain une giclée glacée dans les veines... Idiote! La porte d'entrée est ouverte, voilà tout. Oui effectivement les consignes étaient strictes. Portes fermées, on n'ouvre à personne, l'interphone ça existe et quand en plus vous êtes seuls, ce qui est exceptionnel, vous... Quelque chose n'allait pas. Ou alors, pourquoi n'y ai-je pas pensé plus tôt, Justin n'était pas partie... Justin! Justin!

Elvire pose à terre les sacs plastique, le mixeur, le linge, les documents, avance dans le couloir mal éclairé. Il fallait décider pour cet interrupteur. Décider... Le système électrique antédiluvien... Justin? Les enfants? Dehors? Encore à cette heure? Il fait presque nuit. Teresa? Alex? Angel? La vaste pièce du rez-de-chaussée vide, cuisine, salle à manger vides. Le lieu où s'éparpillait le quotidien. Qui a mis Beethoven? Personne ici à part elle bien sûr n'est attentif à Beethoven. Pourquoi le treizième? Pourquoi ce quatuor précisément?

Une tache, un visage se dessine. Puis une voix… L'Opus 130, les six mouvements, il avait les mots justes pour parler de la Cavatine, de la Grande Fugue finale honteusement tronquée.

Ils ne peuvent être qu'au fond du parc. Ils sont encore allés courir vers l'étang. Vers LEUR cabane. Presque neuf heures, presque la nuit. Mais il fait si bon, presque chaud. Leur réserve d'Indiens, leur lieu de chasse, de guerre à mort avec fusils en bois, seul lieu autorisé à leur sœur qui adorait jouer le rôle de suppliciée au pilori… Non, ils sont là, dans la maison, quelque part, ne l'ont pas entendue arriver, donc pas de Teresa lui sautant au cou, se ruant sur les provisions, les crayons de couleur, le jean délavé du pressing… La cuisine est dans un désordre inadmissible. Elvire a pourtant une fois pour toutes réparti les tâches. Chacun son rôle. Chacun participe. Pendant son absence ils doivent aider Justin… Après la disparition de Nadja, Elvire a dû faire front a une avalanche de questions. Il a fallu trouver des raisons, ficeler grossièrement un alibi. Mentir à ses enfants laisse une amertume. Eux-mêmes ne peuvent concevoir la duperie. Jusqu'au jour où. Où dans leur regard quelque chose se voile, s'écroule. Alex et Teresa n'avaient pas insisté, papillonnant sur l'heure vers un point d'intérêt quelconque qui effaçait tout. Angel avait simplement demandé à sa mère, en détachant bien les mots, pourquoi Nadja n'était pas venue leur dire au revoir, a eux précisément, avant de s'en aller.

Le grand escalier en chêne conduisant au premier étage. Un concert de gémissements à lui seul.

Il en avait vu d'autres l'escalier en bois. Il en avait vu défiler des chaussures cirées, des godasses, des sabots, des chaussettes trouées, des escarpins du dimanche, des pieds nus galopant à colin-maillard ou aux amours furtives. Il avait la peau dure et savait faire le gros dos.

Elvire débouche dans le long couloir étrangement silencieux. Elle tente de crier mais les sons se bousculent dans sa gorge. Teresa!... Alex!... Idiote, stupide... Les jumeaux se sont encore enfermés dans leur chambre, enfermés dans leurs rituels, leurs jeux labyrinthiques excluant toute incursion de l'entourage. Alex le second, l'exécutant soumis, l'incorrigible absent, l'inattentif. Angel le studieux, l'inventif, le premier partout... Mais où est Teresa? Teresa, six ans depuis quatre mois, a découvert l'immersion totale dans les séries télé, les cartoons, la fascination pour les nouvelles hurleuses du Top 50. La dernière en date, une gamine de dix-sept ans qui chante à quatre pattes, ondule comme une chatte et vient de gagner trois procès intentés pour débordements érotiques. Elvire devient intraitable. Teresa la rassure, maman elle peut, elle a dix-sept ans. C'est décidé, Teresa attaquera le piano à la rentrée et la télévision sera cadenassée. Les jumeaux considérant tout cela avec beaucoup de condescendance. Ils vivaient dans un monde à part, un monde fait de miroirs où se renvoyaient, se bousculaient leurs propres reflets tellement identiques, tellement dissemblables, puisant dans cette dualité équivoque un véritable pouvoir, déroutant pour les autres. Angel le cerveau protégeant Alex le lunaire, l'égaré chronique.

Elvire domine un début d'affolement qui ne se fonde sur rien… Mais où sont-ils allés se fourrer ? Toutes ces portes battantes, ce froid partout… Elle enfonce la porte des garçons, salles de bains, toilettes… Une plaisanterie idiote… Vides, toutes les pièces sont vides, elle hurle maintenant, redégringole l'escalier arthritique… La salle de jeu sous les combles ! Pourquoi n'y ai-je pas pensé plus tôt, ils ne montent jamais là-haut à la nuit tombante, ce débarras poussiéreux, leur coin, leur niche sous les toits… Ils sont là ! Évidemment ils sont là, horripilants d'innocence outragée, ben quoi on n'a rien fait… Noyés dans les bandes dessinées, les craies, les gouaches, les posters, les livres périmés, la confusion de leur âge. Ils ont neuf ans. Ils ont trois ans de plus que leur sœur… Où est-elle ? Où est Teresa ? Répondez-moi ou je vous fiche des baffes, où se trouve-t-elle ? Je vous ai dit cent fois… Teresa ? Ben je sais pas où elle est, moi non plus dit l'autre et ils replongent tête baissée dans le damier étendu au sol, un cavalier en armure Taga-da part à la guerre, les dés sont lancés, roulent roulent, Alex compte huit et tape dans ses mains… Bingo ! *uno, due, tre, quattro*, le cavalier noir freine des quatre fers et atterrit dans une case rouge entourée de créneaux, un château fort, un pont-levis… Mais où est cette gamine ?

Reste la télé. Justin partie, Teresa aura enfreint les consignes et sera là, à même le sol de cette pièce du rez-de-chaussée réservée à la télévision. Allon-

24

gée sur le ventre, la tête dans les mains, battant l'air de ses jambes. Elle sera absorbée dans la chaîne ininterrompue de jeux imbéciles… Elvire bloque soudain devant la porte vitrée. Le malaise. Au-delà du verre dépoli, le scintillement rassurant, télé évidemment. Teresa n'a rien entendu, normal… Elvire saisit la poignée de porcelaine, quelque chose en elle bloque ce geste pourtant si simple… Teresa ! Maman !… Par quoi cette gamine est-elle donc fascinée ? La porte cède d'un coup. Quelques millimètres encore. Les derniers pour Elvire avant de changer de monde.

Des scènes érotiques plein pot, encore ! Sans être outrageusement prude il y a de quoi s'étonner. La scène se déroule dans une chambre hollywoodienne, camaïeu sépia à l'eau de rose, lit ridicule à baldaquin, meubles fuchsia, tentures, tapis, lustre cor de chasse, vulgarité tartinée à la louche… Elvire a fait irruption au plus torride… Une femme nue avec sur la tête un petit chapeau noir à plume vert pâle mugit sous les coups de boutoir d'un dos massif penché sur elle. Elle est à quatre pattes sur un lit molletonné de soie… Une plainte interminable, celle de quelqu'un qui souffre, un animal blessé… Une colère rassurante s'empare d'Elvire mais bon Dieu qu'est-ce qu'elle regarde cette gamine… On va mettre de l'ordre à tout cela… Cette pièce est un vrai foutoir, ils sont incorrigibles… Teresa ! Teresa où es-tu ? Elvire cherche la télécommande, le bouton, n'importe quoi… Teresa ? La pièce est vide et cette espèce de truie en chaleur qui simule l'extase... Mais... Cette trace sur l'écran ? Cette tache en diagonale... Elvire collecte du bout des doigts cette chose qui colle et dégage une odeur âcre... Elle baisse les yeux et suit la trace qui se prolonge au sol, court sur le tapis comme si on avait traîné quelque chose. Elvire inspecte ses doigts, l'intérieur de sa main... Une main rouge où sillonne une arborescence... Ligne de vie, ligne de cœur... Des images de fiction aberrantes se superposent à tout cela... Les sept branches en delta de la rivière Ota... Emmanuelle... Hiroshima... Elvire plonge les deux mains, pétrit le liquide poisseux, s'en couvre le visage, essaie d'arracher de sa bouche un cri qui ne peut pas sortir, l'étouffe... Elle sait.

Maintenant elle sait. Que sa vie vient de basculer, qu'il ne lui reste plus qu'à dévider calmement le fil rouge qui court à terre pour atteindre le point d'orgue, l'épilogue. La trace qui barrait l'écran et courait sur le tapis s'effiloche en bordure pour réapparaître plus loin entre le fauteuil en cuir et la table basse, une plaque de verre épais cerné de métal, une table qu'ils avaient achetée ensemble, une pièce signée Gus d'Amato le designer milanais... Mais ce bruit à peine perceptible, rauque, qui se mêle absurdement aux gémissements de la génisse à chapeau noir ?... Elvire tombe à genoux. Sous le Saint-Gobain signé Gus d'Amato, sous la plaque de verre, une bouillie frémissante, une masse de chairs chiffonnées dans une mare de sang. Teresa.

Le visage de l'enfant est collé contre la vitre,

bouche déformée, les yeux révulsés, coagulés dans un regard qui la fixe elle, sa mère. Une larve écrasée dans un sous-verre, un écrin… Elvire arrache la table de Gus et la jette au loin. Le corps se déplie, s'affaisse lentement sur le côté tandis que la tête se détache curieusement. Un dernier bouillonnement inonde tout… Surnage le haut du crâne presque rasé de Teresa. Pourquoi lui a-t-il ainsi cisaillé les cheveux ?

Le Créateur a parfois des idées bizarres. On peut lui faire le crédit d'avoir très tôt accordé à son usine à viande une autonomie qu'elle ne méritait peut-être pas. Un véritable esthète. L'esthète n'est ni maçon ni artiste. Les mains dans le cambouis, pas question. Le fumet, l'émanation des choses, le parfum enivrant des champs de bataille, ça oui. Les plus grincheux pourront toujours parler de désengagement, de démission, de lassitude débrouillez-vous tout seuls j'ai définitivement sommeil et ne m'en voulez pas s'il y a des ratés dans le système de production je tâcherai de faire mieux la prochaine fois.

La Création, une immense machine à viande crue servie en packs conditionnés, enveloppe étanche, tuyauterie, moteur incorporé, mécanique de précision, température régulée à trente-sept et tout un bordel neuronal et biochimique pour lâcher l'individu dans la nature comme un canard en plastique avec une clef dans le dos. Les piles ont une durée de vie limitée, le produit est jetable, les réclamations sont inutiles et la reconnaissance éternelle envers le Manufacturier planqué dans sa retraite est la bienvenue. Lorenz n'était en somme qu'une malfaçon dans la chaîne de montage.

À près de trente-cinq ans Lorenz avait atteint une sorte de plénitude dans l'immaturité. Il possédait cette qualité rare de pouvoir afficher son inutilité sociale comme une performance réservée à une élite. Il observait les contingences d'un œil lointain, compatissant. Un raffinement qui confine à l'œuvre d'art quand il n'a d'autre objectif que de s'afficher en tant que tel. En somme une réplique anamorphique du grand Timonier. Lorenz affichait son inhumanité comme une sculpture de Calder parmi la foule.

Elvire, prototype exemplaire, rutilant d'intelligence, avait presque accidentellement installé Lorenz dans sa vie. Il possédait l'élégance désabusée des gens qui ont pris la mesure de l'éphémère, de la monstrueuse équivoque. Elle ne pouvait savoir à quel point il était programmé pour jouer. Avec le diable.

Maintenant elle savait. Maintenant que tout était détruit, en elle et autour d'elle. Elle s'était prêtée à la mascarade, s'était livrée avec délectation au jeu, à l'aveuglement. Mais le regrettait-elle vraiment ? Le délitement amoureux laisse des cicatrices. Mais la fascination, la contemplation de sa propre déchéance n'induit-elle pas un sentiment de puissance, de défi vis-à-vis de la nature ?

Au milieu des décombres il ne lui restait maintenant qu'une seule raison de vivre. Se battre. Attendre. Parce qu'il reviendrait. Fatalement il reviendrait, pour parfaire le résultat, apposer sa signature. Lorenz le psychopathe, le schizomorphe manipulateur, auteur présumé de plus de quatorze crimes répertoriés, fiché et recherché par toutes les polices criminelles, reviendrait frapper à la porte.

Leur rencontre s'était apparemment déroulée dans les circonstances les plus fortuites.

Si ce n'est que Lorenz avait de bonnes raisons de se trouver, à ce moment précis, posté un verre à la main près d'un cabinet acajou XVIIIe dans la grande salle de réception de la faculté, piazza Brunelleschi. On ne pouvait imaginer, et tout viendra le confirmer plus tard, que Lorenz fût ce soir-là mêlé à la foule des universitaires par hasard. Lieu public certes, et la cérémonie organisée à la seule intention d'une jeune professeur de vingt et un ans était théoriquement ouverte à tous. Lorenz avait choisi le lieu de la traque, identifié la proie. Des jours d'observation, de filature. Il l'avait une première fois ratée, le terme exact, plusieurs mois auparavant. Une cible. Une jeune femelle au corps flexible, le front haut. Une tache de lumière au milieu de la foule surchauffée de ce bar à la mode de la piazza Piattellina dans lequel vivaient encore les traces de Hemingway. Il n'avait pas su l'isoler à temps. Elle ne perdrait rien pour attendre. Le grand jeu. Il lui sortirait le grand jeu. Elle finirait comme les autres, une limace se traînant à terre, le suppliant de manière grotesque. Il était absurde d'imaginer qu'il ne fût pas le maître des opérations. Absurde de concevoir que deux ou trois grains de sable allaient enrayer le dispositif. Les deux premiers grains de sable s'appelleraient Alex et Angel. Le troisième deviendrait pour lui l'affront intolérable, la pire humiliation. Teresa.

Elvire arrivait de New Haven où elle venait de passer une année. À vingt et un ans lui avait été confiée la direction d'un groupe de recherche en philologie moderne et sociologie dont le thème était de dégager les rapports entre stylistique, histoire et archéologie. Nouvelle marotte, certainement fondée, visant à décloisonner les savoirs mais ouvrant largement de nouveaux espaces d'élucubrations plus ou moins délirantes. Il fallait maintenant canaliser les théories, les résultats. Elvire possédait les qualités requises malgré sa jeunesse pour imposer des choix et des directives à des chercheurs deux fois plus âgés qu'elle. Les deux cents pages du rapport seraient traduites dans une dizaine de langues et diffusées dans les principales unités de la planète.

Yale lui avait aménagé des conditions d'accueil de premier ordre dans le droit fil de la tradition pragmatique américaine. Tout le nécessaire, rien de superflu, appartement de cent mètres carrés et balcon panoramique sur la baie de Long Island, piscine au trentième étage, squash et gym au trente et unième, grands magasins et lieux de loisirs intégrés, relations publiques sur commande, congélateurs, pompes à vide, emballages recyclables... Une horreur ! Elvire avait quitté un an plus tard sans regret le Connecticut pour retrouver les infinies déclinaisons de verts tendres et verts profonds, les collines du sud de l'Arno, ses collines comme elle les dénommait. Florence. C'est dans la capitale toscane qu'elle avait fait ses études, laissé ses amis. Cette ville finalement étouffante, encombrée, était un élément vital de son équilibre. Elle savait s'en échapper pour gagner les vallonnements si riches d'harmonie, de rusticité essentielle, millénaire.

Une raison l'emportait de toute manière sur toute autre considération pour motiver son retour. La nécessité de se présenter, en tenue de combat universitaire, au 3 de la piazza Brunelleschi pour soutenir sa thèse d'État. Le recteur Favalli et cinq de ses assesseurs, bien que totalement acquis à sa cause, l'attendaient de pied ferme.

Quelqu'un l'attendait également, tapi comme une murène. Le déviant mental, le spécimen raté de la chaîne de montage, le timbré du couteau-scie et du pic à glace. Le prototype de tout ce que la nature humaine peut produire de plus nuisible. L'esthète jouisseur doué d'un sens moral à peu près équivalent à celui du crabe. Un mégalomaniaque de la prédation. Un être parfait dans cette spécialité, disposant de l'arme commune à tous les détraqués d'envergure, un véritable pouvoir de séduction.

La Providence a horreur des parcours lumineux. Dieu a horreur de la perfection. Le Créateur ne supporte pas la concurrence. Il tient à conserver le contrôle sur ces interminables lignées de bipèdes plus ou moins bien façonnés à son image. Le destin, cet histrion difficile à cerner, n'échappe pas toujours à la reprise en main. Une poigne de fer tient en laisse le fidèle serviteur, l'exécuteur de basses œuvres, le suceur de sang. Elvire représentait une proie superbe. Ce pur cristal méritait un traitement spécial, une préparation minutieuse.

Elvire venait d'un milieu social des plus modestes. De cette frange de la population qui dans les années soixante n'avait pas été invitée à participer à la renaissance économique de l'Italie. L'urbanisation explosait dans l'anarchie tandis que tout un monde rural et traditionnel sombrait lourdement. Le bouleversement du paysage laissait sur le carreau une partie de la population dont un faible pourcentage parvenait à se tirer d'affaire. Elvire ne devait sa réussite qu'à son travail et ses capacités peu communes. Elle avait dû bosser dur et faire sauter bon nombre de barrages, de difficultés et d'idées reçues pour accéder au plus haut niveau.

Escusa, sa mère, s'était usé la santé à brasser pendant quarante-cinq ans les boues thermales de Montegrotto. Quarante-cinq ans de boues brûlantes et de bains vapeur. Les ouvrières parlaient de leur travail en termes de cuisine. Elles allaient au *bollito* c'est-à-dire au bouilli. Quarante-cinq années occupées à trimballer, allonger, retourner des trains entiers de vieillards cacochymes et grincheux, à déplier leur laideur dans des draps, à contempler la vieillesse dans ce qu'elle a de plus pathétique, le refus hystérique de la mort. Pour un salaire de misère Escusa assurait ses quatorze heures quotidiennes. Jusqu'à ce que son cœur, qui lui avait déjà adressé quelques appels au secours, se décourage gravement. Escusa avait pris sa retraite.

Quant au père d'Elvire, Gian Battista, dont les territoires de pêche s'étendaient de Chioggia à Ravenna, il n'avait sans doute pas su intégrer les nouvelles méthodes professionnelles et surtout les nouvelles lois du marketing. Il s'était tellement courbé à tirer ses filets que sa colonne lombaire avait fini par rendre l'âme dans les *valli di Comacchio*. Les collègues l'avaient ramené à la maison enroulé dans un filet de pêche. Il ne s'était jamais plaint. Escusa en connaissait un rayon sur les soins à apporter aux arthrosiques, mais l'accès aux thermes était bien évidemment fermé aux membres du personnel et à leur famille. Escusa avait su faire taire son scepticisme concernant l'efficacité des boues. Gian Battista était son homme. Elle ferait tout pour lui. D'autant qu'en bon Italien moyen, il s'était toujours posé en mâle dominant. Cloué à vie dans son fauteuil il avait tout loisir de contempler le dynamisme retrouvé d'Escusa. Un parfum de revanche chez cette femme qui ramenait chaque soir, cachées dans son cabas, quelques brassées de boues miraculeuses. Un ou deux signes de croix pour effacer le larcin et *andiamo !* on était parti pour une cérémonie thermale version prolétaire, Gian Battista couché dans la baignoire, inhumé sous les boues, ruisselant, attendri, *O sole mio* Escusa ma petite reine, mon ange du Bon-Secours.

Tailleur gris perle, corsage bleu azur, chaussures à talons plats, à l'aube de son vingt-deuxième anniversaire Elvire avait opté pour une tenue austère. Trois ans de recherches et deux cents pages pour convaincre le jury du bien-fondé de sa thèse, les récurrences philologiques dans les langues romanes modernes. Les six notables alignés côte à côte hochaient la tête au rythme des rebondissements. Elvire les avait bien en main, les dirigeait à la baguette jusqu'aux applaudissements finals. Ils venaient d'encaisser un grand coup de balai dans la taupinière de leur classicisme dogmatique. D'Aristophane de Byzance, Pollux et Plutarque en passant par les lexicographes anciens, Érasme et la Renaissance humaniste, l'archéologie, la métrique musicale, jusqu'aux six mille quatre cents dialectes encore vivants, les onomatopées de la faune arboricole, le langage des signes et même les borborygmes nocturnes pendant le sommeil profond... Le recteur Favalli avait lâché prise assez tôt, débordé par le raz de marée, mais avait su conclure par un discours chaleureux, cédant la parole au sénateur Alfredo Saccia en personne qui remit à Elvire un bouquet de glaïeuls géants avant de la serrer deux grandes minutes dans ses bras... Les portes de la réussite lui étaient ouvertes, les plus hautes fonctions... Embrassades et mondanités, frou-frou pétillant, coupes, tintements, champagne...

Un homme encore jeune, élégant, costume clair, cravate rayée, suivait la scène de loin accoudé à un cabinet acajou XVIIIe. Un lys. Elvire songea à un lys. Fugitivement un lys.

Trop occupée à passer d'un groupe à l'autre pour les mondanités d'usage elle ne prêta pas davantage attention à cet inconnu très à l'aise bien que manifestement extérieur au milieu.

Le ramassis prostatique des universitaires se désintégra sur le coup de dix-neuf heures. Le brouhaha confus s'estompa dans le grand escalier de marbre rose. Elvire n'avait qu'une envie après cette journée harassante, rentrer chez elle, se déshabiller, prendre un bain. Le lys quitta son poste d'observation et s'approcha d'elle. Les mots étaient brusquement devenus inutiles mais pour Elvire toujours l'envie de quitter ses chaussures, se déshabiller, prendre un bain. Lorenz Vallero venait de tomber dans sa vie.

Le soir même l'Albergo del'Alboro sur les bords de l'Arno leur proposa une chambre bleu pervenche. L'un des murs était entièrement occupé par une reproduction du *Printemps*. Lorenz lui parla du déguisement de la Mort qui s'empare de la belle Simonetta, de la tige trois fois brisée dans la bouche de Flora, de Botticelli l'efféminé, le décadent fasciné par les fables profanes, les bûchers de la vanité.

Au matin ils prirent le petit déjeuner sur la terrasse dominant un paysage botticellien. Les gestes de la nuit se prolongeaient dans le frôlement des mains, les tartines au miel, les crêpes chaudes à la farine de riz. Elvire avait la sensation d'avoir fait voler en éclats la coupole de la fac et jeté aux orties son plan de carrière, du moins dans l'immédiat. Que Lorenz avoue de manière tellement désarmante qu'il avait oublié ses chèques, ses cartes de crédit et tous ses papiers n'était qu'une péripétie plaisante.

Les mois s'empilèrent comme les feuilles en automne. Un tapis moelleux chargé d'humus et de senteurs nouvelles pour Elvire. Une Elvire rapidement et définitivement sous influence. Lorenz pensait avoir gagné la partie. Il l'avait choisie et isolée avec soin. Elle ignorait qu'elle était la doublure, la réplique exacte, mais vivante et soumise, d'une autre femme, beaucoup plus vieille, une sorcière infâme qui avait osé lui tenir tête, le piéger, le ridiculiser. Elle paierait. Mais l'affaire se compliquait. Une complication imprévisible. Elle l'aimait. Cette bête à concours au corps flexible, belle comme une Simonetta, l'aimait. Elle retournait d'un coup les rapports d'asservissement. Elle l'engluait, tissait autour de lui une toile dans laquelle il se débattait de jour en jour davantage sans pouvoir imposer une solution. Pas d'antidote pour l'instant contre cette sorte de poison inhibant. Mais le pire, la sensation d'en éprouver une insupportable jouissance. Pour la première fois il ne maîtrisait plus rien devant cette femme qui s'impliquait jusqu'à la noyade dans son rôle de canot de sauvetage. Elle manifestait ouvertement la plus insultante des intentions. Le ramener à la raison. Lui faire réintégrer un monde écœurant, celui des stéréotypes obscènes de vulgarité, celui des normopathes civilisés. Elle l'offensait. Ne voyait en lui qu'un enfant gâté vaguement caractériel, un être immature et attachant qui rejoindrait le troupeau pour peu qu'on lui tienne la main. La Marcella, cette grande maison romantique, fut acquise dans ces conditions. Lorenz à la dérive, découvrant sous les caresses de cette femme ce qu'il méprisait le plus au monde, ce qui coagulait les êtres entre eux, les bestialisait. Deux ans plus tard les jumeaux Alex et Angel venaient charger la barque. Lorenz coulait. Lorenz calculait.

Elvire se déshabilla méthodiquement. En prenant tout son temps. Elle devait maintenant affronter les absences répétées de Lorenz. Entre l'inquiétude et le soulagement se glisse un espace vide, de temps et de sens. Il fallait qu'elle réfléchisse, qu'elle mette au clair toutes les données. Chaque vêtement tombait à terre dans un enchaînement mécanique qui suivait la logique de sa pensée. Elle les repoussait du pied comme autant d'éléments encombrants au bon fonctionnement de son cerveau. Comprendre. Comment en était-elle arrivée là, en liant sa vie à celle d'un homme qui de jour en jour s'était transformé? Au point qu'elle ne le reconnaissait plus. Un étranger. Qui lui faisait peur. Les jumeaux venaient d'avoir trois ans. Ils couraient se réfugier dans ses jupes les rares fois où leur père revenait à la Marcella. Lorenz se montrait patient, attentif. Il savait leur parler. Alex le plus méfiant, Angel le plus curieux. Le dernier atout pour Elvire, pour tenter de sauver quelque chose. Lorenz, rapidement agacé, éludait les questions, refusait de discuter. Tu es un cristal, lui répondait-il. Un pur objet rationaliste, taillé selon les critères les plus normatifs. À l'aune de ces critères je suis probablement une horrible erreur, un couac dans la chaîne de montage... La suggestion proposée par Elvire de se rendre ensemble chez le docteur Schœnberg l'avait à peine surpris. Je m'attendais à une initiative de ce genre avait-il répondu. Il avait alors disparu pendant deux mois.

Le bain bouillant parfumé aux écorces exotiques attendrait encore quelques minutes. Elvire essuya le miroir avec sa fine culotte chiffonnée. Elle avait décidé de prendre son temps. Rationaliste, idéaliste, pur produit référencé, d'accord Lorenz j'accepte. Le haut miroir de la salle de bains lui renvoyait une image magnifique. Les six ans de danse classique de son enfance avaient sculpté ces courbes, cette élégance. Les professeurs de l'Emilia Scuola de Padoue avaient maintes fois tenté de convaincre ses parents d'envisager pour elle une école de danse de haut niveau. À Venise ou Rome. C'était trop demander à Escusa sa mère qui suait sang et eau à manipuler les petits vieux dans les boues thermales de Montegrotto. Curieusement Gian Battista son père avait envisagé le projet avec beaucoup plus d'enthousiasme. Escusa l'avait prestement réduit au silence. Il avait déjà les lombaires en compote. Escusa avait solidement le pouvoir en main.

Des ruisseaux indécis coulaient sur le miroir. L'image de son corps s'éloignait dans la buée, la chaleur. Elle ferma les yeux. Ses mains se déplacèrent lentement le long de son visage, son cou, ses seins, son ventre et l'intérieur de ses cuisses. Elle enjamba le bord de la baignoire et entra dans l'eau.

Elle écarta les jambes et plia les genoux, son corps glissant sous la surface. Une dernière bouffée d'air et sa tête disparut dans la mousse. L'extrême limite de la douleur. Une minute en apnée dans le bain bouillant. Une inspiration et une autre immersion plus longue encore en ouvrant les yeux. Entre ses cuisses ouvertes, une méduse et ses filaments ballottée par les courants. Sa main glissa vers son ventre pour approcher l'étrange animal, bouche, lèvres, chaque plissement familier. Enfant, c'était une île lointaine, boisée mystérieusement, abritant des secrets, des dangers… Elvire songea à Nicola.

Folle. Elle s'était montrée totalement folle avec Nicola. Mais que s'était-il donc passé ce soir-là ? La chose la plus insensée. Imprévisible. Elle s'en voulait, avait honte, se sentait fautive et ne regrettait rien. Elle sortit du bain, enveloppa son corps dans l'épaisse serviette. Dans la baignoire la nappe de mousse se refermait lentement. L'empreinte de Nicola qu'elle n'avait pas revu depuis deux semaines, depuis ce fameux soir dans le silence de l'amphithéâtre, s'effaçait d'elle-même. Il y aurait bientôt pour Elvire tant de bains bouillants inutiles, tant d'images ineffaçables contre lesquelles elle ne pourrait rien, qui se battraient dans sa tête jusqu'à ce qu'elle sombre, immergée, submergée.

Trois années au terme desquelles elle avait la sensation de sortir épuisée. Elle essayait d'assumer convenablement ses fonctions à la faculté. Elle avait plusieurs fois revu le vieux docteur Schœnberg, ne connaissant réellement personne pour l'aider, faire le point, tenter d'y voir plus clair, prendre les bonnes décisions, tenir les enfants à l'écart de tout cela, ne pas les exposer au danger, aux menaces qu'elle sentait monter de toutes parts. Il était de plus en plus évident que Lorenz était malade. Sans doute une forme de dépression. Sans doute. Que pouvait-elle imaginer d'autre ? Aucun journal n'avait encore fait mention d'événements bizarres, à caractère répétitif, présentant d'étranges similitudes dans la mise en scène. Peut-être était-il le premier à souffrir du gouffre qu'il creusait autour de lui, de sa perception de plus en plus perturbée de la réalité. Elle avait tout tenté pour échapper à la spirale dévastatrice. Les larmes, les menaces, la vie des deux enfants. Lorenz concentrait sur elle un mutisme effrayant. Il avait néanmoins accepté, avec l'enthousiasme enjoué de quelqu'un à qui on propose un pique-nique surprise, un séjour à la clinique San Matteo. Pourquoi capituler aussi docilement ? D'autant qu'il nourrissait à l'égard du monde médical un mépris absolu. La souffrance, seule nourriture de l'âme, disait-il... Le bonheur, invention aussi futile qu'un produit de beauté.

Lorenz s'était toujours montré évasif sur les premières années de sa vie. Le décès prématuré de ses parents avait été un drame difficile à surmonter, laissant un gamin de dix-sept ans lâché seul dans la vie. Il ne paraissait pas anormal pour quelqu'un qui avait été confronté à une expérience aussi dramatique de répugner à en évoquer les détails, même plus de trente ans après. L'oubli n'existe pas. C'est juste le mot le plus acceptable pour désigner le désir de rompre. De continuer à vivre. Cette expérience de l'enfance dans laquelle le père et la mère de Lorenz avaient trouvé la mort, carbonisés dans l'incendie de leur propre maison, expliquait certainement beaucoup de choses. Suffisamment pour s'en tenir à une attitude pudiquement compassionnelle. Il eût été odieux de considérer que la petite fortune dont il avait alors hérité fût d'un grand réconfort pour surmonter cette épreuve. Fortune qu'il avait su habilement gérer et qui lui permettait encore, trente ans plus tard, d'assurer un train de vie des plus enviables. Dans un milieu et une époque où le culte de la rentabilité et du mérite avait rang de religion, il fallait reconnaître à Lorenz une élégance certaine dans son exercice anachronique de rentier. Les problèmes posés par cette jeune et brillante femelle promettaient d'être plus captivants que ceux posés par ces greluches vulgaires dont il avait par trop abusé. Il leur devait pourtant beaucoup. De plaisirs fugaces, de spasmes jouissifs. Mais aucune ne méritait davantage qu'une lutte brève réglée comme une chasse au lapin. Elles se débattaient curieusement très peu. Des lapins. Incapables de comprendre quoi que ce soit, pas même la conclusion imminente du mauvais film de série C qu'avait représenté leur courte existence. Des jouets jetables.

La folle rencontre avec Nicola s'était déroulée en fin de journée, dans une salle de cours de la faculté vidée de ses étudiants. Le soir tombait. Elle avait quitté ses chaussures, l'une après l'autre, laissant ses doigts de pied se désengourdir sur la fraîcheur du sol. Le reste du corps se détendrait peu à peu. Une vague de bien-être, fragile et de courte durée. Six heures de cours. Immersion totale. Parvenir à déclencher chez les étudiants un véritable appétit de savoir, une curiosité enthousiaste pour l'archéologie analytique du langage, nécessitait des astuces rhétoriques triées sur le volet. Elle savait que le moyen le plus efficace d'ouvrir une brèche dans leurs réticences, leurs a priori, était en premier lieu de réduire en miettes et jeter à la poubelle leurs jeunes convictions, de leur balancer en pleine face la fragilité de toute chose, y compris le bien-fondé de leur propre utilité sur cette planète.

Le bâtiment de la faculté était vide. De la rue ne parvenait qu'un grondement assourdi. Les amphis, les bureaux, les salles d'étude s'étaient vidés. Bientôt vingt heures. Quelques lointains claquements de porte au premier étage, quelques éclats de voix indistincts. Les deux ou trois préposées au ménage attaquaient à l'aspirateur. Arrivées devant la salle 12 où Elvire s'était installée au bureau pour deux heures de travail, elles verraient la lumière et ne la dérangeraient pas.

Elle savait que Nadja dormait à la Marcella et s'occuperait des jumeaux. À la Marcella où une telle disponibilité pour avancer ses dossiers n'était pas possible. Bien que fatiguée, elle bénéficiait ici de la concentration accumulée au long de la journée et surtout retardait de quelques heures la plongée obligatoire dans ce qui prenait de plus en plus des allures de cauchemar. C'est dans ces conditions que s'était présenté l'épisode Nicola. Une parenthèse de quelques minutes à peine. Une folie, un étourdissement qui déciderait de tout ce qui allait suivre. Un naufrage dont personne ne sortirait intact.

Elvire allongea les jambes et alluma une cigarette. Respirer. Laisser les pensées tournoyer toutes seules, se bousculer, s'ordonner à leur guise. Elle se débarrassa de sa veste et dégagea son tee-shirt en fin jersey de sa jupe. L'odeur de sa peau, de ses seins, de ses aisselles était perceptible. C'était bon, rassurant. Elle s'étira, se massa la nuque, avant d'ajuster le faisceau de la lampe et de prendre à bras-le-corps *Les Vertus du deuxième voyage à Naples* de Hans Schmigel en 1827.

Schmigel, dont le nom, et pour cause, n'apparaît dans aucun document officiel, n'était autre que l'un des hommes de l'ombre du pouvoir autrichien qui voyait du plus mauvais œil l'Italie, désireuse de prendre sa «place au soleil», ne plus être la nation prolétaire méprisée des grandes puissances. Hans Schmigel avait, lors d'un premier voyage en 1812, été investi d'un rôle capital : préparer en sous-main le gros coup de tournevis de 1815 qui allait marquer un spectaculaire retour en arrière dans la recherche de l'unité nationale. Metternich allait étouffer dans l'œuf toute velléité émancipatrice de la Péninsule. Soit par une mainmise directe comme dans le royaume lombardo-vénitien, soit indirectement sur les petits États qui avaient vu revenir à leur tête tous les petits roitelets chassés par la révolution. Du coup, le valeureux Schmigel s'était vu confier une mission très ciblée : tester la docilité sans réserve des ducs et duchesses qui froufroutaient dans les palais de Toscane, de Modène, de Massa Carrara, de Lucques… C'est à peu près dans ces conditions que Hans perdit les pédales en tombant éperdument amoureux de la fille d'une amie intime de Marie-Béatrice d'Este. Démasqué, il mourut dévoré par les rats dans un cachot de la chancellerie à Vienne. Personne n'aurait jamais entendu parler de lui si Giovanna S., sa fiancée malheureuse, ne lui avait pas consacré soixante ans plus tard un livre autobiographique : *Les Vertus du deuxième voyage*. Cet épisode romanesque serait resté platement anecdotique s'il n'avait été considéré comme un sursaut emblématique de la révolte contre l'autorité et la religion.

Elvire posa son stylo, reposa les feuilles où

s'accumulaient les notes… Et porta brusquement son regard vers la porte. Il lui avait semblé entendre une sorte de froissement… Plus rien. Dehors il faisait sombre. La petite place Brunelleschi devait à cette heure être presque déserte. Le bâtiment s'installait pour la nuit… Elvire entendit nettement des pas derrière la porte… Elle se mit instinctivement sur ses gardes et se leva. On frappa deux coups discrets, la porte s'ouvrit, une ombre agrandie se faufila la première… Je m'excuse… Excusez-moi dit une voix.

Nicola était l'un des élèves les plus jeunes et les plus doués du cours. D'une pâleur insolite pour un enfant des Pouilles. Désarmant de timidité. En expression orale pratiquement inaudible. À la gravité de son visage s'ajoutait une tension permanente comme s'il éprouvait les plus grandes difficultés à suivre l'enchaînement de ses idées. Ses copies trahissaient le désir d'outrepasser les limites du sujet pour anticiper, échafauder des théories, des prolongements, des combats imaginaires. La plupart des correcteurs le ramenaient à la réalité par des annotations infamantes, des « hors sujet » sarcastiques. Nicola avait trouvé chez sa professeur Elvire Vallero une attention et une bienveillance particulières. Ce qu'élucubrait Nicola dans la confusion de ses copies fleuves ne pouvait se résoudre en un simple bavardage. Elvire avait pris le temps de déchiffrer l'écriture, exhumer les intentions et motiver Nicola pour lui faire admettre un principe essentiel. Il devait avant tout clarifier le fonctionnement de son esprit, ses modes d'appréhension et de classification. Le reste suivrait obligatoirement. Après un temps incontournable de confusion accrue, le travail de restructuration s'était opéré. Avec une patience et une âpreté de bûcheron il avait fait le nettoyage complet dans la forêt de sa voûte crânienne. Les enchaînements, les interactions, les échafaudages commençaient vraiment à tenir la route. Nicola était un élément brillant. Bien sûr, toujours ces mêmes regards de chien battu quand de sa place il suivait les cours, suspendu aux lèvres d'Elvire, baissant les yeux quand elle le regardait. Parce qu'elle le regardait, le cherchait. Nicola, pas tout à fait un élève comme les autres.

Il fit trois pas et bafouilla quelque chose. Il savait qu'elle restait parfois… Il désirait lui soumettre un travail… Personnel… Il s'excusait, c'était insensé, il lui demandait… Il releva la tête et la regarda vraiment, bien en face, comme on jette une bouée. Il se sentait couler à pic dans un océan de honte, de ridicule…

Elvire sourit. Elle posa sa main sur sa joue, le caressa, malgré lui, malgré elle. Le silence de l'immense bâtiment se refermait sur eux. Il tremblait. Elvire l'enferma dans ses bras jusqu'à ce qu'il s'apaise. Les lèvres de Nicola tremblaient encore quand elles se posèrent sur la peau, juste entre le cou et la naissance de l'épaule. Elle glissa ses mains sous le tee-shirt en coton, rampa peu à peu le long de ce torse de grand adolescent. Il avait une odeur de jeune animal nourri au lait. Elle lutta au moins une minute avec ces drôles de boutons métalliques que la mode avait substitués aux fermetures Éclair. Elle se mit à genoux et pour la première fois de sa vie dévora un étudiant. Le plancher à lattes du XVIᵉ siècle chavira à leur rencontre. Ce fut leur seul rendez-vous. Teresa vit le jour au début de l'année suivante.

Elvire est rouge du sang de son enfant. Elle a pris délicatement dans ses bras cette masse gluante coincée sous la table de Gus d'Amato. Un enfant éponge, un fruit éclaté. Une poupée en gélatine qui s'échappe, ne veut pas qu'on la réveille, s'obstine à couler au sol, maman maman laisse-moi il est bien trop tôt, je dois dormir encore si tu savais maman comme je suis fatiguée, tellement fatiguée, je ne veux plus voir ces films à la télévision, ils me font peur, j'ai eu tort maman tu dois m'excuser me prendre dans tes bras, me dire des choses, me raconter des histoires, me chanter des chansons, comme quand j'étais petite... Elvire l'a reposée doucement, pour ne pas la réveiller, la laisser se vider de sa vie par cette grande plaie ouverte qui lui a séparé la tête du reste du corps. Dors mon enfant, dors. Bien sûr, je ne dois pas te réveiller trop tôt. Tu es si jeune, si belle. Tu dois dormir, te reposer, faire des rêves. Des rêves bleus qui animeront tes nuits. Des rêves dont tu ne te souviendras pas, tellement ils sont tendres et colorés, et partiront en fumée. Dors mon enfant, demain c'est école. On verra demain.

Elvire se relève et marche comme un automate vers le jardin. Elle ouvre en grand les deux battants de la porte vitrée et se laisse pénétrer par la nuit. Tout désormais se jouera sans elle. Elle assistera passive au déroulement d'un film muet, tourné au ralenti. Le sujet n'a plus aucune importance. Les images s'enchaînent et disparaissent dans un clignotement incompréhensible. La pellicule déchirée fouette l'air inlassablement. Elvire s'est libérée de la pesanteur qui la clouait à genoux devant la luxueuse petite table signée Gus d'Amato, le fameux designer milanais.

Tu serais étonné, Gus, du spectacle. Étonné devant ton œuvre, cette chenille écrasée sous ta plaque en verre feuilleté. Dis-moi, Gus, toi qui sais tellement bien mettre le monde en perspective, toi qui sais dessiner le bonheur des gens, qui pense à tout, qui pense à nous et à notre place, dis-moi que tu te sens un peu dépassé sur ce coup-là, non ? Qu'il te reste un peu en travers ton sous-verre. Gus sois sympa, réfléchis et ne fais pas la gueule. La prochaine fois que tu tailleras une table de salon, pense un peu au danger que ça représente, à tous ces enfants qui meurent, pour rien, pour pas grand-chose, devant une télévision allumée.

Elle avance en titubant. Une démarche de folle errante qui prendrait place dans un cortège. Elle se plante droite, immobile, au milieu de la grande terrasse dallée de calcaire blanc, son corps raide se détache comme une sculpture sur la nuit. Une brise tiède annonce peut-être un orage. Puis elle se plie en deux en se tenant le ventre et tombe lentement. Très lentement. Plus rien ne presse. La lune brille entre deux nuages sombres. Gus, chapeau pour les décors et les éclairages.

Alex et Angel ne montaient jamais jouer sous les combles après la nuit tombée. Leur salle de jeu privée, ce débarras poussiéreux dans lequel ils amoncelaient tout ce qui était considéré comme obsolète et encombrant dans leurs chambres sur-chargées. Teresa elle-même les suivait rarement dans ce qu'ils appelaient leur caverne. D'abord parce que l'accès à la caverne suivait un dédale inquiétant dans l'obscurité du grenier, un enche-vêtrement de poutres et de toiles d'araignées, de planches qui craquent, de fantômes partout. Les jumeaux connaissaient l'itinéraire les yeux fermés. Ils circulaient comme des rats dans la nuit du plafond. Ils couinaient pour effrayer leur sœur qui les cherchait en hurlant et se jetait dans leurs bras. Ils aimaient bien leur petite sœur, qui n'était qu'une invitée occasionnelle. Il y avait des codes et des mots de passe connus d'eux seuls. Personne ne pouvait comprendre. Personne ne devait com-prendre. Surtout pas cette poupée belle comme un ange, d'accord, mais ce n'était qu'une fille après tout. Ils avaient passé l'âge de jouer à la poupée. Leur mère leur expliquait patiemment qu'ils avaient une chance énorme, que toute la famille avait une chance incroyable. La famille. Ils en parleraient peut-être, quand il reviendrait, à leur père. Leur idole. Celui qui les endormait parfois en leur racontant des histoires.

Angel, dis-moi pourquoi il n'est jamais là, avec nous. Je ne sais pas, Alex, mais il faut l'attendre. Il reviendra, il nous l'a promis. Il reviendra un jour, sans bruit, sans qu'on l'entende. Pour nous prendre, nous emmener avec lui. Angel je crois que nous devrions redescendre, maman est en bas, tu ne crois pas... Oui Alex, tu as raison nous allons descendre.

Deux chiots serrés l'un contre l'autre se bousculent dans l'entrecroisement compliqué des poutres, l'escalier vertical. Le premier étage silencieux et à nouveau l'escalier en chêne clair. Leurs mains glissent le long de la rampe pour amortir le grincement des marches. Le long couloir, les tapis, l'alignement austère des tableaux, quel silence brusquement, est-il arrivé quelque chose ? Dans le regard qu'ils jettent sur tout cela l'innocence de gamins qui après tout s'en foutent royalement de ces histoires d'adultes. On n'y est pour rien, ce n'est pas de notre faute, hein ! Angel ? On n'est pas dans le coup, on n'y comprend rien à vos histoires. Parce qu'il faut bien vous le dire, nous aussi on a nos petits problèmes. Angel, dis-leur toi. Explique-leur, tu parles bien, tu as les idées claires. Moi tu me connais, je ne sais pas m'exprimer, je suis dernier en classe, dernier partout.

— Alex, laisse-moi faire. Fais-moi confiance.
— C'est quoi la confiance, Angel ?
— Ça veut dire que nous devons rester soudés,

tu comprends ? Personne ne peut nous séparer, personne ne peut rien contre nous. Personne. Nous sommes toi et moi, c'est-à-dire NOUS, tu vois ?

— Angel, je ne vois rien. Ou plutôt si, je vois notre mère là-bas étendue sur la terrasse. Qu'est-ce qu'elle a ? Elle ne tient plus debout, elle est malade ?

— Oui Alex. Elle est malade.

Après le départ de Lorenz, qui ne faisait que de courtes et rares apparitions à la Marcella, l'isolement progressif des jumeaux était devenu inquiétant. Teresa avait maintenant presque six ans. Elle semblait la seule dans la maison à évoluer dans l'insouciance, la joie de vivre. Même la distance évidente que les jumeaux entretenaient entre elle et eux ne paraissait pas l'affecter. Au contraire. Elle recherchait leur contact, avidement. Ils étaient ses GRANDS frères. Ils avaient neuf ans. Étaient physiquement des répliques non abouties de Lorenz. Il y avait quelque chose d'effrayant dans cette ressemblance. Mais la similitude dépassait largement les critères morphologiques, le crâne porté haut, l'arc prononcé des orbites, l'angle saillant des maxillaires. Les yeux surtout. Deux taches d'un bleu maladif, deux petites flaques d'eau stagnante, d'eau morte.

Ma pauvre Elvire tu deviens folle, tu deviens dingue, se disait-elle. Elle parlerait au vieux docteur Schœnberg des scènes absurdes qui défilaient parfois dans ses rêves. Des cohortes de petits Lorenz tous identiques, avec des dents de loup, qui se mangeaient entre eux et venaient danser autour d'elle en claquant des mâchoires... Elle s'était récemment réveillée en étouffant un cri... Alex et Angel se tenaient réellement au-dessus d'elle, raides et silencieux, la regardant fixement, observant son sommeil... Ils s'étaient retirés sans un mot et avaient disparu dans l'ombre de la chambre... Elle ignorait maintenant encore ce qui participait ou non du cauchemar. Mais ce dont elle avait la conviction, ce qui l'obsédait chaque jour davantage, c'était la méchante sensation. Lorenz. Elle le sentait partout, surtout le soir, la nuit. Il rôdait, ne lâcherait jamais. N'abandonnerait jamais. Il était là. Proche. Il tournait autour de la Marcella. Une bête. Elle le devinait. Dans l'ombre mouvante des grands arbres. Dans le bruissement assourdi des feuillages. Près du mur d'enceinte. Même dans le gravier de la cour, des bruits de pas, légers, calculés. Une menace latente, jusque dans le comportement mimétique des jumeaux. Elvire sentait se développer chez les deux enfants une méfiance larvée, édifiant autour d'eux un mur de plus en plus opaque. Pourtant, leur comportement vis-à-vis de Teresa semblait rassurant. Si ce n'est qu'ils paraissaient la traiter comme un animal domestique privilégié, une sorte d'ours en peluche, de mascotte. Teresa était ravie. Six ans. Un vibrion d'insouciance.

Pour Nicola personne ne saurait jamais.

Éviter de penser à Lorenz. Étouffer dans l'œuf

les images inutiles, le magma sulfureux où bouillonnaient les désirs charnels, les abandons, les hontes. Se concentrer sur les enfants. Ne pas perdre pied. Essayer de faire le tri dans cette bouillie.

Mais comment en suis-je arrivée là ? Tout se cassait perfidement la gueule, d'accord. Mauvais choix, mauvais numéro d'accord. Lorenz ? Un être psychiquement atypique, d'accord. Un maniaco-dépressif, maniaco-agressif, pourquoi pas. Et alors ? Pourquoi nier qu'il exerçait encore sur elle une véritable fascination. L'inquiétude lancinante qui l'habitait dépassait largement la définition classique. Mais ne reposait objectivement sur rien de concret. Lorenz allait prochainement être admis à la clinique San Matteo. Il avait accepté ironiquement cette démarche. Les bruits qui couraient dans la région ? Des rumeurs malveillantes, des ragots de province. La boue ordinaire des pigistes.

Nicola. Un accident. Un intermède, sans plus. Un épisode qu'Elvire s'acharnait à remettre à sa juste place. Personne ne soupçonnerait jamais quoi que ce soit. Elle avait su cadenasser la situation. L'enterrer. Quant aux jumeaux, il était évident qu'ils développaient une défiance, une susceptibilité tout à fait nouvelles. Le docteur Schœnberg donnerait son sentiment. Alex et Angel savaient aussi se montrer tellement chaleureux, ronronnant entre ses jambes, affamés de caresses, enfonçant leur museau dans le creux de son ventre, fouillant pour tenir la place, jappant jusqu'à se mordre. Puis ils s'évadaient, reprenaient leurs jeux, leurs rituels. L'identification à Lorenz n'était peut-être qu'une illusion stupide. Il fallait qu'elle y voie plus clair dans cette danse et même cette guerre secrète qu'ils se livraient entre eux, chacun, semblait-il, jouant à effacer l'autre, éliminer le double insupportable, l'image miroir.

La départementale qui desservait la clinique San Matteo folâtrait au cœur de la campagne dans l'insouciance totale de sa destination, une place forte hermétique où se jouait le sort d'une poignée de déstabilisés mentaux plus ou moins dangereux. Elle courait à flanc de colline, plongeant dans les vallons, réapparaissant dans l'ascension d'autres escarpements. Tout semblait si simple, si reposant ici. Elvire se détendait peu à peu. L'Austin se faufilait dans les épingles. Elle alluma la radio... *Francisco a lu paiese... San Michele del Monte... Mo ve'la bella mia...* Le timbre désuet et si poignant de Matteo Salvatore, cet enfant de Foggia qui ne pouvait aller à l'école par manque de chaussures et qui rencontra un jour un violoneux aveugle qui lui enseigna la manière de donner la sérénade... L'Austin ronronnait comme un chat. Une campagne homogène, paisible. Fermes des plus modestes, maisons d'inspiration palladienne, bocages, vignes en étages. L'apparition, en fin d'une courbe descendante, de la clinique San Matteo, ramena brusquement Elvire à la réalité. Un monobloc froid, exsangue. La route goudronnée butait sur un portail coulissant. Ouverture télécommandée par un gardien invisible. Interphone et justifications obligatoires. Tout ici était conçu pour décourager les proches et les importuns. Les malades admis ici étaient triés sur le volet. Le montant extravagant de la pension faisait partie de la motivation thérapeutique, avec pour justification des thérapies dépassant largement la simple cure de santé, le changement d'air entre deux crises.

La clinique, à l'abri des regards dans les replis boisés au nord de Cavarezza, abritait des cas pathologiques atypiques. Jamais plus d'une quarantaine de patients. L'environnement pastoral, la présence lénifiante de la nature, contrastaient sévèrement avec la discipline de fer, les coups de fouet chimiothérapiques, le service d'ordre assuré par des infirmières moustachues aux bras de pugilistes. On parlait d'électrochocs psychologiques, de déconnexion majeure… Lorenz avait su se faire anguille, murène. Il avait su plier sous les coups, dissimuler sous la langue les dix-huit pilules quotidiennes pour les cracher ensuite, participer docilement aux lavages de cerveau, aux thérapies de groupe, aux tête-à-tête humiliants avec l'homme de l'art flasque, myope et prétentieux qui dirigeait les débats. Il s'occuperait de lui en temps voulu, quand il lui semblerait bon. Réduirait le personnage à sa véritable dimension, une simple flaque qui sécherait au soleil. Il avait su en maître donner le change, jouer la soumission, verser la larme, se déguiser en agneau.

Elvire portait un manteau léger, bleu sombre à boutons argent. Cheveux tirés en arrière par un chignon très simple.

Il fallait qu'elle sache ce qui avait poussé Lorenz à se faire admettre ici. Il y avait un objectif précis derrière cela. Un calcul pour l'instant invisible. Un simple divertissement ? Non, autre chose. Son passage dans la clinique San Matteo faisait de lui un individu cliniquement identifié. Quel bénéfice était-il en droit d'obtenir ? La réponse viendrait plus tard.

Les jumeaux et même Teresa ne manquaient pas de poser régulièrement des questions. Leur dire la vérité ? Leur père malade ? Souffrant ? Ils le voyaient si rarement.

On l'introduisit dans un vaste bureau vitré situé à une extrémité du bâtiment. Une pièce blanc crème et gris sombre, rigoureusement impersonnelle. Mobilier acajou laqué. Sur le bureau une lampe col de cygne de pacotille. Trois étagères murales et trois rangées de livres trop bien alignés. On la pria d'attendre l'arrivée du directeur en personne. Pour elle comme pour tous les visiteurs la même épreuve de mise en condition. L'attente dura vingt-cinq minutes. Lorenz était ici, quelque part. Elle ne l'avait pas revu depuis trois mois. Le protocole était strict sur ce point. Elle ne le reverrait que lorsque lui-même en manifesterait l'intention. Il était question de responsabilisation et de prise en charge de son avenir par le patient lui-même. Elvire n'avait reçu qu'un seul coup de téléphone

très bref. Lorenz lui avait laconiquement exposé
que le jeu était divertissant mais qu'il fallait faire
évoluer les règles.

Le directeur entra en coup de vent, jeta un ordre
par-dessus son épaule et salua Elvire avant de
prendre place derrière le bureau acajou. Costume
rayé, chemise vert pâle, lunettes outrageusement
cerclées, chevalière en or, boutons de manchette.
La vulgarité dans toute sa suffisance. D'un seul
doigt il tournait les pages du dossier. Il ôta ses
lunettes, examina attentivement l'état de ses ongles,
débarrassa sa manche d'une poussière imaginaire.

— Donc, madame… madame…
— Vallero.
— Vallero, oui, bon. Je suppose que vous dési-
rez avoir des éclaircissements sur…

Il parlait maintenant depuis vingt minutes. Dis-
courait. exposait, analysait. Les mots rebondis-
saient sur Elvire sans l'atteindre. Un clown. Un
vulgaire clown. Que cachait cette clinique ? Que
s'y passait-il ?

— Comprenez-vous, madame Vallero ?
— …
— Je vous demande, avez-vous bien saisi le
sens, la portée exacte de mon propos ?
— Le sens… la portée…
— Vous semblez perturbée, madame. Croyez
bien qu'au niveau des responsabilités que j'assume,
je suis astreint, dans l'intérêt des malades, à dégager
des solutions…

Elvire se demanda combien de temps mettrait ce guignol pour venir poser sa main sur son épaule. Peut-être sortirait-elle un mouchoir pour écraser une larme. Ce qui autoriserait immanquablement le petit chef à lui passer la main dans les cheveux...

— Votre mari nous a longuement parlé de vos trois enfants. En particulier des deux jumeaux, vous avez bien deux jumeaux ? On assiste souvent dans la gémellité à des phénomènes comportementaux déroutants pour l'entourage. De si intimes connexions les unissent et, je dois le souligner, les opposent...

— Pourquoi me parlez-vous de mes enfants ?

— Parce que pour votre mari, lors des entretiens, ils représentent le sujet omniprésent, obsessionnel. Il ne parle que d'eux. Ils les utilise comme écran, comme barrière systématique pour couper court à toute autre investigation... De récents incidents sont venus jeter un certain trouble dans l'organisation de la clinique, nous obligeant à une vigilance accrue. Votre mari, comme chacun des malades ici, a été invité à livrer ses impressions.

Lorenz mentait. Lorenz simulait, développait la mise en œuvre d'un plan précis, dans un but parfaitement réfléchi. Elle se leva sans écouter la fin du discours. Mais en posant sa main sur la poignée de la porte, deux mots avaient retenu son attention que le petit homme rayé martelait en tapant de l'index sur le bureau...

— Des incidents ? Quels incidents ?

— Je viens de vous l'expliquer, madame Vallero, des incidents présentant un caractère de gravité particulièrement préoccupant.

— Quel rapport avec mon mari ?

Elvire ne savait toujours pas ce qui avait poussé Lorenz à accepter un internement en clinique psychiatrique. Une fille nommée Cynthia Grubner allait lui ouvrir les yeux. Cette Cynthia téléphona à la Marcella sans succès et laissa donc un message dans lequel elle se présentait et demandait à Elvire si elle avait pris connaissance d'une enquête sur trois colonnes parue dans *Il Corriere*. Enquête qu'elle avait elle-même menée pendant plusieurs mois concernant une série de crimes commis depuis une dizaine d'années. Elle lui faisait parvenir le document en courrier rapide et la rappellerait.

L'article avait frappé Elvire comme une gifle. Prenant prétexte d'une série de crimes non élucidés commis dans une zone limitée de la Toscane à l'Ombrie, la journaliste spécialisée dans le judiciaire faisait une enquête exhaustive sur le devenir des trente-quatre derniers meurtriers identifiés depuis dix ans. La conclusion tombait comme un couperet. Vingt-huit individus reconnus coupables avaient été condamnés à des peines diverses. Six considérés comme déficients mentaux avaient été classés irresponsables. On les avait orientés vers un cursus thérapeutique aboutissant à un résultat comptable parfaitement clair : deux avaient récidivé et étaient à nouveau hors de nuire. Mais, et c'est sur ce point que dans la tête d'Elvire un clignotant rouge s'allumait de manière lancinante, quatre meurtriers authentiques, déments ou guéris nul ne pouvait l'affirmer, couraient dans la nature. Le bilan de la police judiciaire était donc moyennement positif, compte tenu surtout de la quinzaine de meurtres atypiques dont le ou les responsables n'avaient pu être identifiés.

La journaliste s'appelait Cynthia Grubner. Le doute, le soupçon comptent avec la jalousie parmi les acides les plus malfaisants, les plus pernicieux. Il fallait qu'Elvire sache, qu'elle ouvre l'abcès. Elle était non seulement sans nouvelles précises de Lorenz depuis des mois, mais était surtout consciente de sa propre méprise, son aveuglement. Lorenz n'avait plus aucun point commun avec le Lorenz qu'elle avait rencontré un soir dans les riches salons de la piazza Brunelleschi et qui lui avait fait deux enfants. Trop de zones d'ombre, d'absences inquiétantes, de faux-fuyants, de perversion cynique en filigrane permanent. Elvire avait laissé à une secrétaire ses coordonnées. Le soir même Cynthia Grubner la rappelait pour un premier rendez-vous. Après une présentation presque chaleureuse, Cynthia asséna un premier coup qui laissa Elvire muette. Oui elle s'intéressait au plus haut point aux crimes non élucidés, aux psychopathes à haute dangerosité. Oui il y avait bien en ce moment même quatre types qui se baladaient librement dans la nature sous surveillance judiciaire plutôt laxiste. Non, Lorenz Vallero ne faisait partie d'aucune de ces populations de référence. Elvire expira son soulagement et éclata pratiquement de rire. Cynthia lui laissa une minute de récupération avant de lui asséner un deuxième coup dans le mental.

— Je peux vous appeler Elvire ?
— Évidemment.
— Je serai directe avec vous. Il y a plus de huit ans que je m'intéresse à votre mari, je veux dire à Lorenz Vallero. Que je suis de près son parcours, du moins dans la partie visible de l'iceberg… Vous fumez ?

Cynthia sortit son paquet de Marlboro et son briquet, laissa à Elvire le temps d'ingurgiter la première potion. La main d'Elvire tremblait en portant la cigarette à ses lèvres. Elle ne ressentait pas la moindre indignation devant cet aveu concernant une enquête sur une partie de sa vie privée. Peut-être même connut-elle un début de soulagement à l'idée que l'abcès, rouge et purulent, commençait à s'ouvrir. Effectivement il commençait à se fissurer. Les premières gouttes sirupeuses perlaient en surface. Un sirop nauséeux à souhait. Un écoulement prometteur, comme sur les flancs des volcans endormis, qui fait saliver de plaisir les volcanologues. Cynthia était journaliste, elle faisait son boulot. Et son boulot c'était de traquer des informations sur les cinglés qui bousillent des proies sélectionnées, des vies humaines, comme ça, pour le plaisir, pour passer le temps, comme on va à la cueillette des champignons ou des fraises des bois.

Pour Lorenz elle ne savait rien. Enfin, presque rien. Des coïncidences sans plus, mais troublantes.

— Pourquoi huit ans, Cynthia ?
— C'est une vieille histoire. Qui nous fait remonter en gros trente ans en arrière. Je ne peux pas, je n'ai pas assez d'informations fiables pour vous en dire davantage. Ça concerne au départ la disparition des parents de votre mari dans l'incendie de leur maison juste après la guerre. L'enquête de l'époque a été rapide et même bâclée. Mais les conclusions ont définitivement clos le dossier en faveur d'un accident pur et simple. Les années ont passé et personne n'aurait jamais évoqué ce souvenir si ce n'est que Lorenz lui-même, il y a une dizaine d'années, s'est porté acquéreur de cette maison. Cette maison où ses parents avaient péri calcinés, vous saisissez ?

Elvire réfléchissait en rejetant au plafond la fumée de sa cigarette. Pierre à pierre s'édifiait un scénario qu'elle s'était toujours efforcée de refouler.

— Il a pu avoir le désir de retrouver les lieux de son enfance, non ?
— On peut l'imaginer, c'est plausible.
— Et alors ?
— Depuis le temps la maison était bien sûr occupée. Deux propriétaires s'étaient succédé. Les derniers en date, un couple de retraités. De Rome. Lui médecin, ancien patron des hôpitaux. Elle

une professeur de lettres connue. Un peu comme vous. C'est elle surtout qui retiendra toute notre attention.

— Professeur ? À Rome ?

— Vraisemblablement. Je peux vérifier.

— Ils ont vendu ?

— Évidemment non. Lorenz a offert de très grosses sommes d'argent pour emporter le morceau. Le refus était catégorique. Lorenz est revenu plusieurs fois à la charge, jusqu'à ce qu'il se fasse proprement et sans appel mettre à la porte.

— Que s'est-il passé ?

— Rien pendant plusieurs mois. Il semblait avoir abandonné. Ils ne l'ont plus revu et s'imaginaient sans doute être débarrassés de lui. Est arrivé le mois de juillet et le début des vacances scolaires. Deux des petits-enfants du couple venaient dans cette maison passer une partie de leurs vacances. La propriété était idéale pour les enfants, la qualité de l'air, le terrain de jeu. Ils avaient fait creuser une piscine.

— Un… accident ?

— Un sale accident. Un faisceau de circonstances inexpliquées. Dans le local technique de la piscine. Pour une fois l'enquête a été sérieusement menée pour tenter de découvrir comment s'est déclenché le court-circuit. Ils avaient six et huit ans. Une seule explication, ils s'étaient amusés avec les vannes, les manettes et surtout les branchements, les fils électriques arrachés… Seuls les assureurs et curieusement la grand-mère ont évoqué un acte criminel. Mais le scénario ne tenait pas debout.

Elvire sentit qu'elle perdait pied. L'écoulement purulent prenait sa vitesse de croisière. Ce n'était qu'un début.

— À l'heure du dîner, le soir, les grands-parents les ont cherchés partout, jusqu'à ce qu'ils poussent la porte du local technique où régnait une vague odeur d'acétylène et de viande grillée… Les enfants étaient entassés l'un sur l'autre, morts…

Elvire, livide, serrait ses mains l'une dans l'autre, enfonçait ses ongles jusqu'au sang.

— Elvire ne m'en veuillez pas. Je suis obligée de vous ouvrir les yeux. J'ai besoin de vous pour coincer ce type, le démasquer, motiver la police, le mettre hors d'état de nuire. Vous n'êtes pas seule en cause, Elvire. Je pense aussi à vos trois enfants. Et à toutes les victimes à venir. Ce type est, j'en suis certaine, un dingue de la pire espèce. Un vrai malade, un vrai psychopathe, totalement dénué de conscience du bien et du mal. Ces notions n'existent pas pour lui, n'ont aucun sens. Ces malades sont nés comme ça, avec un trou dans le cerveau. L'enquête n'a rien donné de positif pour le local de la piscine. La police s'est surtout payé une guerre des nerfs avec les experts en assurances. Les conclusions pouvaient simplement modifier la donne, les indemnités, mais surtout déclencher une mise en accusation pour négligences multiples ayant entraîné la mort. Non-lieu. Rien ne collait vraiment, ni dans un sens ni dans l'autre. L'affaire fut classée sans suites. À ceci près qu'il y a tout de même une suite. Le grand-père n'a pas survécu plus d'un an après la mort des deux enfants dont il se sentait responsable. Aucun doute à son sujet, il est décédé à l'hôpital. Atteinte cérébrale authentifiée, anévrisme, lésion très ancienne non directement imputable au drame. Mais sa femme, donc la grand-mère, a réagi de manière imprévisible. Elle est restée.

— Elle est restée dans la maison ?

— Parfaitement. Assez incroyable au regard des comportements habituels dans ce genre de drame. Les gens ont tendance à rompre, fuir, partir ailleurs et loin pour tenter de se reconstruire.

— Elle est restée… seule ? Elle a vécu…

— C'est à partir de là que ça commence vraiment à nous intéresser, Elvire.

— Nous ?

— Nous. Vous allez comprendre. Comprendre soit que je suis complètement timbrée, fabulatrice, mythomane. Soit que Lorenz est un malade calculateur obéissant à des impulsions totalement maîtrisées, ce qui n'est pas contradictoire. Une sorte de logique d'autant plus folle qu'il ne connaît aucune, absolument aucune, censure intérieure pour le freiner… Il est retourné tranquillement rendre visite pour demander si maintenant la vieille dame était d'accord pour vendre…

— Comment savez-vous tout cela ?

— Elle a tenu un journal. Régulier, détaillé. Il

est en ma possession. Je me le suis procuré en finassant convenablement, je vous dirai plus tard. Une chose est martelée sans cesse dans ce journal. Elle n'a jamais totalement avalé la thèse de l'accident dans la mort de ses deux petits-enfants. Il faut que vous sachiez que c'est elle, elle seule, qui s'occupait de tout au niveau administratif. C'est elle qui avait plusieurs fois reçu Lorenz. Elle qui l'avait finalement éconduit, fichu à la porte si vous préférez. Je ne sais pas si vous sentez ce que cela peut signifier comme humiliation chez quelqu'un comme Lorenz Vallero.

— Donc, quand elle s'est trouvée recluse… C'est encore elle qui…

— Elle l'attendait, Elvire ! C'est noté en toutes lettres dans son journal. Jour et nuit, jusqu'à l'obsession. Sa douleur était à la mesure de ce qu'elle ressentait de culpabilité. Immense, dévastatrice. Cette douleur aurait pu amplement justifier des sortes de délires paranoïaques… S'il n'était pas revenu !

— Et il est revenu ?

— Tel qu'elle le sentait, confusément, obstinément. Tel qu'elle l'avait annoté, comme une idée fixe. Vous lirez ces lignes, comme un jour je l'espère la police lira ces lignes. Si obsédée soit-elle par les remords et les soupçons impensables à l'égard d'un homme qu'elle ne connaissait pratiquement pas, un acheteur potentiel sans plus, cette femme était remarquablement intelligente, lucide, maîtresse d'elle-même. Une ancienne professeur, brillante, estimée de tout le corps enseignant…

Cynthia marqua une pose avant de planter droit son regard dans les yeux d'Elvire.

— … Comme vous, Elvire !

Cynthia venait de porter le troisième coup. Dans le noir, à l'aveugle, à l'intuition. Un coup de bluff, un coup réflexe balancé sans fondement objectif mais qui s'imposait comme une évidence… Elvire avait encaissé sans broncher. Son cerveau se désinhibait enfin devant les premiers emboîtements du puzzle, se mettait petit à petit en position d'attaque… Les images encore floues d'un vieux film se mirent à défiler, s'enchaîner les unes aux autres, s'associer à d'autres images comme sous les mains d'un monteur inspiré. La petite place Brunelleschi… La foule… Le jury, la thèse, les félicitations… Et en retrait, adossé à un cabinet acajou XVIIIe… Un lys.

— Qu'est-ce qui s'est passé avec la grand-mère ?

— Elvire, mettez-vous à la place d'un dingue, un enragé prêt à tout pour obtenir ce qu'il veut, dans ce cas récupérer la maison où ses parents ont été carbonisés, un incendie qui, poussons la folie jusqu'au bout, est sans doute criminel. Impossible pour lui d'éliminer physiquement cette vieille femme. Il lui faut un acte notarié. Mettez-vous surtout à la place de cette femme qui a la conviction d'avoir en face d'elle le détraqué responsable de la mort des deux enfants. Que ce soit la vérité ou pas n'a plus aucune espèce d'importance. ELLE a la certitude qu'elle s'adresse au meurtrier. Que la seule chose au monde à laquelle elle tienne maintenant, c'est la punition. L'amener à commettre une faute. LA faute qui le démasquerait, le ferait plonger... Et pour ça elle a conçu le plan le plus fou... Le pousser à la tuer, elle. Et elle va s'y employer, Elvire. Le harceler jusqu'à ce qu'il craque. Le jeu a brusquement changé de règles. Une femme de soixante-dix ans, brisée par le chagrin mais armée de toute sa haine, va balader le prédateur, le fauve devenu un vulgaire rat, traqué.

— Mais... est-ce que vous avez imaginé, pour poursuivre dans le sens de la thèse d'un type suffisamment déconnecté, un malade, qu'il pouvait en fin de compte se rabattre sur un meurtre de plus, en abandonnant le prétexte de la maison ?

— Elvire, ce type de pervers est connu, répertorié et décrit dans tous les manuels de criminologie depuis plus de vingt-cinq ans. Aussi clairement que la symptomatologie de la scarlatine ou la tuberculose. Ils n'abandonnent jamais. Ou, s'ils abandonnent, ils compensent ! Vous sentez venir ? Ils compensent. Il faut que quelqu'un paie.

Oui, Elvire sentait venir. Lorenz avait été coincé, cuit. Une vieille grand-mère à chignon et bas à varices, pendue à la vie par le seul fil de sa souffrance, l'avait fait plier, l'avait mis en fuite. Un renard expulsé d'un poulailler, une bête blessée en déroute, une humiliation inconcevable. Du fond de son désespoir elle avait tout senti, la grand-mère. Elle avait lu le meurtrier jusqu'au fond de l'âme et avait su en quelque sorte lui arracher ses propres armes pour les retourner contre lui. Elle lui avait offert sa vie, sa pauvre vie de femme brisée si proche de la tombe. Il avait dû décrire autour d'elle des cercles concentriques, avec ce sourire de loup qu'Elvire connaissait, identifiait maintenant parfaitement, jusqu'à ce qu'elle flanche, que la peur la terrasse et la pousse à capituler. De la maison il s'en fichait désormais éperdument. C'est cette vieille, cette sale petite vieille recroquevillée sur sa haine et ses rhumatismes qu'il fallait contraindre, soumettre avant de l'anéantir. Et elle avait tenu bon, tout simplement. Agitant probablement quelques pages du carnet où tout était consigné, déposé en lieu sûr. Piégé, roulé, ridiculisé.

Cynthia s'était levée sans hâte, ajustant sa veste légère blanche à col bleu. Cheveux noirs, courts, encadrant un visage d'adolescente. Elle sourit à Elvire encore pétrifiée dans l'indécision, s'approcha d'elle, lui caressa furtivement la joue. Physiquement rien de commun entre les deux, Elvire plus grande, presque sculpturale. Magnifique, pensa Cynthia. Elle adorait ce type de femme, elle adorait les femmes.

Elvire avait maintenant totalement récupéré les images. Toutes les images, tous les détails de ce film tourné pour elle seule dans un grand salon de la piazza Brunelleschi.

— Et l'objet désigné pour la... compensation, bien sûr, c'était...

— C'était vous, Elvire. Modèle pratiquement identique, ces gens-là ont des capacités diaboliques à réaliser dans leur tête des substitutions de personnalités. Au point parfois de gommer totalement la cible initiale, l'oublier, presque à leur insu. Classique par exemple chez les dingues tuant en série des femmes pour se venger de leur mère. C'est tombé sur vous. Pas par hasard soyez-en certaine. Il a dû vous observer, vous suivre pendant des semaines avant de poser ses pièges. L'ennui pour lui c'est qu'une fois de plus ça a dérapé. Il vous a fait trois enfants…

— Deux.

— Deux ?

— Alex et Angel. Seulement Alex et Angel. Je vous avoue tout, je me confie et ça me fait du bien. Le secret doit rester entre nous… Teresa…

Cynthia retomba sur sa chaise. Un mauvais sillon lui barrait le front. La nouvelle lui faisait l'effet d'une grenade à plombs posée là sur la table. Une grenade oui, posée au bon moment au bon endroit et disposée par les mains manucurées du destin dans un écrin de luxe, une table basse en verre feuilleté et métal, chromée, signée d'un grand designer milanais. Ce jour-là, le jour de la rencontre entre les deux femmes, elle était à quelques semaines d'éclater, la grenade, d'éclater salement. Une charpie de chairs et de sang sous la belle plaque en verre feuilleté de Gus d'Amato.

— Qu'est devenue la grand-mère, Cynthia ?

— Une fois la bête éloignée, elle s'est laissée glisser vers une mort qui était tout à la fois la fin d'un calvaire et une espèce de revanche.

La voix de Cynthia se brisa brusquement, submergée par l'émotion. Toute une marée de rancœur et de désespoir qu'elle ne pouvait plus contenir.

— Putain de putain, Elvire, je ne crois ni en Dieu ni en diable mais j'ai brusquement envie de chialer. Chialer à l'idée que la mort est inutile. J'ai envie d'inventer un jardin des délices où toutes les grands-mères du monde, jusqu'à la fin des temps, ramasseraient dans leurs mains toute l'eau des fontaines, toutes les misères humaines... Ben voilà, merde, je chiale.

C'est le docteur Schœnberg, le vieux médecin qui la suivait depuis toute petite, qui lui avait appris la nouvelle. Je ne sais pas si tu t'y attendais, Elvire, si tu l'avais programmé, mais le fait est que tu es enceinte. Ne fais pas cette tête, à moins que tu ne considères un troisième enfant comme une catastrophe ?

Le docteur Schœnberg était un homme bon. D'âge indéfinissable sur lequel le temps lui-même se décourage, il était de ces thérapeutes vieille école pour lesquels l'exercice de la médecine est un don perpétuel aux gens qu'ils affectionnent, c'est-à-dire l'humanité entière. Elvire je sens que quelque chose t'inquiète. Tu es vraiment surprise ? Qu'est-ce qu'il se passe ? Tu es jeune, tu disposes d'une santé de fer, tout n'est qu'affaire d'organisation... Comment vont les jumeaux ? Et... Lorenz ? Je sais pour lui, tu m'en as déjà parlé... Essaie d'être patiente, indulgente. Lui-même se bat probablement... As-tu déjà considéré que vivre aux côtés d'une femme comme toi n'est pas forcément facile... Tu es inquiète.

Non, docteur, je ne suis pas inquiète. Je ne suis pas même terrorisée. Ce que je ressens à l'instant même où vous diagnostiquez angéliquement ce qui m'arrive, ne figure pas vraiment dans les listes répertoriées des stéréotypes cliniques, ni dans votre parcours personnel dégoulinant d'expérience. Ce que je ressens, voyez-vous, se rapprocherait plutôt de quelque chose situé entre la résignation et le soulagement du condamné à mort sanglé sur la table d'exécution, qui remet son avenir dans les mains d'une seringue hypodermique, qui sent que tout en lui est vraiment en train de se casser la gueule, qu'il va devoir prendre des décisions alors que tout est combiné d'avance, inéluctable.

Docteur, votre bonté extrême, votre confiance chevronnée dans la vie, vous a certainement rendu aveugle. Je respecte votre cécité. Je la contemple comme un lever de soleil, un nuage qui passe, une toile d'araignée ballottée par la brise, mais la vraie vérité, celle du bon Dieu comme on dit, est un peu différente. J'ai deux enfants et je vis avec ma maladie, un détraqué, probablement un pervers comme il y en a peu. Un de ces esthètes de la perversion comme il s'en présente rarement dans les cabinets médicaux. Parce que si l'on considère la maladie comme une non-conformité à un modèle, ceux-là sont dans une santé éblouissante, parfaite. Elle fait leur émerveillement quotidien… Leur modèle unique, l'horizon idéal de leur fonctionnement. Convergence absolue, sans faille. Pas de déperditions collatérales, pas de censure, aucun frein. Ils ont été conçus comme cela par la Providence. Tenez, bon docteur de mon enfance, je vous livre la dernière statistique : actuellement dans la région il s'en balade plusieurs dans la nature ! Une bonne nouvelle néanmoins, mon mari n'est pas dans le lot. Il semblerait qu'il soit beaucoup plus doué que les autres…

— Tu sembles rêveuse, Elvire. Tu as quelque chose à me dire ?
— Non. Je ne crois pas.

Effectivement, elle n'avait rien à dire. Il ne semblait ni opportun ni utile de bousculer ce cher homme qui avait si longtemps roulé sa bosse en regardant le monde avec des lunettes roses. Impossible de lui soumettre qu'elle ne pensait avoir eu la vie sauve que parce que les plans de Lorenz avaient été perturbés. Deux événements imprévus au programme, deux grains de sable. Alex et Angel. Deux astéroïdes, deux corps étrangers venus perturber ses plans.

Et récemment avait fait apparition sur scène, sur la pointe des pieds comme pour ne déranger personne, un étudiant de dix-sept ans, plutôt pâle pour un enfant des Pouilles. D'une timidité désarmante, fantasmant des élucubrations littéraires, tremblant comme un jeune animal. Alors, docteur, je l'ai pris dans mes bras. Je lui ai volé sa peau blanche et ses frissons, ses balbutiements et sa maladresse, je l'ai mis en moi, je m'en suis abreuvée.

J'attends un troisième enfant, docteur. Il verra

le jour, je ne trouve pas l'énergie de vous raconter ce qui défile dans ma tête. En ce moment même, alors que vous m'observez avec dans le regard un désarroi vaguement stupide, il me monte une sorte de colère, quelque chose d'un peu monstrueux dont je ne ressens aucune honte parce qu'il répond à un pur instinct de survie. Je vais utiliser l'arme que la vie me propose pour tenter de dévier la trajectoire du danger. Je garde ce troisième enfant et le brandis devant moi. Son innocence comme rempart.

— Ma petite Elvire, je te sens préoccupée. Visiblement cette situation soulève de gros problèmes. Je suis vieux, Elvire. Je suis né à Sabbioneta pendant ce fameux voyage du roi en octobre 1903. Est-ce que tu imagines ça ? Tu es suivie par un docteur qui a connu Victor-Emmanuel ! Nous étions en guerre contre l'Empire ottoman et nous allions envahir la Tripolitaine ! Comme ça, pour le plaisir. Les enfants de Sabbioneta, tu sais, ils s'en fichaient complètement de l'Empire ottoman et de la Tripolitaine. Nous étions au cul des vaches et notre seul horizon visible c'était un repas par jour au moins, quitter l'école le plus vite possible, prendre quelques bonnes roustes on ne savait pas trop pourquoi et partir à la ville à la première occasion. Mon périmètre d'humanité, Elvire, ne dépasse pas quelques centaines de kilomètres carrés. Eh bien ça m'a suffi. Ça m'a suffi pour faire le tour de tout ce que la nature humaine est capable d'engendrer, ça m'a suffi pour apprendre à observer les gens et surtout à écouter tout ce que, par pudeur, par inhibition ou par ignorance, ils ne pouvaient plus me dire. Je t'écoute, Elvire, et ce que j'entends m'inquiète. Alors je me permets une seule recommandation. Ne m'en veux pas, le temps presse pour nous deux. Si tu ne peux pas ramener Lorenz, ton mari, à la maison, protège tes enfants et éloigne-toi.

Il était près de vingt-deux heures quand Elvire descendit le chemin empierré jusqu'à la Marcella. Son emploi du temps ne lui avait pas laissé le loisir de réfléchir depuis le matin après la visite chez le docteur Schœnberg. Un millier de questions se bousculaient. Son esprit de synthèse tombait régulièrement en panne dès qu'elle se retrouvait vraiment seule. Du moins s'obligeait-elle à formuler la question essentielle : comment affronter Lorenz quand il se présenterait ? Fallait-il garder l'enfant ? Où s'adresser ? Comment font les filles ? Lorenz ? Était-ce vraiment une difficulté aussi énorme ? Il avait, on pouvait dire définitivement, quitté la maison. Les visites inopinées, sans motivation précise, étaient rares. Il entrait prochainement en examen à la clinique San Matteo. Alors ?

Avant de sortir de la voiture pour ouvrir le portail elle alluma une cigarette, descendit la glace et coupa le moteur. D'abord maîtriser les coups qui tapaient dans sa poitrine.

Le sommet des arbres jouait avec le ciel. Deux fenêtres du premier étage étaient éclairées. Nadja laissait toujours au moins une lumière dans le couloir et une autre dans la pièce de rangement attenante aux chambres des enfants. Alex et Angel devaient dormir à poings fermés. Et si, demain, à l'heure du petit déjeuner ou le soir en les couchant, elle leur apprenait qu'ils risquaient d'avoir prochainement un petit frère, ou une petite sœur ?

Elle sortit de la voiture, écrasa sa cigarette et chercha les clefs pour ouvrir le portail. Il fallait qu'elle pense à tailler ce genévrier qui empêchait l'ouverture totale d'un battant. Le soir sentait si bon. Elle gara l'Austin entre les cyprès et cueillit au passage une guirlande de jasmin, une petite pensée pour Rosi et Charles Vanel marchant vers ses derniers instants. Puis elle gagna la porte d'entrée… Qui s'ouvrit toute seule. Lorenz l'attendait.

Pour lui l'affaire n'avait pas tourné tel qu'il l'avait envisagée. Ce n'était plus la grande forme. Il fallait qu'il se surveille, qu'il reprenne les choses en main. Elvire, dans son écrin scintillant de première en tout, de surdouée de bibliothèque, était une prise de choix. Il avait beaucoup misé sur cette mécanique de luxe. D'abord un travail de chasseur, de traqueur. Aller la cueillir en pleine euphorie universitaire à la sortie de sa thèse devant une centaine de pingouins parcheminés avait été une idée de génie. Beau gibier, joli coup. Il lui avait sorti le grand jeu avant de passer aux choses sérieuses. Il restait maintenant à soumettre l'objet aux traitements appropriés. À l'embellir. Comme un papillon éviscéré qu'on épingle soigneusement dans sa boîte. La faire accéder à la beauté parfaite, définitive. Il se considérait comme un artiste, un joaillier de haut vol. Il mettrait des gants blancs et sortirait une trousse spéciale pour l'opérer, l'inventorier pièce par pièce, c'est-à-dire pénétrer son psychisme, se faire accepter. Mais il fallait toujours de sales images pour brouiller tout cela. Cette vieille et ignoble grand-mère qui lui avait tenu tête. Une sorcière épineuse comme un arbre mort, vindicative, obstinée, qui lui avait montré la porte d'un doigt gris, squelettique, et qui avait eu le mauvais goût de mourir de mort naturelle... Elle paierait ! Elle paierait cher !

Elvire resta clouée sur le seuil de la porte. Lorenz, encore invisible dans l'obscurité, recula de deux pas.

— Bonsoir, Elvire.

Elvire ne pouvait apercevoir qu'une silhouette immobile, raide, les bras le long du corps. Brusquement pétrifiée par la surprise, la peur. Il restait planté là, lui barrant la route. Elle sentit monter dans sa bouche une nappe de salive tandis que tous les muscles de son visage se crispaient. Un animal. Avait-il senti chez elle ces modifications exocrines, ces émanations infimes qui trahissent la peur ? Puis, d'un coup, le retour panique à la réalité.

— Qu'est-ce que tu fais ici, Lorenz ? Où sont les enfants ?

— Les enfants ? Mais dans leur chambre, comme chaque soir. Détends-toi, tout va parfaitement bien. Ils dorment. Je suis monté les voir deux fois. Ils dormaient à poings fermés, Alex est toujours aussi turbulent, il se découvre sans arrêt, ce soir il refusait même de mettre un pyjama…

— Un pyjama ? Mais… qui les a couchés ? Où est Nadja ?

— Je me suis permis de les mettre moi-même au lit. Ils étaient ravis, ils ont fait les fous une bonne demi-heure…

— Où est Nadja ?

— Nadja est… rentrée chez elle. J'étais ici…

— Nadja rentrée chez elle ? Depuis quelle heure ?

— Quelle importance ? D'autant que cette fille ne m'a jamais plu…

— Nadja est parfaite avec les enfants, dans la maison…

— Je pense qu'elle n'est pas la personne adéquate… Je l'ai renvoyée.

Elvire pouvait maintenant discerner le visage de Lorenz. Il était livide. Visiblement il ne parvenait pas à se contrôler parfaitement. Il s'était passé quelque chose… Elvire le bouscula, trébucha dans ce couloir si mal éclairé. Il faudrait tout de même faire venir un électricien, elle grimpa en courant au premier étage…

Angel en chien de fusil comme d'habitude. Alex en travers de son lit, couvertures rejetées en désordre, son âne en peluche, Pitou, serré contre son visage. Impossible ce gamin. À deux ans c'était déjà le même cirque. Elvire le remit délicatement dans le bon sens du lit et remonta les couvertures. Angel, dans sa chambre, dormait sagement. Elle l'embrassa, le contempla une minute et retourna voir Alex. Il était à nouveau en travers du lit, couvertures au sol.

Elvire redescendit au rez-de-chaussée. Il était tard, elle était exténuée. Pour Nadja il fallait qu'elle sache.

Lorenz avait pris place dans l'un des deux fauteuils en cuir noir dont ils avaient fait l'acquisition deux ans auparavant avec une table basse de salon. Un carré transparent en verre feuilleté sur une armature chromée, rigoureux, austère, signé du fameux designer milanais Gus d'Amato. C'était la pièce aménagée en priorité pour la télévision, éclairée par une seule lampe posée au sol, un néon basse tension semi-circulaire terminant la courbure d'un arc en acier. Dans la demi-obscurité émergeaient sur les murs quelques taches ocre et brunes de symbolistes XIXe. Elvire prit conscience de la musique venant de la grande pièce. Elle s'adressa à Lorenz d'une voix éteinte.

— Nadja ! Tu as renvoyé Nadja ?

— As-tu au moins remarqué que j'ai mis Brahms ?

— Je te demande ce qui s'est passé avec Nadja.

— Nadja ne reviendra pas, c'est tout simple. Je trouvais cette fille un peu… vulgaire, non ? J'ambitionne quelqu'un d'un peu plus évolué pour nos enfants… As-tu reconnu notre adagio, du quintette en *sol* ?

— À quelle heure est-elle partie, Lorenz ? À quelle heure l'as-tu renvoyée ? Nadja vit seule mais je pourrai savoir ce qui est arrivé.

— Fais ce que bon te semble… Elle est partie quand je suis arrivé, en début d'après-midi. Je suis allé moi-même chercher les enfants à l'école… Ça te convient ?

Elvire eut beaucoup plus tard la conviction que même Brahms ne devait rien au hasard. Tout était au point, calculé. Le quintette en *sol* avait été sélectionné. Il était pratiquement certain que Lorenz avait attendu le bruit de l'Austin sur le gravier pour mettre le saphir sur le deuxième mouvement. Parce que oui c'était LEUR adagio. Venise, peu après leur rencontre. Chez Sergio Bellini, l'un des lieux à la mode les plus baroques. Sergio avait deux passions, la cuisine et la musique, les oiseaux farcis et Brahms. Il servait le Santa Maddalena et le Valpolicella dans des amphores de cinq litres.

— Chérie je te demande de te calmer, de reprendre ton sang-froid. Assieds-toi et discutons tranquillement, j'ai d'ailleurs des choses à te dire. Je peux si tu le désires reprendre au premier mouvement, tu sais, quand le violoncelle émerge du murmure des cordes. Tu te souviens ? Nous avions valsé sur les rythmes hongrois du deuxième mouvement et terminé complètement ivres au scherzo…

Elvire s'était affaissée sur le fauteuil et avait mis son visage dans ses mains. La mélodie pesait comme du plomb sur ses épaules. Oui, elle avait valsé à Venise chez Sergio Bellini. Avec un autre homme. Celui qui lui faisait face et avait méthodiquement, avec un sourire taillé au rasoir, entrepris son travail de démolition, n'avait plus rien de commun. Il n'était plus question d'affronter Lorenz, de lui jeter à la face qu'elle attendait un enfant d'un autre homme. Alex et Angel dormaient là-haut. Elle ne devait penser qu'à eux, les mettre à l'abri.

Le dernier mouvement, le scherzo, rayonnait dans toute la maison. Seul, presque impérial. Une danse tzigane sur un rythme qui avait quelque chose du diable. Une valse qui s'évadait, montait très haut, s'épuisait parfois comme pour reprendre son souffle. Elvire entrevit qu'elle était lancée dans une course qu'elle ne maîtrisait plus. Elle aurait beau se battre, s'accrocher, le danger, juste là derrière, la rattraperait.

Elle releva la tête, plus calme. Elle n'avait pu retenir ses larmes. Alors, brusquement, sans réfléchir, se tourner vers Lorenz, lui tendre la main, lui jeter la bouée dérisoire de son amour, ce qui restait de cet amour, le ramener à la raison. Lui demander secours...

Lorenz, bien calé dans son fauteuil, lui souriait. Il la fixait pensivement, comme indécis. Le timbre de sa voix était maintenant parfaitement maîtrisé.

— Elvire, je sais que tu avais ce matin rendez-vous chez le bon docteur Schœnberg. Il a accepté de me recevoir un peu avant midi. Ce brave homme est la bonté même. Certainement un praticien remarquable... Peut-être un peu naïf.

Elvire sentit le plancher qui fondait sous elle. Une brûlure immense montait dans sa poitrine…

— Je n'ai pas eu à m'employer énormément pour le mettre en confiance. Cet homme t'aime beaucoup et a trouvé judicieux de m'apprendre la bonne nouvelle te concernant. Je t'adresse toutes mes félicitations.

Les dernières notes du quintette en *sol* étaient restées suspendues un moment dans la maison. Puis plus rien. Juste le chuintement régulier du saphir découpant de fines tranches de silence, à côté, dans le grand salon. On attribue souvent le romantisme mélancolique de Brahms aux ciels gris et aux vieilles balades de Hambourg. Lorenz pensait que l'idée n'était pas à sous-estimer mais que l'accumulation des échecs sentimentaux avait largement sa place dans les couleurs de sa musique.

Elvire glissa à terre. Tout s'effondrait et ses poings serrés ne pouvaient rien retenir. Elle n'était plus qu'un cri silencieux. Lorenz, là-haut, contemplait cette guenille, cette femme brusquement si laide, si vieille et l'image toujours de cette autre vieille femme qui l'avait piétiné, écrasé, jeté dehors, lui Lorenz.

Elvire maintenant à genoux, s'appuyant maladroitement sur le fauteuil pour se relever, s'échapper, implorer quelque chose mais quoi au juste ? Le pardon, la mort ? Lorenz inondait de tout son mépris cette limace larmoyante répandue à ses pieds. La situation était trop tentante, elle voulait le coup de grâce ? Il lui en donnerait un petit aperçu. Le coup de pied atteignit Elvire à la tempe. Elle s'abattit, comme électrocutée.

Ni l'un ni l'autre n'avaient entendu les craquements dans l'escalier. Des craquements très légers, presque des froissements glissés de marche en marche.

Ni l'un ni l'autre ne les remarquèrent, qui se tenaient serrés là, juste là dans le noir du couloir. Deux ombres, deux chenilles qui s'imbibaient d'images. De vilaines images qui ne les quitteraient plus.

Il roula sur le côté et se laissa tomber sur le dos. Le froid, l'humidité avaient traversé ses vêtements. Depuis combien de temps était-il là ? Sa vue était trouble et il eut du mal à dégager sa main. Il fallait attendre que les bourdonnements cessent dans sa tête. Impossible à maîtriser. Un bruit lancinant, un sifflement aigu du côté des oreilles, puis un voile rouge… Plus rien. Il bougea les épaules. Un sac-poubelle bleu entassé parmi d'autres sacs-poubelle lui tomba dessus et creva, déversant un flot d'épluchures, de viande pourrie, de mélasse alimentaire. Il sentit monter une nausée. Une série de hoquets le forcèrent à relever le buste. Maintenant assis, les deux mains sur le ventre, il réprimait les spasmes qui le secouaient tout entier, comme s'il avait failli se noyer, régurgitant de l'eau. La nuit rendait indistinctes les montagnes de déchets qui l'entouraient. Le calme revenait. Il pouvait enfin respirer normalement et même entendre. Entendre des grouillements assourdis sous lui, autour de lui. Des grignotements pressés, furtifs. Les rats.

Il fallait partir maintenant. C'était fini. Terminé.

Il tenta de se relever en prenant appui sur les bras. Sa main glissa sur une masse humide en décomposition. Il roula à nouveau sur le ventre puis à quatre pattes et pédala pour atteindre une position verticale. Comme chaque fois que ça lui arrivait, il fallait au cerveau le temps de se remettre en place, rétablir les circuits. C'était dangereux. Prendre la bonne résolution. Quitter l'endroit le plus vite possible.

Une voiture tourna le coin de la rue. Les deux phares éclairèrent d'un coup le long chemin défoncé qui suivait la voie ferrée. Plus de vingt ans qu'aucun train de marchandises n'empruntait plus cette voie. Une zone déserte envahie d'herbes folles. Deux lampadaires souffreteux. Une décharge sauvage. Des imbéciles prétentieux ces urbanistes, pensa-t-il. Ils laissaient la ville expulser seule ses déjections, déféquer autour d'elle. Une poubelle crevée, elle aussi.

En passant, la voiture roula dans une flaque. Il s'était instinctivement jeté à plat ventre dans les détritus. C'était stupide. Personne à part les flics ne se hasarderait à s'arrêter ici. Radio à tue-tête dans la voiture, encore de jeunes loubards en virée. Certains s'arrêtaient là pour jeter à la hâte ordures, gravats, meubles en ruine, bidets cassés, salles de bains entières au milieu des montagnes d'immondices. Les roues de la voiture l'avaient inondé d'une boue âcre, puante. Il se redressa encore, avait froid. Retrouver totalement son calme. Tout se passerait bien. Il savait qu'il n'avait rien à craindre. Il était en paix avec lui-même. Il regarda sa montre. Combien de temps était-il resté dans cet état? Vingt minutes, une demi-heure tout au plus. Très rares ces moments où il perdait connaissance. Sûrement héréditaire, bizarre, inexpliqué. Il y en avait eu d'autres dans la famille.

Voilà, ça allait mieux. Il avait une vision plus claire de la situation. Sur toute la longueur du sentier bordant la voie ferrée, adossée au mur en briques d'une usine désaffectée, s'étendait une rivière scintillante de sacs-poubelle.

Il la chercha des yeux. Elle devait être coincée, ensevelie là-dessous. Mais pourquoi s'était-elle ainsi débattue? C'était idiot et surtout tellement inutile. Une tache claire émergeait des ordures, à deux pas. L'arrondi velouté d'une cuisse. Il tira dessus quelques brassées de détritus, le corps de la fille glissa et un bras libéré se détendit brusquement en lui frôlant la joue. Il ne put réprimer un mouvement de recul. Petite peste, il l'inonda de sacs-poubelle. Elle ne serait pas découverte avant des semaines, peut-être davantage. Il resserra sa veste pour contenir le froid et s'éloigna le long de la voie ferrée, du côté de la ville.

Quelqu'un avait crié… Un hurlement animal… Juste là… À côté… Cynthia Grubner sursauta dans son lit comme piquée par une décharge électrique. Elle était en nage, respira profondément plusieurs fois. Sa main rampa vers le réveil… Deux heures et quart ! Elle retomba à plat ventre, abattue. Vingt dieux cette histoire lui faisait perdre les pédales, elle sentait la sueur couler dans son cou, son dos… Elle ne se souvenait déjà plus du rêve, des images, si, quelque chose lui était tombé dessus, un truc mou, froid. Une véritable giclée d'adrénaline, elle ne se rendormirait pas. Elle se retourna sur le dos, rejeta les couvertures et s'assit dans son lit.

Le coup de téléphone de Varga était tombé comme une bombe dans ce dossier qui s'enlisait dans les à-peu-près, les supputations. Elle aimait bien Varga. Il faisait son boulot de flic avec la bonhomie du fonctionnaire qui vise une retraite tranquille les pieds dans l'eau du côté de son pays natal à Scilla, et qui s'emploie à ne pas faire trop de vagues du côté des notables en place qui tenaient les ficelles. Cela étant, il était malin comme un singe, avait Cynthia à la bonne bien qu'elle ne perdît pas une occasion de le tarabuster.

Cynthia attrapa son paquet sur la table de nuit et contempla un moment la Marlboro comme si elle détenait des secrets. Bon, la Marlboro restait muette. Elle approcha la flamme et tira une longue bouffée. Quelqu'un avait décidé de passer à la vitesse supérieure. Finis les hors-d'œuvre et les approximations. Le cadavre trouvé dans la décharge, émietté par les rats, avait été identifié. Un frisson la parcourut. Huit ans qu'elle suivait, qu'elle essayait de suivre Lorenz Vallero, ses traces, presque son odeur. Huit ans qu'elle attendait la faille, l'erreur. Rien. Blanc, immaculé. Pas le moindre indice exploitable le reliant à quoi que ce soit. Même pour cette fille dilacérée par les rongeurs au milieu des sacs-poubelle, on ne retrouverait rien. Un autre danger rôdait en permanence pour Cynthia. Qu'il la repère, elle. Peut-être était-ce déjà fait et attendait-il le moment où le jeu de cache-cache ne l'intéresserait plus pour décider d'y mettre fin.

Elle s'était allongée après avoir éteint la lumière. Elle glissa nonchalamment la main vers le côté droit du lit… Marko n'était plus là. Il avait laissé un désert derrière lui. En ce moment elle aurait eu besoin de lui. Se blottir jusqu'à fondre, disparaître, dans le creux de son épaule. Oublier tout, juste un instant. Le côté droit était vide et froid. Combien d'hommes et de femmes avaient défilé ici depuis son départ ? Ne laissant pas même une odeur, une empreinte. Elle s'était à peine défendue quand

Marko l'avait brutalement rejetée. C'est fini, tu comprends ça Cynthia, c'est fini. Tu ne poses pas de questions, tu ne cherches surtout pas à comprendre, rien ne serait plus déplacé que de se noyer dans les palabres, les arguments, les mensonges. Cynthia je t'ai aimée, je t'aime sans doute encore, tu es la femme que tous les hommes rêvent de rencontrer, vive, passionnée, intelligente, sensuelle… Rien ni personne ne m'attend dehors. Je pars, je m'enfuis tout simplement. Je quitte ta vie sans avoir encore trouvé la mienne… La porte s'était refermée.

Elle avait froid maintenant. Elle ramena les couvertures sur elle et se recroquevilla en chien de fusil. Elle se mit mentalement à photographier, à cet instant précis, chacun des personnages impliqués dans cette affaire. Précisément maintenant, à trois heures vingt du matin, à quoi étaient-ils occupés ? Elvire ? Alex, Angel, Teresa ? Lorenz à la clinique San Matteo ? Dormait-il, comme tout le monde ? Elle se l'imaginait arpentant la nuit tous les recoins de la clinique, se faufilant dans les bureaux, les chambres, à l'affût… Mais de quoi ? Comment un type comme ça s'était-il laissé interner ? Impossible de s'endormir. Elle gagna la kitchenette à la recherche de quelque chose, un verre d'eau, un vieux biscuit, un restant de jambon peu importe. Finalement un fond de café réchauffé au micro-ondes. Pelotonnée dans un fauteuil elle tenta une fois de plus de mettre de l'ordre. Ce qui restait de la fille après un mois et demi passé dans la décharge infestée de rats était encore examiné à l'institut médico-légal, mais on connaissait son nom. Nadja Fullam. Elle travaillait chez les Vallero, s'occupait essentiellement des enfants. Elle avait disparu en rentrant chez elle, sur le chemin du retour. Le jour même où Lorenz lui avait donné son congé définitif. Définitif il n'y avait pas de doute. Il avait décidé d'entrer vraiment en scène, de déclencher les hostilités et s'était vraisemblablement forgé des alibis en béton.

San Matteo ! Internement psychiatrique ! Lorenz avait superbement joué le coup. En cas de pépin il disposait d'un dossier médical doré sur tranche. Un vrai bouclier. Mais son cas dépassait largement l'anecdote sordide comme il en fleurit à la pelle dans les pages locales. Il fallait qu'il attire l'attention sur lui, qu'on le reconnaisse, qu'on se passionne pour son cas. Tout se passait comme s'il semait des petits cailloux dans son sillage pour qu'on l'identifie à cette image superbe que lui renvoyait son miroir. Un être magnifique, unique. Un être supérieur.

Elle n'avait pas fini sa tasse. Tandis que dans sa tête le manège s'immobilisait enfin, ses mains devinrent molles. Un petit ruisseau de café froid coula sur le tee-shirt en coton puis entre ses cuisses. Cynthia dormait.

La Fiat 1500 de la police grimpait pour la troisième fois à la clinique San Matteo. Ce qui se passait là-haut n'avait pas pu être étouffé. Naturellement, à l'origine il y avait cette journaliste à cheveux courts. Elle avait fait mouche en intitulant sèchement son article : SAN MATTEO, QUATRE MORTS, À QUI LE TOUR ? Une teigne cette Grubner. Varga l'avait gentiment mise en garde. Vous avez intérêt à savoir où vous mettez les pieds, ma petite. Sans vouloir vous inquiéter outre mesure, on en a vu comme ça qui terminaient tranquillement leurs jours coulés vivants dans une dalle en ciment ou suicidés au gaz. Surtout ne le prenez pas mal, c'est juste un conseil en passant. Je vous aime bien, ce qui était la pure vérité, et ça me rendrait tout patraque de suivre le cortège de vos funérailles. Varga donnez-moi la marque de vos couches-culottes parce qu'à force de chier dans votre froc vous devez en connaître un rayon là-dessus, non ? Sûr, il l'aimait bien la Grubner. La langue bien pendue, un aplomb incroyable *e un culo a far cadere le scaglie del coccodrillo.* L'article avait bien sûr déclenché des réactions parmi les notables impliqués en sous-main dans la gestion de la clinique et dans les journaux pour lesquels ce genre de crimes crapuleux représentait un vrai divertissement offert au lecteur saturé d'assassinats et d'enlèvements politiques.

C'est le jeune Drogo, rien à voir avec Buzzati, que Varga avait désigné pour l'accompagner. Ce blanc-bec avait besoin d'initiation, de connaître le terrain, les usages, les arrangements, les combines en tout genre. Les bonnes vieilles méthodes qui avaient fait leurs preuves pour ne pas indisposer les matous planqués en coulisse, se pousser peinard jusqu'au bout et palper éventuellement quelques poignées de billets au passage, il n'en savait pas trop long là-dessus, Drogo. De plus, c'est la première fois qu'il était confronté à une affaire un peu saignante. Ce qu'en sixième page peut-être mais en lettres grasses *La Stampa* appelait « Coïncidences mystérieuses dans une clinique privée ». La valse des coups de téléphone entre le maire, le préfet, les propriétaires de journaux, il en existait encore trois ou quatre à l'époque, et les services de police, s'était pour une fois terminée par un fiasco. Une jeune journaliste sans complexe et remontée à bloc avait flairé le bon coup, un os qu'elle ne lâcherait pas.

La Fiat devait être sous-gonflée, Varga énervé et la route montant à San Matteo bourrée de gravillons. Il avait fait deux ou trois embardées dans les épingles en se cramponnant au volant.

— Mais *putana di Dio* qu'est-ce qui leur prend à tous ces vieux ? Il y en a un qui se tranche la gorge dans ses chiottes. Après c'est une infirmière qui se paie un vol plané. Un type s'arrose de sang animal. Et maintenant un dingue de quatre-vingt-quatre ans qui s'étouffe en dormant… Ils font un concours ou quoi ?

— Roulez moins vite, chef, la route est glissante.

— Je sais conduire ! Non mais tu crois que j'ai que ça à faire ? Déjà ces cons de marins-pêcheurs qui s'entre-tuent à Comacchio…

— Comacchio ne dépend pas de nous.

— Toi on voit que tu débarques. Tu as besoin d'apprendre. À Comacchio on n'y pêche pas que le maquereau. Le trafic a évolué figure-toi. Les cigarettes, la came et les putes… De l'enfantillage. Maintenant trafic d'armes et surtout trafic de clandestins, politiques, criminels, terroristes et *tutti quanti*. Les passeurs ramassent des fortunes et se font la guerre.

— Et alors ?

— Et alors et alors… En bas dans les Trulli, à Barietta, à Bari, à San Angelo c'est saturé. Ça se passe ici maintenant.

— Ben oui, et alors ?

— Tu commences à m'emmerder avec tes « et alors ». On voit que tu sors du moule… Elle est où cette putain de clinique ?

— Vous l'avez ratée, c'était avant.

— Tu pouvais pas le dire plus tôt ?

— Ben j'écoutais, chef.

L'infirmière de nuit faisait deux rondes. Une dès son arrivée aux environs de vingt et une heures, l'autre plus tard au cours de la nuit. Les neuroleptiques, les hypnotiques et toute l'armada des compensations chimiques étaient distribués aux malades après le repas du soir. Dans les chambres, extinction des feux à minuit dernier délai. Galilée était originaire de Luanda. Elle avait débuté comme aide médicale bénévole pendant les conflits interethniques. À défaut de diplômes officiels elle s'était attachée, comme tant d'autres, à l'humanité souffrante quelle que fût son origine ou son parti. La guerre d'indépendance, c'est-à-dire la guerre civile, durait depuis quinze ans et n'était pas près de s'éteindre. Galilée s'était formée auprès des maigres missions humanitaires déléguées par les pays du Nord. Le dévouement à la cause avait trouvé ses limites après la disparition de toute sa famille, y compris celle de ses deux jeunes frères Cyrius et Mahé.

L'intégration au sein de la clinique San Matteo était tombée comme un don du ciel. Dans l'exercice feutré de l'établissement, Galilée pouvait panser ses blessures, tenter de cicatriser. Elle affrontait ici des souffrances d'un autre ordre. Non plus des communautés entières ballottées, conditionnées par des motivations nébuleuses, mais des pauvres types incroyablement solitaires qui se construisaient, seuls, leur descente aux enfers. Galilée avait tout son temps pour examiner le cheminement curieux de la nature humaine. Du dénuement désertique à la surabondance, les mêmes tropismes autodestructeurs, les mêmes schémas bien au point pour se bousiller l'existence et celle des copains.

La chambre 206, la sixième du deuxième étage, était occupée par un nommé Ahmed Grizzoli de confession musulmane. Malgré bien des accidents de parcours il avait gardé une foi tenace. Galilée aimait bien Ahmed. Elle passait souvent en pleine nuit de longs moments en sa compagnie à discuter, plaisanter, recueillir ses confidences sur la vie, lui dont le cerveau s'était peu à peu envolé. Ahmed Grizzoli avait trouvé chez Galilée l'écoute d'une sœur, une expatriée, une décalée comme lui.

Ce soir-là Ahmed n'était pas dans sa chambre. Il n'était pas, comme chaque nuit, étendu sur le dos au milieu de son lit, le visage serein. Galilée éclaira le plafonnier, fit machinalement le tour du lit et se dirigea rapidement vers la petite cage vitrée encore éclairée.

Ahmed Grizzoli était bien là.

À genoux, les bras pendants, la tête enfoncée dans la cuvette des cabinets. La carotide avait dû exploser sous le tranchant du verre. Un triangle de vitre ordinaire qu'il tenait encore dans ses doigts.

Les conclusions du médecin légiste et de l'enquête sommairement diligentée constatèrent un simple suicide. Un acte de démence sénile imprévisible. La triste extrémité d'un malade mentalement très fragile. Le mystère restait par contre entier sur les quelques mots tracés en lettres de sang sur le miroir du lavabo. De grosses lettres rouges avec des coulures à la Sam Francis. Le sang même d'Ahmed Grizzoli, le doute n'était pas permis. Dans le rapport officiel tout paraissait simple. Ahmed s'était entaillé une première fois pour écrire sur le miroir. Après quoi, avec un morceau de verre, il s'était proprement ouvert la gorge au-dessus de la cuvette des cabinets, sans doute pour ne pas salir la moquette, élémentaire mon cher Watson.

L'ennui dans cette histoire, le petit détail que l'enquête n'avait pas trouvé utile de commenter, c'est d'une part la nature de l'inscription, de belles lettres bien ourlées tracées sans hâte, presque esthétiques. Extrêmement surprenant de la part d'un homme qui certes s'était fait une belle place au soleil grâce à ses trois magasins de produits orientaux, mais qui ne savait pas écrire plus de cinq mots dans la langue de Dante. L'ennui d'autre part dans le contenu blasphématoire de l'inscription : ALLAH EST LE PLUS GRAND. Galilée, devant le corps plié en deux, avait réagi en quelques secondes, retrouvant d'instinct les gestes d'autrefois. Elle avait vivement retiré de la cuvette la tête d'Ahmed Grizzoli… En vain. Elle avait posé la tête sur ses genoux, lui avait caressé les cheveux en récitant les seules prières qu'elle connaissait, de vieilles comptines angolaises qu'on chantait aux enfants pour les endormir. C'est à ce moment-là qu'elle aperçut dans la bouche d'Ahmed un objet brillant qu'elle retira avec deux doigts. Une médaille en or jaune, très cuivré, attachée à une chaînette. Celle qu'Ahmed portait toujours à son cou.

L'incident occupa douze lignes dans les pages locales. Un désespéré met fin à ses jours. On situait évasivement les événements « au sein d'une clinique », sans autres précisions. La police n'avait aucune raison d'approfondir. Un coup d'éponge à l'Ajax triple action parfum orange, Javel dans la cuvette et une couche de peinture sur les murs de la salle de bains. Affaire classée.

Une série de phénomènes inquiétants allaient en quelques semaines faire sauter la chape de silence. Une diablerie meurtrière d'apparence ludique. Inutile de chercher des explications du côté des théories sur les propagations mimétiques poussant des individus à reproduire plus ou moins fidèlement des schémas meurtriers ou suicidaires pré-enregistrés. Des « modèles » en quelque sorte, puisés parmi les faits divers célèbres ou à la mode. La clinique San Matteo, par choix, s'efforçait de ne pas héberger de clients à haut risque. La population moyenne groupait des pathologies à long terme, sans véritable espoir de retour durable à la normale, mais à évolution paisible.

Peu après survint un incident semblable.

Le vieux Pepe Mendoza occupait depuis des années la chambre 104. On l'avait trouvé mort dans son lit, dans des circonstances qui ne pouvaient plus laisser de doute quant à l'existence d'un meurtrier, un maniaque de la mise en scène. Felipe Mendoza était depuis une douzaine d'années atteint de troubles phobiques obsessionnels. Sa femme et ses trois enfants avaient trouvé la mort dans un accident de la route particulièrement atroce. Felipe lui-même conduisait la voiture qui avait heurté de plein fouet un camion à bestiaux. Une vraie boucherie. Une partie du camion avait explosé sous le choc, libérant son chargement d'ovins dont plusieurs trouvèrent la mort dans l'enchevêtrement des tôles et des corps éparpillés de la famille.

Pepe Mendoza avait développé une phobie insurmontable à la vue du sang. Ses repas, strictement végétariens, étaient servis dans sa chambre. Pepe avait été trouvé dans son lit, un matin à l'heure du petit déjeuner, dans une mare de sang, celui d'un chat éventré à côté de lui. L'œuvre d'un monstre, un dément.

Une triste aventure du même ordre était advenue au colonel. Colonel était le nom familier sous lequel on désignait Giancarlo Pizzi, octogénaire atteint de troubles mentaux profonds. Ancien homme de main du pouvoir mussolinien dans les années quarante, adorateur du Duce et du Führer, exécuteur de basses œuvres, Colonel était de ceux que la justice n'avait pas trop inquiétés. Il s'était même vu accorder à la clinique le droit de porter jour et nuit à sa guise son vieil uniforme de la belle époque avec béret, ceinturon, accessoires divers et surtout ses douze médailles accrochées au plastron. Ce passe-droit, qui pourrait indisposer certains, mérite qu'on rappelle que les nostalgiques de *l'Unione nazionale*, les *Squadre*, n'avaient dans ce pays comme ailleurs jamais vraiment disparu. Le fait est que l'attitude des pensionnaires et même du personnel soignant à l'égard du colonel avait progressivement dérivé de l'indifférence amusée au harcèlement systématique. Du vieillard ridicule au souffre-douleur le pas avait été franchi. Comme dans les poulaillers où parfois une galline est massivement désignée victime expiatoire et doit subir l'acharnement de la communauté. Giancarlo Pizzi avait également été retrouvé mort sur son lit, mais nu comme un ver, visage congestionné, bleu comme une figue. Ses yeux exorbités fixaient un point précis du plafond. Une sorte de gisant squelettique sur sa couche. Mais que fixait-il donc là-haut ? Dieu le père ? Benito le bien-aimé ? L'étoile polaire ? L'arrivée du quarté ? Peut-être le lobe historique de Gigi Riva en finale du Calcio. Colonel avait l'éternité pour contempler la fragilité humaine. La cause du décès était là, brillante et trébuchante, enfoncée dans sa glotte. Une épaisse pièce de métal aux armes de l'Italie éternelle et du Duce, obstacle infranchissable pour une respiration normale.

La thèse du suicide paraissait difficile à défendre. À moins de penser que Colonel avait poussé un peu loin son goût pour la numismatique. Le revers de la médaille en somme.

Le sort de Galilée, la douce et attentionnée Galilée, fut réglé peu après. On transporta son corps en urgence à l'hôpital *degli Innocenti*. Elle demeura douze jours dans le service de réanimation. Douze jours de coma profond dont l'issue ne faisait pas de doute. Douze jours et douze nuits pendant lesquels l'enfant des faubourgs de Luanda eut tout son temps pour repasser le film de ses trente-sept années sur terre. La maison de son enfance, une vraie maison bâtie par les mains de son père Angelus, un patchwork cette maison où étaient habilement assemblés la brique, le bois à bateau, la terre et même le ciment. Les plus belles années de sa vie dans cette zone surpeuplée si proche de la mer, des années heureuses à repousser méthodiquement la misère. Un exercice quotidien construit centimètre par centimètre, comme un tricot. Jusqu'à l'indépendance, l'insurrection. Ah ! L'indépendance, c'est-à-dire la guerre civile, les combats, la famine… Angelus, sa femme Noumia et deux de leurs enfants, Cyrius et Mahé, avaient disparu dans la lutte. Galilée était partie. Un long périple qui l'avait ballottée d'Afrique en terre promise pour finir ici dans cette chambre d'hôpital aux volets clos, le visage noyé dans un masque à oxygène, les ultimes clignotements de son cerveau concentrés sur la fin du film.

Galilée avait parfaitement reconnu l'écriture, celle du miroir d'Ahmed Grizzoli. Cette façon particulière de boucler les *L*, de fermer les voyelles, d'incliner les verticales. L'écriture d'un gaucher. Pas n'importe lequel, Lorenz Vallero. L'écriture de Lorenz Vallero. Galilée était la seule personne de confiance à qui Lorenz s'adressait par écrit pour essentiellement acheter en librairie des livres aux titres plus ou moins incompréhensibles pour elle. Aux demandes d'explications concernant leur contenu, Lorenz avait très patiemment répondu, permettant à Galilée de posséder quelques rudiments sur *Le Gai Savoir*, *Éthique et réforme de l'entendement* ou *Au-delà du principe de plaisir*.

La volonté, de la part de la direction de la clinique et des services de police, avait été de toute évidence d'étouffer l'affaire Grizzoli et les autres. L'hallucinante inscription trouvée à côté du cadavre d'Ahmed avait une explication qui arrangeait tout le monde : une main extérieure, celle de l'un des malades bien évidemment, avait inscrit la phrase en lettres de sang APRÈS la découverte du corps de ce pauvre Ahmed Grizzoli dont le suicide ne faisait pas de doute, les malades se promenant souvent d'une chambre à l'autre. Rechercher le coupable parmi le lot des névropathes n'avait pas de sens. Sauf pour Galilée qui connaissait bien Ahmed et savait qu'il était incapable d'écrire si librement, et surtout incapable de se supprimer. Il fallait qu'elle fasse quelque chose. Qu'elle parle directement à

Lorenz. L'élégant, le policé, l'irréprochable Lorenz Vallero. Une voix douce, au timbre calculé, une désinvolture qui laissait les autres malades à distance. Ils ne l'aimaient pas, personne ici ne l'aimait. Galilée avait frappé à la porte de la chambre et s'était trouvée confrontée à un regard innocent, clair. Un regard de gosse.

— Galilée ! Entrez. Que se passe-t-il ? Vous semblez préoccupée. Que pensez-vous de cette gravure, incroyable, non ? Je n'ai jamais vu de représentation de la mort aussi grotesque. Non signée. Un inconnu. XVIIᵉ sans doute. Savez-vous que j'ai étudié deux ans à la Donatello Academia ? On me laissait entrevoir un avenir prometteur… J'avais horreur de l'effort scolaire, horreur des épreuves obligatoires et horreur de l'autorité…

— Monsieur Vallero…

— Vous ne m'appelez plus par mon prénom ?

— Monsieur Vallero je suis venue vous demander quelque chose de très simple. C'est en rapport avec la mort de…

— Grizzoli ? Je connais votre rôle dans ce triste épisode. C'est vous qui l'avez trouvé n'est-ce pas ? Dure épreuve. Tâchez d'oublier. C'était son heure il faut croire. Qu'est-ce que je peux faire pour vous ?

Galilée sortit un papier de la poche de sa blouse et un crayon ordinaire. Une mine grasse, épaisse. Sa main ne tremblait pas en tendant le papier et le crayon à Lorenz. Sur son visage aucune émotion visible. Une sérénité inexpressive, abstraite.

— Faites-moi plaisir, Lorenz. Rendez-moi ce service. Recopiez-moi de votre main ces quelques mots.

Lorenz prit le papier et lut. Il n'était pas censé connaître l'inscription sur le miroir mais son visage prit brusquement une couleur grise. Puis il se détendit très naturellement.

— C'est un jeu ? Vous êtes sûre de ce que vous faites ?

Elle avait dû glisser. Glisser bêtement. Son corps avait roulé sur une dizaine de marches mais la tempe gauche avait heurté l'angle en pierre. Elle mourut après douze jours de coma.

Quand la Fiat 1500 de Varga passa la barrière télécommandée de la clinique, Cynthia Grubner patientait dans le parking depuis une demi-heure. Elle avait donné rendez-vous à Varga, pour ne pas le prendre en traître. Lui expliquer gentiment qu'il se passait à San Matteo et dans l'entourage d'un malade en particulier des trucs plutôt bizarres, qu'il était inutile qu'il fasse les gros yeux ou se pique une crise d'apoplexie pour la dissuader. Elle tenait un os, un vrai os et rien ne lui ferait lâcher prise.

— Tiens, notre emmerdeuse est déjà là !
— Ah bon ! C'est elle ?
— C'est elle. En chair et en os. Plutôt bien roulée, non ?
— Chef !...
— Drogo, cette fille est une vraie sangsue, une chienne, une louve. Elle a décidé de mettre son nez dans cette affaire et à moins de se faire carboniser dans un accident elle ne décramponnera pas...

110

Mademoiselle Grubner, je vous présente le lieutenant Drogo.

— Enchanté, Drogo. Avec Varga vous apprendrez beaucoup. Un vrai limier comme on n'en fait plus. Une perle rare dans l'art subtil de l'investigation policière. Dur comme un roc, incorruptible. Pas un mou du manche qui fait dans son froc dès que ça tourne au vinaigre. Non, non, une flèche, un dur à cuire… Par exemple demandez-lui comment il a pu gober la série de morts naturelles survenues dans cette clinique. Je vous résume.

Et effectivement elle résuma. D'abord un brave homme passablement disjoncté, certes, mais qui réussit l'exploit de laisser au-dessus de son lavabo une inscription testamentaire alors qu'il ne sait pas écrire, juste avant de s'autodécapiter avec un morceau de verre et de plonger tête baissée dans la cuvette des cabinets.

— Varga, si vous pensez que je trahis la vérité n'hésitez pas à m'interrompre, je suis avide de suggestions.

Concernant le colonel, Cynthia leur fit une description nette et glacée. Colonel était, entre autres, un maniaque du rangement. Il avait ce soir-là pris son repas comme d'habitude et s'était lavé les dents avec le concours de l'aide médicale. S'en était suivi le rituel immanquable : hommage au drapeau, pas de l'oie, revue des troupes, discours à la tribune, bain de foule et fuite sous les applaudissements en s'engouffrant dans la Mercedes blindée… Un coup de peigne, pyjama à fleurs et au lit.

Le lendemain Colonel avait été retrouvé mort, nu comme un ver, le visage présentant tous les signes cliniques de l'anoxie cérébrale et de la détresse respiratoire. Qu'il se soit proprement étouffé accidentellement en avalant l'une de ses douze médailles du mérite était peut-être envisageable. Délabrement mental et pathologie militaire pouvaient conjointement expliquer cela. Mais rien ne pouvait expliquer l'absence absolue de traces. Traces de lutte, spasmes, mouvements réflexes…

— Votre conclusion, Grubner ?

— Pas de conclusion, Varga.

— Alors qu'est-ce que vous avez à vous creuser le chou et à me faire perdre mon temps avec vos trois ou quatre tarés qui se zigouillent à coup de médailles ou de tessons de bouteille ?

— Gagné, Varga. Je déplore leur disparition grand-guignolesque. Mais je vise, j'ai dans le collimateur un autre taré autrement plus dangereux. Celui qui assure la mise en scène. Un type qui, si vous ne m'apportez pas votre entière collaboration, risque de faire un carnage. Alors, voyez-vous, Varga, je prends chaque cas par le détail. Par exemple j'aimerais savoir quelle médaille, sur les douze, a été choisie pour étouffer ce vieux chnoque.

— Vous êtes complètement tapée, Grubner. Vous devez vous faire soigner. Qu'est-ce que j'en sais moi de cette putain de médaille qu'il s'est enfilée ?

— Où sont-elles ?

— Les médailles ?

— Les médailles. Je veux les voir, les compter, les palper, les passer à la loupe. Et ne prenez pas cet air ahuri devant votre protégé.

— Drogo, vous en pensez quoi de cette tordue ? Et si on la bouclait pour outrages ?

— Ben…

— Je veux juste examiner les objets personnels du défunt. Ça vous va ? Mais bordel dites-moi où sont passées ces médailles. Au Musée national des armées ?

— Les affaires personnelles de Giancarlo Pizzi dit Colonel sont restées dans les archives de la clinique, attendant une réclamation de la famille. Il n'a d'ailleurs plus de famille.

L'entrevue tripartite Cynthia-Varga-Drogo avait porté ses fruits. Varga et les gens qui n'avaient aucun intérêt à faire de la publicité autour des quatre morts de la clinique s'étaient tout de même ralliés à l'argument développé par Cynthia. Un vrai dingue, hyper-dangereux celui-là, courait dans la nature. Vallero ? Que savait-on sur lui exactement ? Rien, sinon qu'il était présent dans la clinique. Il fallait y ajouter un détail troublant. La fille qu'on avait retrouvée dans la décharge. Il fallait aussi ne pas perdre de vue que les présidentielles avaient lieu dans exactement quatre mois, que l'essentiel du programme de l'équipe au pouvoir, à défaut de bon bilan économique, il était en fait désastreux, avait tout misé sur la qualité de la vie et la sécurité. D'accord Grubner, avait dit Varga, on va pousser les recherches. Autopsie des victimes, commençons par Giancarlo Pizzi dit Colonel.

L'hôpital de Pistoia venait de se doter d'un institut médico-légal ultramoderne. Une chaîne méthodologique et ergonomique de premier ordre. De la découpe des corps aux plus fines analyses, une perte de temps minimum. Mariana la petite Calabraise fit glisser sur ses roulements bien huilés le casier 27. C'était son premier remplacement à Mariana. Comme stages préparatoires elle ne comptait qu'un passage en ophtalmo et un autre en médecine du travail. Elle était ici associée à un autre étudiant qui, lui, n'avait aucun stage à son palmarès. La seule difficulté venait du fait que le légiste-chef était justement en croisière aux Célèbes. J.-B. Solanar, dit Nanuk, ne détestait pas son métier mais avait horreur du froid. Un handicap à coup sûr. Bon alors les petits je vous ai laissé de la viande dans le frigo quinze jours c'est vite passé, ne faites pas de conneries je vous enverrai une carte. Vous inquiétez pas, Nanuk, partez tranquille on est là. Une chance unique pour les deux stagiaires de se dégourdir les doigts. Ils ne connaissaient du cliquetis des sécateurs que les simulations vidéo. Et là, clac clac tout de suite le grand bain.

— Bon alors, on commence par quoi ?

Elle était originaire de Catanzaro la petite. L'ambiance à l'institut était plutôt sympathique. Nanuk était un patron en or. Il la reluquait sans retenue quand elle se mettait à poil pour enfiler les blouses jetables, se penchait franchement sur elle quand il l'invitait à examiner un thorax ouvert ou un organe douteux. Un vrai séducteur le Nanuk.

— On pourrait commencer par… Il dit quoi le rapport ?

— Il dit qu'il est mentalement diminué.

Ils éclatèrent de rire en même temps… *Mamma mia* pour un premier découpage ils tombaient sur un cadavre mentalement diminué ! Et c'est quoi un cadavre mentalement normal ? Et un surdoué ?

— Il est mort comment ?

— Attends je regarde… il est mort… il est mort en avalant sa médaille militaire…

La petite Calabraise explosa comme sur une mine. Pliée en deux en se tordant de rire, elle faillit se blesser avec le bistouri, ne put retenir une miction urinaire… Putain de putain c'était pas dans les bouquins ça. Vive les stages, vive la dissection et les fabricants de médailles.

— Ils veulent savoir de quoi il est mort réellement. Étouffé avec une médaille ou autre chose ?

— Un assassinat ?

— Arrête de déconner c'est sérieux.

— Va chercher le manuel on va suivre le protocole.

Le lendemain, Colonel était réparti dans trois

bassines différentes plus les pièces en attente sur la paillasse en céramique. Cynthia avait téléphoné trois fois.

— Madame Grubner on a tout fait. Les poumons, le cœur, le foie, les sept mètres d'intestins, en ce moment je suis sur le cervelet…

— Non mais je vous ai pas demandé un osso bucco…

— Nous on nous a dit bilan complet alors on fait un bilan complet mais ce qu'on peut vous dire, vous affirmer, c'est qu'il était déjà mort quand quelqu'un lui a enfoncé une pièce métallique dans le gosier.

— Bon travail les enfants, arrêtez le massacre à la tronçonneuse et allez vous reposer. Si le commissaire Varga vous appelle dites-lui bien ce que vous savez.

Elvire était assise seule à une table du fond. Elle avait commandé un espresso et repoussé deux sollicitations de piliers de bar déjà éméchés. Il tombait une pluie fine depuis le matin et un petit froid inhabituel poussait à presser le pas. Elvire aperçut à travers la vitre Cynthia qui courait en traversant la rue. C'était un bout de femme vraiment curieux. Bougrement captivante. Un prolongement pétillant de l'enfance. Visage aux traits puérils, cheveux courts noir corbeau plaqués et laqués. Un soupçon d'androgynie parfaitement délicieux. Elles s'étaient donné rendez-vous au Da Rocco vers dix-huit heures, c'est-à-dire avant l'arrivée massive de la clientèle jeune et bruyante qui occuperait les lieux jusqu'à la nuit. Cynthia sillonna entre les tables en souriant à Elvire. Toute vêtue de noir, elle portait un manteau acrylique léger avec un col scintillant argent. Du toc choisi avec soin qui lui collait merveilleusement à la peau.

— Excusez-moi, Elvire, pour le retard. Je viens de passer deux heures chez les flics. J'essaie de leur extorquer des renseignements. Ce sont tous des balourds qui n'ont d'autre objectif que de visser leur gros cul sur leur feuille de salaire... Vous prenez quoi ?

— Un café.

— Un café. Moi pareil. Avec un grand verre d'eau s'il vous plaît.

— Vous avez du nouveau ?

Cynthia sortit un paquet de cigarettes blanc d'un luxe étonnant. Davidoff était vraiment sur la mauvaise pente. Pour quand les bonbons à la menthe ou les chewing-gums Davidoff ? Elle posa devant elle un briquet vert sombre en simili jade qui représentait un cracheur de feu chinois en érection.

— Cigarette ?... Le briquet ? J'y tiens beaucoup, je ne m'en sépare jamais. J'ai vécu six mois en Chine, pour le boulot. Ils fabriquent des trucs comme ça maintenant. On ne soupçonne pas les efforts que font les Chinois pour entrer dans le grand concert des nations.

— Cynthia...

Cynthia se dit qu'il était évident que cette femme en tailleur gris, droite sur sa chaise, était au bord de la rupture. Elle avait déjà soupçonné cela au téléphone. Une voix blanche, cireuse, absente. Il lui paraissait extrêmement délicat de lui faire un compte rendu de ce qu'elle avait collecté ces derniers jours. Cinq meurtres disséminés dans un rayon d'une centaine de kilomètres. Qui n'avaient

118

d'une part aucun lien apparent entre eux et qui surtout n'avaient aucun lien logique avec ce qui s'était passé à la clinique San Matteo. Rien sauf un ou deux détails. Une folie ludique, délirante, gratuite. Le tordu qui orchestrait cela fonctionnait selon des critères bien à lui. Dans l'improvisation, la jubilation. La préméditation et le calcul, si souvent des éléments majeurs à mettre au jour pour coincer les meurtriers, n'avaient ici aucun sens. Mieux même, la mise en scène de chacun de ces crimes avait de toute évidence demandé une participation active des victimes elles-mêmes. Cynthia avait une sérieuse connaissance des théories sur ce sujet. Ces dingues se montraient assez habiles pour manipuler leurs cibles, obtenir d'elles la soumission, l'acceptation passive.

L'un d'entre eux par exemple avait semblait-il activement collaboré, sans doute dans l'intention de gagner du temps et d'envisager une fuite. Ses vêtements avaient été soigneusement pliés et empilés à ses côtés. On l'avait trouvé dans une décharge sauvage, comme Nadja, la tête dans un bidet hors d'usage. Il avait été étranglé avec la chaînette d'une chasse d'eau. Le meurtrier lui avait fait avaler une pièce métallique choisie sur le tas, la rondelle perforée de la bouche du lavabo.

Il fallait remonter deux ans en arrière pour retrouver le cas troublant d'une femme de soixante-treize ans morte dans sa salle de bains. La reconstitution faite par les enquêteurs indiquait que cette femme revenait de faire ses courses en fin de matinée, chargée d'un chariot à provisions et de deux sacs bourrés de légumes. En tout onze kilos de viande, de pommes de terre, choux, poireaux, brocoli, oignons. Son mari chauffeur de taxi était rentré le soir vers vingt et une heures et avait trouvé la porte de l'appartement ouverte. Un fumet de soupe de légumes, probablement agrémentée de lardons, couenne et queue de bœuf, flottait dans l'air. Il est probable que le meurtrier avait su proposer ses services pour aider cette personne âgée à monter à pied les quatre étages. Le mari, surpris de trouver l'appartement vide, avait gagné la salle de bains. Un spectacle l'attendait : sa femme Léa immergée nue dans la baignoire bouillante au milieu de onze kilos de légumes et de viande en morceaux. Le sadisme ludique n'occupait que trois lignes dans la plupart des manuels traitant de criminologie. Cynthia fut convaincue que c'était désormais insuffisant.

Les trois autres victimes avaient connu des sorts du même ordre. Crimes dans lesquels l'élément dominant était une improvisation délirante destinée à être vue, remarquée, commentée. Une théâtralité de bout de ficelles par obsession de l'inédit, du spectaculaire et du désir sans limites de lancer des défis quels qu'en soient les risques.

Pour cette catégorie de psychopathes l'individu cueilli dans la multitude est en soi inintéressant, incapable de beauté et même nuisible. Il faut l'embellir, le soumettre aux caprices de l'artiste. Quelques retouches par-ci par-là comme on arrange un bouquet. On épampre, on taille, on embellit, on élimine. La jouissance n'est pas comme l'imaginent les badauds dans l'acte chirurgical lui-même mais dans la conscience du travail bien fait, du spectacle réussi.

Cynthia alluma une deuxième cigarette à bout doré. Le petit cracheur de feu en érection faisait de la résistance, ce qui obligea Cynthia à le secouer plusieurs fois. Elvire esquissa un sourire.

— Ne le perdez pas, Cynthia. Le jade était considéré par les Chinois comme un rempart contre les esprits du mal.

— Je l'ai perdu quatre fois et l'ai toujours retrouvé. Vous ne reprendriez pas un autre espresso avec moi ?

Le bar commençait à se remplir. Deux types grisonnants se livraient à des travaux d'approche. Cynthia avait mentalement tracé une ligne de démarcation. Quand ils l'eurent franchie elle se leva tranquillement pour leur glisser quelque chose à l'oreille. Les deux quadragénaires s'éloignèrent ahuris.

— Vous leur avez dit quoi ?

— Pas grand-chose. Des vieux trucs qui marchent chaque fois… Elvire, excusez ma question, que savez-vous de votre mari ? Où il est né, où il a vécu, grandi, son parcours jusqu'à ce que vous fassiez sa connaissance. Où l'avez-vous connu ?

— C'est simple. J'avais vingt-deux ans, je venais de terminer ma thèse, sur les langues romanes. Je suis d'une famille très simple vous savez. Ma mère travaillait dans un centre de rééducation gériatrique et mon père était pêcheur. La petite réception après la thèse s'était déroulée très classiquement mais de manière chaleureuse…

— …?

— Lorenz, qui ne connaissait personne apparemment, se tenait à l'écart, très attentif à ce qui se passait. Costume clair bien coupé. Du genre qu'on remarque immédiatement. Il ne regardait que moi. Quand tous les officiels ont commencé à partir il m'a simplement avoué qu'il m'avait remarquée un peu plus tôt dans la journée et m'avait suivie. Il m'a proposé pour s'excuser d'aller boire un verre. Nous en avons pris deux, puis deux autres dans un restaurant dominant l'Arno. Je n'avais jamais bu quatre verres à la suite. J'étais bien, parfaitement bien, pas du tout éméchée. Le reste a suivi.

— La suite, Elvire.

— J'ai à peu près tout balancé par-dessus les moulins. Même la rentrée universitaire de l'année suivante. Lorenz vivait chez moi. Puis on m'a proposé la direction d'une unité de recherche sur la linguistique et la sociologie qui me passionnait depuis longtemps. Lorenz a commencé à changer. Il s'absentait souvent plusieurs jours et revenait dans un état que j'estimais bizarre. Renfermé, évasif devant mes questions et même agressif. Je me demande maintenant à quel moment mes sentiments pour lui sont passés de l'amour à quelque chose d'autre, un sentiment paradoxal, irrationnel. J'avais la conviction que je ne devais pas le perdre.

Il était mon seul horizon vivant. Lui-même, bien que très irritable, visiblement soucieux, semblait tenir à moi. Sinon pourquoi serait-il revenu ?

— Et Alex, et Angel ?

— Je ne m'y attendais pas. Et Lorenz encore moins. Curieusement il a très vite surmonté la surprise. J'ai même cru qu'il reprenait brusquement une attitude normale, responsable. Je vous avoue que j'ai parlé de tout cela à mon médecin de famille, le docteur Schœnberg qui me connaît depuis l'enfance. Il m'a longtemps interrogée pour que je lui livre tous les détails, les informations sur le comportement de Lorenz. Il était très dubitatif. Pensez-en ce que vous voulez, Cynthia, mais c'est Lorenz lui-même qui a proposé que nous nous mariions.

Cynthia contemplait les volutes bleues qui s'échappaient de sa cigarette. D'abord une espèce de bison à pattes courtes, puis la tête s'effilochait pour donner une sorte de mollusque avec des tentacules. Enfin un dromadaire approximatif qui se perdait dans la voilette rose d'un abat-jour.

— Et si on se prenait deux Martini, Elvire, en souvenir du bon vieux temps ?

— D'accord. Avec quelques biscuits salés, je n'ai pas mangé depuis ce matin.

— Et sur les parents de Lorenz ? Avant l'incendie de leur maison ?

— Je ne sais pas grand-chose. Je vous répète que Lorenz n'aimait pas évoquer ces années-là. Ce que je sais c'est que sa mère a grandi seule, a connu plusieurs orphelinats. Et puis elle a rencontré le père de Lorenz, un propriétaire terrien aisé. Lorenz vit encore maintenant sur ce patrimoine.

— Une dernière question Elvire. Ce troisième enfant, Teresa ?

— Ma décision était prise. Il naîtrait.

— Vous vous rendiez compte des risques que vous preniez ?

— Non seulement je m'en rendais compte mais j'avais décidé de lui dire toute la vérité. De lui coller le nez dans la réalité, vous comprenez. Lui dont l'horloge interne déraille je le ramenais, quel que soit le risque, à reprendre contact avec la réalité.

— Vous lui avez appris comment ?

— Je n'ai pas eu à le faire. Le jour même où j'ai su que j'étais enceinte je suis rentrée à la Marcella. Les enfants étaient censés être seuls avec Nadja. C'est Lorenz lui-même qui m'a ouvert. C'est la seule fois où il m'a frappée, un coup de pied à la tempe. J'ai perdu connaissance.

— Et Nadja ? Nadja Fullam ?

— Il l'avait renvoyée. Définitivement. Estimant qu'elle n'était pas à la hauteur pour les enfants. J'étais folle de colère. J'aurais dû tout de suite téléphoner chez Nadja… On a retrouvé son corps deux mois plus tard… Vous connaissez l'inertie de la police concernant les crimes ou disparitions des gens non régularisés… Lorenz était déjà à la clinique San Matteo. Je n'y comprends rien…

— L'alibi San Matteo ne tient pas, vous le savez

124

bien. Il avait toute possibilité de demander et obtenir des heures et même des jours de sortie. Je me suis renseignée, il avait exigé un statut de semi-ambulatoire.

— Ne vous fatiguez pas, Cynthia. J'ai la conviction que Lorenz est un malade, un fou, peut-être schizophrène je ne sais pas, et qu'il est responsable de la mort de Nadja. Et d'autres encore. Le soir où j'avais décidé de lui dire pour le troisième enfant, il savait déjà. Il a eu l'information par le docteur Schœnberg lui-même.

Le paquet de cigarettes était vide. Promis se dit Cynthia, j'arrête demain. Ce serait dur de se passer des bisons et des dromadaires.

Le sous-sol de la clinique sentait un mélange répugnant de draps mal lavés, d'urine sèche et de transpiration. Auquel il fallait ajouter les relents de gasoil du chauffage central. Impossible de contenir un réflexe nauséeux. La face cachée de la clinique, ce foutoir écœurant de saleté, contrastait singulièrement avec les apparences de l'étage supérieur et en disait long sur les gens qui tiraient les ficelles. Deux tubes au néon souffreteux diffusaient une lumière pâle. Un encombrement de vieux matelas, de couvertures amoncelées, de sièges cassés, des alignements de rayonnages surchargés, de nourriture en containers… Cynthia pensa que le directeur n'avait peut-être pas tort de la dissuader de venir fouiller dans cet endroit. Qu'est-ce qu'elle pouvait espérer de cette perquisition dans ce qui restait des affaires personnelles de Giancarlo Pizzi, le colonel? Personne ne viendrait les réclamer. Donc, dans les délais approximatifs de quelques mois, ils partiraient tout bonnement à la poubelle. Elle était comme ça, Cynthia, il fallait qu'elle aille coller son museau partout et enfiler ses doigts dans les endroits les plus insolites.

Un pressentiment la tenaillait. Ou plus précisément le désir de suivre à la trace l'odeur du cinglé qui semait sur sa route des cadavres abracadabrants. Ce qui avait été collecté comme biens personnels ayant appartenu à Colonel tenait dans un simple carton à chaussures. Une paire de lunettes à monture métallique, deux couteaux à manche en corne et en bois, une montre de gousset portant au dos une inscription illisible et une dizaine de médailles apparemment militaires. Une dizaine de témoignages misérables du passage sur terre d'un collabo sans famille, sans amis, et dont le petit caprice terminal avait peut-être été le seul moment pittoresque de sa vie. Il n'y avait rien à tirer de ces rebuts. Rien qui puisse faire avancer les connaissances sur les goûts, les motivations du détraqué qui rôdait dans le coin...

Le carton sous le bras, Cynthia était à deux doigts d'abandonner et de remonter à la surface pour reprendre sa respiration... Elle se retourna d'un bond, elle avait perçu une sorte de craquement venant de l'angle opposé du local... Elle n'était pas seule... Quelqu'un se tenait dans l'obscurité... Le néon mal en point continuait de clignoter irrégulièrement... Plus rien... Il avait raison Varga. Tu es complètement à la masse ma pauvre Cynthia... Le complexe de la cave, le sous-sol, le silence... Elle s'épongea le front d'un revers de manche et rassembla néanmoins les médailles pour les emporter. Pour en faire quoi ? C'était sans intérêt, stupide...

Une main se posa par-derrière sur son épaule. Elle poussa un cri et sentit le sol qui s'écroulait...

Elle connaissait ce type. Bien sûr elle le connaissait. Il la fixait droit dans les yeux, un sourire inquiétant sur les lèvres. Lorenz. Cynthia s'écarta instinctivement, les jambes molles, les pupilles prêtes à exploser. Elle savait exactement maintenant ce qu'elle était venue chercher ici. Le rencontrer, lui. Voir en face ce tordu qu'elle suivait depuis huit ans.

— N'ayez pas peur. Je vous ai vue descendre. Je sais qui vous êtes. La journaliste qui a pondu ce papier sur le sort étrange qui a frappé quatre personnes dans l'enceinte de cette clinique. Voyez-vous, mademoiselle Grubner, ceci peut vous paraître étrange mais je vous attendais. Plus exactement, j'attendais que ces espèces de pieds nickelés qui ont mené l'enquête sur ces pauvres bougres qui sont passés de vie à trépas se fassent doubler et probablement ridiculiser par une petite journaliste de votre trempe. Vous m'êtes extrêmement sympathique. Votre acharnement à vous intéresser à moi me flatte énormément. Entre nous je ne pense pas que l'humanité ait beaucoup à souffrir de la disparition de tous ces gens. Le cas de Galilée, avec qui j'entretenais par ailleurs les meilleurs rapports, est plus intéressant. Il semblerait qu'elle se soit finalement fait rattraper par un destin qu'elle a cherché à fuir en abandonnant son milieu originel, la terre où elle avait grandi. Le destin sait se montrer cruel avec ceux qui cherchent à lui échapper. Dans le jeu du chat et de la souris il est souvent très inventif. Un vrai régal pour les amateurs de sensations fortes. Vous avez pris place aux premières loges, profitez du spectacle, il en est encore temps.

Dans l'obscurité du sous-sol Cynthia ne devinait que deux épingles brillantes au niveau des yeux. Il se tenait en contre-jour, immobile, les bras le long du corps. Une voix calme, au timbre calculé. Cynthia décida d'attaquer, ne pas rester passive.

— Monsieur Vallero, autant vous l'avouer tout de suite. C'est la première fois que je me fais coincer dans un sous-sol par un interné psychiatrique.

— Interné ! Ciel ! Je suis en fait ici de mon plein gré et en sortirai quand bon me semblera... Ce n'est peut-être pas votre cas, mademoiselle Grubner.

— Ce qui signifie ?

Cynthia avait pleinement conscience de la situation. Elle était confrontée à un instant crucial de sa vocation de chroniqueuse judiciaire. Elle eut une pensée fugitive pour Galilée qui avait probablement été balancée du haut de l'escalier et achevée par Lorenz lui éclatant la tempe sur l'angle en pierre. Il fallait qu'elle échappe à ce type et qu'elle gagne quatre à quatre le rez-de-chaussée par l'escalier pour l'instant plongé dans le noir à l'autre bout du sous-sol. Pas question d'appeler. Sa fierté le lui interdisait. Vallero, toujours immobile, lui barrait le chemin de la sortie entre les deux hautes rangées de classeurs. Il contrôlait la seule issue possible. Sa voix, un filet acide, à peine audible.

— Vos lèvres tremblent, Cynthia Grubner. Votre front est en sueur. Vous crevez de peur. Je me trompe ?

— Vous ne vous trompez pas, Lorenz. Je peux vous appeler Lorenz ? C'est la première fois que je me paye un face-à-face avec un timbré qui a probablement tué quatre personnes récemment et qui est soupçonné d'autres meurtres d'une sauvagerie peu commune. L'œuvre d'un maniaque mégalo qui théâtralise la souffrance de ses victimes parce que c'est la seule chose qui l'excite vraiment... Alors, comprenez-vous, il faut que je m'adapte, que je m'habitue à l'idée que je suis peut-être la prochaine sur la liste. Il faut que j'analyse. Que je me penche sur ces trente-deux dernières années que je viens de passer sur terre. Trente-deux, vous vous rendez compte ? C'est pas bézef, avouez ! Je dois encore vingt-huit mensualités pour mon appartement. Ma chatte Caroline a la grippe, elle attend ses deux comprimés de salicylate, comme chaque soir. Je dois emmener le mois prochain ma sœur et ses trois gosses à la neige. Vous voyez la tête de Nino, mon filleul, quand il apprendra que sa marraine s'est suicidée en... je ne sais pas moi... en s'empalant sur un porte-bouteilles dans la cave d'une clinique pour malades mentaux... Arrêtez vos conneries,

130

Lorenz. Payez-vous une petite pause. Vous racontez tout à la police, vous êtes jugé irresponsable, dans six mois vous sortez un bouquin et vous devenez célèbre... Au fait, vous aviez prévu quoi en ce qui me concerne ?

Touché ! Elle avait vu juste en percevant instinctivement ce qu'il fallait à tout prix éviter, se comporter en victime. La perversité, Cynthia avait suffisamment d'expérience professionnelle, se structure sur une relation d'emprise. Le criminel pervers opère à partir de manipulations, de mystifications. Il peut libérer ses pulsions dans une absence totale d'angoisse, de compassion et bien sûr de remords. Lorenz était probablement un maître dans cette discipline. De ceux qui ont toutes les audaces et savent parfaitement s'organiser, tisser leur toile, développer des modes opératoires compliqués ou se livrer à des improvisations fulgurantes.

— Mais, Cynthia, la voie est libre. Remontez tranquillement à l'air pur et reprenez votre souffle, vous en avez besoin.

Cynthia se rapprocha de Lorenz jusqu'à le toucher, s'arrêta pour le dévisager. Les deux regards s'affrontaient et Cynthia sentit quelque chose qui chancelait en elle. Il avait un visage magnifique, presque parfait. La bouche s'était détendue en un sourire assez tendre. Un sourire de gamin. Un doute survenait brusquement, comme un pavé dans l'eau calme. Et si elle s'était totalement trompée, si tout le monde se trompait ? Mais bon Dieu qu'est-ce qui lui avait pris de s'emballer comme ça ? L'avait-il menacée ? Où étaient les preuves de son implication directe dans les crimes supposés ? Son interprétation cynique des événements ne signifiait rien. Difficile d'imaginer un coupable, un tueur, commentant allégrement ses actes devant un témoin comme Cynthia. À moins que...

Elle tourna le dos à Lorenz sans un mot et entreprit de gravir les escaliers qui donnaient accès au rez-de-chaussée, donc au niveau de la réception. Lorenz n'avait pas bougé. Cynthia ouvrit la porte qui débouchait dans le hall et se retourna.

— Au fait, monsieur Vallero, j'ai compté les médailles qui restaient dans le carton où sont rassemblées les affaires du colonel. Il y en avait dix sur les douze de sa collection. Une seule était enfoncée dans sa gorge et l'avait étouffé. Il en manque donc une. Vous n'avez pas une idée à ce sujet ?

Cynthia entendit Lorenz qui montait, lui aussi sans se presser. Il apparut dans le trou sombre de l'escalier.

— Il est dix-huit heures, mademoiselle Grubner. L'heure du dîner pour nous, les malades mentaux, les dégénérés. La direction n'autorise aucune dérogation horaire. Les gens sains d'esprit et libres de leurs mouvements comme vous ne dînent pas avant vingt heures je suppose. Il vous reste encore deux bonnes heures pour rédiger la suite du feuilleton.

En rentrant chez elle Cynthia trouva un message de la jeune Calabraise qui avait terminé l'enquête à l'institut médico-légal. Elle lui demandait d'ouvrir son écran et de consulter l'image radiographique qu'elle lui faisait parvenir. Celle de l'extrémité du tube digestif du colonel. Dans une circonvolution du couloir rectal, une tache brillante de forme ovoïde sur laquelle on devinait l'attache de deux anneaux. La douzième médaille.

LE COMPTE EST BON avait sommairement incrusté sur le cliché Mariana la jeune Calabraise. Suivait un complément succinct d'observation. Mariana et son copain qui avaient débité Colonel en pièces détachées avaient négligé l'examen clinique approfondi. L'introduction anale de la médaille ne faisait pas de doute. La responsabilité personnelle de Colonel dans l'accomplissement de cet acte particulièrement traumatisant ne pouvait être invoquée. Quoique, avec ces militaires on ne sait jamais, terminait la jeune Calabraise.

Cynthia dormit très mal cette nuit-là. Et toutes les nuits suivantes. La confrontation avec Lorenz Vallero avait tourné court. Coup nul. Fiasco. Elle s'était fourvoyée comme une débutante en imaginant qu'il commettrait une erreur. Qu'il se comporterait comme il était légitime de l'envisager de la part d'un maniaque, d'un schizo dangereux. Elle venait de brûler une carte importante. Il la prenait maintenant pour ce qu'elle était. Une gourde sans cervelle qui de surcroît avait montré qu'elle était capable de péter de trouille. Tout au plus pouvait-elle espérer qu'elle représentait maintenant pour lui une cible potentielle, un insecte de plus à écraser contre une vitre. En jouant fin elle pouvait sur ce terrain-là se ménager une ouverture.

Cynthia respira un grand coup, se retourna trois fois dans son lit et constata qu'elle était en sueur. Elle passa la paume de sa main entre ses seins. Une vraie rivière. La montre-réveil de la table de nuit indiquait quatre heures. Un état d'excitation et d'hyperlucidité proche de ce qu'elle avait connu quand elle sniffait de la poudre. Putain c'était le bon temps. Une époque où elle avait beaucoup hésité entre devenir écrivain, call-girl pour palaces-hôtels ou la maîtresse d'une vieille danseuse hongroise très belle et très riche qui lui avait pratiquement proposé le mariage. Un sacré coup celle-ci. Que des bons souvenirs. C'est dans ces moments-là que Marko lui manquait. Il se serait levé sans rien dire, aurait préparé une tisane à la sauge et à la sarriette mélangées puis l'aurait prise dans ses bras jusqu'à ce qu'elle s'endorme.

Le frigo était vide, comme d'habitude. Dans un papier gras sur le rayon du bas une tranche épaisse de jambon sec. Elle racla avec les ongles la couche de sel qui avait cristallisé en surface et l'attaqua à pleines dents. Un pressentiment sans fondement objectif lui courait dans la tête. Une sorte de fièvre lui nouait les tripes. Et l'irrationalité même du phénomène aggravait l'impression douloureuse. Finalement elle n'en avait rien à fiche de ces vieux qui crevaient avec leur médaille du mérite dans le rectum ou qui peignaient de leur sang le miroir de leur salle de bains… Une idée inquiétante lui roulait dans la tête comme un serpent. Lorenz marquait son territoire autour d'Elvire, autour d'Alex, Angel et Teresa. Autour de la Marcella. Un loup. Mais il ne le marquait pas en urinant au pied des arbres. Il avait trouvé mieux. Beaucoup plus drôle.

Le morceau de jambon sec avait pris une sacrée claque. Restait la couenne. Inattaquable la couenne, c'était un coup à y laisser canines et prémolaires. C'était surtout un coup à se couvrir de ridicule si elle allait raconter à Varga qu'Elvire était en danger, que ce danger était imminent, qu'elle le sentait, le sentait confusément et de manière absolue. Varga pour une fois bougez-vous les fesses, je sens… Bah ! Il restait un fond de Barbaresco dans une bouteille. Éventé, bouchonné, naturellement.

Au départ cette affaire s'était présentée comme une aubaine. Un bon coup bien saignant. Suffisamment baigné d'incertitudes, de propositions aléatoires pour justifier tous les débordements. De quoi pisser de la copie et faire de l'audience pendant des semaines y compris dans les éditions nationales. Et pourtant l'enquête traînait en longueur. Il était trop évident qu'un certain nombre de personnes n'avaient aucun intérêt à faire éclater en plein jour une mélasse aussi nauséabonde. D'après ce qu'elle avait pu collecter en reprenant méthodiquement les chroniques spécialisées de tous les quotidiens depuis huit ans, on pouvait dénombrer un minimum de onze meurtres inexpliqués ne possédant en commun aucune étiologie apparente si ce n'est leur mode opératoire complètement loufoque et gratuit. Géographiquement ils constituaient un chapelet, une sorte de chemin de croix assez sinistre qui s'étendait grossièrement de l'Émilie aux Abruzzes. Une seule exception plus au nord. Un jeune diacre homosexuel trouvé étranglé avec son scapulaire au pied de l'arca di sant'Agostino, dans le chœur de l'église Saint-Pierre de Pavie. Rien n'aurait sans doute attiré l'attention de Cynthia sur cette affaire n'eût été cette énorme sucette blanc et rouge entourée de sucre candi que le meurtrier lui avait enfoncée jusqu'à la garde dans la gorge. Sur le front du jeune diacre, inscrite à la hâte au feutre violet, une simple annotation dénotant chez le meurtrier un fin latiniste : FELICISSIMUS FELLATOR.

L'affaire n'avait pas fait grand bruit. L'Italie dans ces années-là avait mieux à faire. Les unes des journaux dégoulinaient des exactions terroristes. Les profondes transformations économiques et sociales débouchaient sur une explosion de violences politiques. *Lotta continua*, *Avanguardia operaia* et surtout *Brigades rouges* s'installaient durablement dans le paysage. Leurs modèles allemands ou uruguayens, bande à Baader ou Tupamaros, étaient largement dépassés. Comme souvent, les inspirateurs apparaissaient comme d'aimables trublions au regard du zèle sanguinaire des élèves. *La strategia della tensione* enflammait l'opinion. On appelait cela les années de plomb.

Dans ces conditions, l'accident malencontreux dans les escaliers de la clinique San Matteo d'une infirmière angolaise ou les morts suspectes d'un colonel cacochyme, d'un ex-commerçant en produits orientaux ou de tant d'autres disparitions anecdotiques, ne tenaient pas une seconde face aux quatre-vingt-quatre morts de la gare de Bologne, aux attentats piazza della Loggia à Brescia, à l'enlèvement du juge Sassi ou à l'assassinat d'Aldo Moro. Ajoutons à ces tristes événements que le libero de la Juve venait de se déchirer les ligaments croisés, qu'on parlait déjà de la venue en Italie d'un avant-centre argentin chargé comme un mulet de cocaïne et d'anabolisants... Pour le tueur en série, le psychopathe à l'humour si particulier, la route était libre. Il pouvait déployer ses fantasmes sadiques à sa guise. Il avait toutes les chances de jouer sur le velours, de ne pas occuper le devant de la scène médiatique.

Et qu'une jeune et brillante professeur de faculté eût mis au monde une enfant adultérine n'était pas en mesure de déchaîner les passions. Le mari n'était-il pas un être volage et inconstant ? Un irresponsable égaré dans une aventure matrimoniale ?

Cinq heures vingt. Dans une heure à peine les premières lueurs du jour. Même la douche brûlante n'effacerait pas la gueule de bois. N'effacerait pas non plus les miasmes qui lui tournaient dans la tête. Elvire avait joué gros. Trop gros. Garder l'enfant avait été une folie. Un coup de bluff énorme, le brandir comme un défi, une arme. Cynthia pensa à ces femmes du Jugement dernier affrontant leurs bourreaux leur bébé tendu vers le glaive. Le coup de bluff avait pour l'instant fonctionné. Le prédateur avait pris la fuite. Cynthia le sentait rôder, décrire des cercles, tester le terrain. Il fallait, il fallait absolument qu'elle en sache davantage sur lui. Qu'elle remonte la filière, qu'elle retrouve ses traces et lui emboîte le pas. Il fallait…

Ma chère Elvire, nous avons écoulé ensemble des jours merveilleux. J'utilise à dessein cette formule d'une extrême platitude. La platitude est la ligne d'horizon de toute chose. Nous accrochons nos désirs balbutiés aux aspérités de l'éphémère. Le jeu consiste simplement à repérer les petits cailloux semés sur des chemins qui ne mènent nulle part. J'espère que cette modeste contribution à l'appréhension du monde baignera ton front de quelque apaisement. Parce que je vois bien dans tes yeux rougis une grande lassitude. Tu t'es enlisée. Seule. L'enfant que tu portes te cloue au sol, brisée. Cette arme se retourne naturellement contre toi. Il est ta honte. Et non pas bien sûr la honte vulgaire de l'avoir conçu à même le sol, couchée sur un parquet entre un bureau et une chaise en bois. Mais la honte, la salissure, de le manipuler comme un défi, un rempart. Extrêmement dangereux. Extrêmement hasardeux. La nature n'a pas toujours horreur du vide, mais elle a horreur d'être outragée. Elle se venge. Bassement, sournoisement. Toujours de manière efficace. Tu peux compter sur elle. Rien ne l'arrête. La nature n'a pas d'état d'âme, pas de retenue, pas d'éthique. Elle ne s'embarrasse pas de préjugés, de semonces, de clémence. Ne craint jamais le châtiment parce qu'elle EST le châtiment suprême, le bras armé du destin. Dieu, dans son immense miséricorde, lui a donné plein pouvoir. Il a en elle une confiance totale, parce qu'elle a fait ses preuves. Elle s'est campé une vue imprenable, un rôle en or. Elle est l'unique richesse de l'homme sur cette terre. Il s'est totalement asservi à elle, en elle. Il rampe à ses pieds comme la vermine au pied de l'arbre magique. À défaut de bien savoir servir Dieu, il lèche les semelles de la grande prêtresse. La résignation et la servilité l'ont transformé en insecte aveugle, condamné à l'errance, le fantasme, le faux-semblant.

Dieu merci, il lui reste l'instinct sexuel. La copulation. Dernier vestige caricatural de l'acte divin originel... Elvire, même si tu enfantes un monstre, ne renie pas cette nuit d'ivresse où ton dos a raclé le plancher d'un amphithéâtre, ton ventre s'est ouvert aux coups de boutoir maladroits d'un étudiant de passage. Le sexe est le rire du diable. Dieu, lui, n'a jamais pu rire. On n'y peut rien c'est comme ça. Même lui n'y peut pas grand-chose, lui qui peut tout. Il a probablement essayé, avec tous les pouvoirs dont il dispose il aurait dû y parvenir. Eh bien non. Ça lui reste coincé, là. Impossible ce grand écart zygomatique. Faire la moue, cligner des yeux, bouger les oreilles, apparaître, disparaître, se vaporiser, faire des signes avec les doigts, patiner, marcher sur les eaux, sauter à la perche, partir en fumée... Il peut tout. Mais il ne dispose pas de cette faculté réflexe, spasmodique, si souvent proche ou annonciatrice d'une forme de désespoir.

Il ne l'a pas parce qu'il ne DOUTE pas. Dieu ne peut pas douter. Il possède l'alibi en béton, le fusible inépuisable, l'assurance tout risque illimitée... *Fatum divum, fala deum...* Fichez-moi la paix, ne me cherchez ni crosses ni poux dans la tête, je me repose, adressez-vous aux nuages, au temps qui passe, à mon fils, à ma mère, à mon chien, à la nature luxuriante et éternelle à qui j'ai tout confié, les moules, les plans, les formules magiques, les clefs du coffre et celles du Paradis... Vivez, souffrez, entre-tuez-vous, copulez comme des forcenés, dressez des croix, des poteaux, des sanctuaires, fracassez-vous le front contre les murs ou les tapis de prière, lamentez-vous en battant la mesure, faites des exemples, désignez des coupables, des victimes expiatoires, des figures de proue, des martyrs, des kamikazes, des prophètes, des intouchables… Vous avez tous les droits. Je vous ai fait à mon image. Vous êtes omnipotents, tous les coups sont permis, même les plus tordus. Vous êtes maîtres du terrain, je retire tout, les arbitres, les juges de touche, les filets de sécurité et même les chronomètres, la partie se jouera sans moi, au finish.

— Oh ! là ! là ! Ce que vous me demandez là ma petite dame…

— Ce que je vous demande depuis vingt minutes, patiemment, sans m'énerver, c'est de faire votre boulot.

Ne le prenez pas comme ça, j'ai pas que ça à faire. Et puis c'est qui ce type ? Qu'est-ce que j'en sais si je les ai les dossiers. Vous croyez qu'on garde tout ? En principe on garde tout, ou alors on renvoie dans une autre mairie, vous comprenez ? C'est plus logique quelquefois de tout rassembler. Toute une lignée familiale au même endroit. Voilà. Comme ça si on veut faire des recherches… Vous saisissez ? On déménage tout et on le met ailleurs. C'est comme ça qu'on arrive à tout perdre. Je leur ai dit souvent, c'est bien beau de concentrer… Concentrer, concentrer, ils ont que ça à la bouche. Seulement nous, tintin, quand on veut trouver le dossier…

— C'est quoi votre petit nom ?

— Mon petit nom ?

— Votre petit nom oui, c'est quoi ? Dans l'intimité on vous appelle…

— Angelo.

— Angelo regardez-moi bien dans les yeux.

— … ?

— Vous me trouvez comment, Angelo ? Sympa ? Chouette ? Agréable à regarder ? Plutôt tartignole ? Vous auriez envie de m'aider ou de me mettre des bâtons dans les roues ?

— Ben…

— Répondez, merde ! J'ai l'air d'une conne qui perd son temps à fouiller des généalogies pour rien, pour des clous ?

— Ben… non. Vous êtes charmante. Je ne doute pas de…

— De quoi, Angelo, vous ne doutez pas ? Allez, exprimez-vous. Vous ne doutez pas de… l'utilité de… de ma dém…

— Démarche ?

— Banco Angelo ! C'est tellement agréable de passer un moment avec quelqu'un qui comprend tout si vite. Bon alors bougez-vous le train, je veux tout avoir sur Lorenz Vallero. Tout vous entendez ? Les lignes directes, les collatéraux, les rapportés, n'oubliez pas les enfants cachés, les bâtards, les répudiés… Tout ! jusqu'au Moyen Âge.

— Fallait le dire tout de suite. Vous avez le papier ?

— Le papier ? Quel papier ?

— Ben, l'autorisation. Vous avez bien fait une demande auprès des services de l'état civil ?… Comment ? Vous ne saviez pas ?… Mais vous comprenez bien que je ne peux pas vous donner accès à des dossiers confidentiels comme ça… Mais prenez pas cet air-là.

— Angelo, vous avez quel âge ?

— Cinquante-huit. C'est important ?

— Très important. Vous occupez un poste de premier plan.

— N'exagérons pas, je suis au bas de l'échelle… Enfin, je dis ça comme ça. Précisément je passe mes journées sur une échelle, tous les dossiers sont là-haut.

— Angelo vous êtes un homme d'expérience, honnête, consciencieux. Je suis certaine que vous êtes conscient de l'urgence de ma démarche. Il me faut ce Vallero, Angelo…

— Mais qu'est-ce qu'il vous a fait ce type ?

— Il a… il a… violé ma mère !

— Pas possible ! Ça s'est passé quand ?

— … Hier soir !

— Hier soir ? Mais… vous vous moquez de moi. Quel rapport avec ce service ? Vous avez besoin de son arbre généalogique ?

— Parfaitement… On les soupçonne d'être violeurs de père en fils. Une maladie génétique, faut arrêter ça.

— Il n'y a tout de même pas le feu. Faites la demande, vous aurez la réponse dans moins de huit jours.

— Angelo je ne vais tout de même pas me battre avec vous, vous êtes bâti comme un taureau, vous faites du sport ?

— Vous rigolez, j'ai arrêté le foot à vingt ans…

— On dirait pas, faites toucher… Si si j'y tiens…
Vous êtes dur comme un jeune homme… Ces bras,
cette poitrine… Vous avez une femme ?

— Ben oui… mais…

— Mais quoi ? Ça ne vous plaît pas quand je
passe ma main… là… et là. Angelo vous commencez
à me ficher des crampes…

— Vous croyez que… Je dois faire quoi ?

— Pas grand-chose, laissez-moi faire. Montez
sur l'échelle et cherchez la lettre *V*.

— Le *V* ! Il est sur le troisième rayon.

— Eh bien allez-y, montez.

— Vous vous rendez compte…

— Parfaitement. Montez je vous dis… Voilà,
très bien… Cherchez encore…

— Vous avez dit… Val… Val…

— Vallero. Famille Vallero. Trouvez-moi
quelque chose là-dessus… C'est quoi ces boutons ?
Vous ne pouvez pas avoir une fermeture Éclair
comme tout le monde ?

— Je… je ne pense pas…

— Ne pensez pas Angelo, surtout ne pensez
pas…

— N… non, mademoiselle…

— Grubner. Cynthia Grubner. Enchantée. Vous
en êtes où ?

— Viz… Vim… Vic… Vac…

— Ne gigotez pas, concentrez-vous. V.a.l.l.e.-
r.o. C'est tout de même pas sorcier.

— Var… Vap… Val… !

— … mh… mh… Continuez mon vieux.

— Val... Vall... Ooh! Aah!... Vallencia... Valpurza... Valtrinaccio...

— Cherche Angelo, cherche... Ouvre tout, fouille, balance tout par terre...

— Va... Val... VALLERO!!!

— Ouf! Angelo tu es un vrai champion... Non non laisse-moi faire, je remets tout en ordre.

Elle le coincerait ce salaud. En commençant par desserrer la chape de silence autour de son passé, son parcours. Une partie de l'écran de fumée venait de s'évaporer à la lecture des quelques pages arrachées à la force du poignet au valeureux Angelo. Un événement majeur dans la jeunesse de Lorenz se devait d'être éclairci. Un feu d'artifice extrêmement trouble. L'incendie accidentel de la maison de ses parents dans lequel l'un et l'autre avaient été carbonisés. Il fallait retrouver le compte rendu de l'enquête, éplucher les détails. Comment s'en était-il sorti à si bon compte, lui? Comment ses parents encore dans la force de l'âge étaient-ils restés coincés cette nuit-là? Il avait dix-sept ans à l'époque et avait donc produit un témoignage. Quels détails, quel alibi circonstanciés avait-il pu produire? Un autre aspect du parcours commençait à remonter à la surface, l'histoire des parents mêmes de Lorenz. Et plus précisément de sa mère, Maria Vallero, dont les données biographiques semblaient des plus vagues...

Cynthia ressentit une brusque envie d'alcool. Deux ou trois Martini au Da Rocco, le bar même où elle avait donné rendez-vous à Elvire. Qu'est-ce qu'ils pouvaient bien coller dans leur mixture chez Martini pour que ça lui fasse cet effet-là ? Cinar, cognac, scotch, Coca-whisky… Nuls. Martini ? Une vrai giclée en ébullition dans les veines, de la chaleur partout, le cerveau qui bouillonne… Hep ! Garçon, encore un s'il vous plaît… Elle le baiserait, elle lui niquerait la gueule à ce tordu avant qu'il ne fasse vraiment du mal à Elvire, ou alors elle devenait dingue, comme Elvire, elle se jouait le grand jeu de la peur… Et pourtant, elle savait que ce type allait frapper, qu'il préparait son coup, comme il avait préparé minutieusement le coup de l'amphithéâtre le jour de la thèse.

Elle avait senti cela dans le sous-sol de la clinique, au milieu des archives, à la recherche des effets personnels de ce con de colonel au tube digestif bouché aux deux bouts par ses médailles militaires… Cynthia se mit à rire, gravement, nerveusement, seule à sa table du Da Rocco. Des gens se retournèrent avec des regards ahuris, elle leur fit un doigt d'honneur et commanda son cinquième Martini.

Dans le silence, l'obscurité du sous-sol, il s'était approché d'elle, sans bruit, par-derrière. Il l'avait surprise et terrorisée alors qu'elle se livrait à une tâche ridicule. Ridicule, devant l'imminence du danger, cet empressement à compter des médailles dans un carton à chaussures… Il aurait pu sans aucun effort ni état d'âme lui entourer le cou d'un simple lacet et serrer jusqu'à ce qu'elle devienne molle… Vos lèvres tremblent, Cynthia Grubner, vous crevez de peur… Oui Lorenz je crève de peur, oui je me sens humiliée mais je vais fouiller ta vie, ta tête, comme une taupe. J'espère que ce que je trouverai te propulsera au fond du trou ou dans une camisole de force jusqu'à la fin de tes jours.

La première hospitalisation, moins de six mois après leur rencontre, était tombée comme un gros coup de semonce. Nous l'avons retrouvé, madame Vallero, complètement inconscient, du moins dans un état proche de l'hébétement. Mais ne vous faites pas de souci il est maintenant hors de danger. Peut-être un simple malaise. Il sera sur pied dans quarante-huit heures. Est-ce la première fois ? Les symptômes sont atypiques, contradictoires. Les moments d'abattement et d'extrême lucidité se succèdent de manière très aléatoire. L'origine vasculaire cérébrale a été écartée. Il y a des cas comme ça, on ne sait pas. Selon vous est-il quel-qu'un de… psychiquement fragile ? Dans sa famille connaîtriez-vous des cas semblables ? Il ne faut pas écarter les prédispositions transmissibles…

— Pas à ma connaissance, avait été la réponse d'Elvire.

Elvire avait passé la soirée au chevet de son mari, chambre 28 de l'hôpital de la Charité. Chérie, un simple éblouissement. Je n'avais pas connu ce type de malaise depuis mon enfance. Cela m'arrivait parfois. Une simple affaire vasotonique je suppose. Lorenz, pourquoi n'es-tu jamais disposé à me parler de ton enfance, de ce qui s'est passé. J'ai la sensation que ce silence crée un fossé entre nous. Je ne désire pas évoquer cela, tu dois le comprendre parce que tu n'as pas le choix, moi non plus d'ailleurs. Il m'a fallu des années pour ensevelir cette période, c'est à ce prix que j'ai pu retrouver une sérénité, une autonomie.

Elle regrettait ses questions, son insistance. Je ne suis qu'une gourde, passablement égoïste. Il était parfaitement justifié qu'un être qui a été confronté à une telle épreuve n'éprouve aucunement le besoin d'en évoquer les détails, fût-ce avec la femme qui partageait sa vie. Il avait dix-sept ans quand sous ses yeux ses parents étaient morts, dans des conditions atroces. Ce n'était qu'un enfant. Elvire sentait bien que ses propres critères d'enfant choyée, protégée, n'étaient pas aptes à appréhender la situation. Le léger, l'élégant Milanais s'était reconstruit au mieux. Elle-même avait traîné son intelligence, son pragmatisme universitaire et sa libido plutôt coincée de première de la classe comme un athlète de compétition traîne sa charrette de poids et haltères. Depuis six mois qu'ils avaient fait connaissance Lorenz lui offrait sur un plateau l'antidote qu'elle n'aurait jamais su découvrir seule. Son insouciance d'enfant gâtée, à la fois égoïste et rayonnante.

Bien sûr les premiers symptômes troublants, apparus à époque comme tellement anodins, prenaient maintenant valeur de symptômes accablants. Ces colères sourdes, disproportionnées, suivies de moments d'abattement inexpliqués. Il paraissait souffrir lui-même de son immaturité, son inconstance, son narcissisme. C'est dans ces conditions qu'il avait lui-même parlé de mariage. Un voyage à Paris, quelques dépenses somptuaires et toutes les grâces de l'improvisation mirent le couple sur une autre orbite. Elvire crut au miracle. Lorenz plus pétillant que jamais, faisant le fou sur les boulevards, décidé à reconquérir Elvire, à changer de vie disait-il, trouver un job, un vrai, avoir des enfants... Elvire je veux un enfant de toi, un vrai, tout rose, qui dort en suçant son pouce et me tire les cheveux quand je dors, je l'emmènerai à Bormio, à Gstaad, à Cortina, nous irons courir sur la petite plage d'Amalfi et dans les Dolomites... Il sera pianiste, architecte, champion d'échecs ou au pire gastro-entérologue... Moins d'un an plus tard Elvire mettait au monde Alex et Angel.

Madame Vallero je suis l'interne de garde. Le docteur Millan a cherché à vous joindre aujourd'hui. Il préconise de pousser les investigations au pavillon P, le service de clinique psychiatrique, mais ne vous faites aucun souci. Il ne s'agit que d'examens de routine dans un cas semblable. Nous devons être rassurés, et vous de même je suppose. L'existence de troubles neurologiques n'est pas à négliger. En tout état de cause nous disposons maintenant de dispositifs thérapeutiques efficaces et peu contraignants...

— Des dispositifs thérapeutiques ? Mon mari a eu un malaise, non ? Vous avez constaté autre chose ?

— Je ne cherche qu'à vous rassurer, madame Vallero. En appliquant simplement le protocole adapté. Nous avons besoin, le patient a besoin, de la collaboration de l'entourage. Votre mari sera transféré demain dans le service.

— Vous lui avez expliqué en détail ?

— Parfaitement. Il n'a fait aucune objection. Votre mari est un homme intelligent, madame… Ah ! Au fait, deux inspecteurs de la police de San Gimignano sont passés aujourd'hui. Ils ont interrogé votre mari, je ne sais pas trop sur quoi. Routine probablement. Une question encore… Votre mari avait-il, à votre connaissance, des antécédents… dans sa famille je veux dire ?

Cet interne lui posait la même question que le médecin qui l'avait reçue et avait établi la première observation. Elvire lui fit la même réponse mais sa voix avait changé.

Il avait été impossible d'obtenir l'autorisation de passer la nuit aux côtés de Lorenz. Elvire détestait le ton doucereux et ces sous-entendus hypocritement contrits dont les gens du corps médical entouraient toujours leurs discours. Elle téléphonerait le soir même à son médecin personnel qui la suivait depuis l'enfance, en qui elle avait toute confiance, le docteur Schœnberg, Lorenz psychiquement fragile ? Pourquoi pas dément ou schizophrène ? Tout ça pour un malaise ! Elle rentra seule, morte d'inquiétude. C'était ahurissant, voire scandaleux. Elle prit un comprimé de Rohypnol pour essayer de dormir.

La sonnerie du téléphone la réveilla en sursaut à trois heures du matin. Une voix grave, probablement de femme mais ce n'était pas certain, assez vulgaire, lui jeta une seule question, avec brutalité. Ici l'hôpital de la Charité, madame Vallero, votre mari est-il chez vous ? Chez moi ? Non évidemment, il n'est pas chez vous ? Il a quitté sa chambre pendant la nuit, madame, il n'est plus à l'hôpital vous saisissez ? Une fugue. Ça s'appelle une fugue.

Une de ces fins d'été où un vent du sud presque malsain annonce les premiers orages. Il n'arrivait pas à dormir. Il se retourna plusieurs fois, en sueur. Il avait du mal à respirer par cette chaleur pesante. Pas même l'énergie de se lever et d'aller boire, en bas à la cuisine. Un volet claquait quelque part. Sans doute celui de la vieille fenêtre en bois du grenier. Ou celle de la buanderie, au-dessus du jardin. Les claquements semblaient calculer leurs coups, ménageant des pauses puis redoublant sous les rafales. Uniquement pour l'agacer, lui. Lui faire perdre patience. Dans ces moments-là il avait horreur de cette maison, horreur des gens qui l'habitaient, l'entretenaient comme un bien inestimable. L'entretenaient mal, les volets battaient les jours de grand vent. Ses parents étaient comme les autres, des veaux bêlant de satisfaction. Dans cette baraque aux quarante fenêtres il était impossible d'identifier d'où venaient ces claquements. De subtiles différences dans les sonorités pouvaient même laisser penser que plusieurs volets se partageaient habilement la tâche. Pour le harceler, le pousser à bout, le faire craquer. Un répit plus long que les autres… Le vent du sud décidait-il enfin de se calmer ?… Clac ! Un battement plus sec encore, suivi de grincements, se répercutait jusque dans sa tête…

Presque deux heures du matin. Il n'avait pas encore dormi une seule minute. Il se redressa dans son lit. Sa tête tournait. Un bourdonnement sourd lui serrait les tempes. Il se leva, sentit qu'il chancelait… Il s'accrocha aux montants du lit, glissa à terre, s'allongea. Sa vue était brouillée, ça tapait à l'intérieur… Il perdait connaissance. Il avait l'habitude. Puis il reprit lentement conscience, se releva avec précaution et descendit au rez-de-chaussée. L'escalier grinçait à chaque marche. Surtout ne pas réveiller les parents, ne pas se faire entendre. Les jambes flageolantes, il s'assit par terre dans un angle du mur. Seule bonne position pour que ça ne se renouvelle pas, pas tout de suite. Là-haut, sous les toits ou ailleurs, de manière plus cotonneuse, le volet battait, battait et battait encore. Comme pour lui enfoncer un coin dans le crâne… Comment pouvaient-ils dormir, eux ? Sa mère ? Oui certainement, sinon elle se serait levée. Depuis qu'il était gosse elle percevait tout de lui, devinait tout. Silencieuse toujours, elle sentait les choses. Tendre, attentive. Il l'avait aimée, réellement. Enfin, probablement. Mais elle était devenue tellement vieille… Vieille et laide. Ces longs regards de compassion stupide, bornée, qu'elle lui adressait. Cette manière, toujours, d'attendre de lui des réponses aux questions informulées. Il repoussait désormais chacune

154

de ses avances, ses caresses, ses tentatives de vieille femme arthritique, variqueuse, suintant sa déception comme une mauvaise haleine.

Il fallait qu'il les voie. Incompréhensiblement il fallait qu'il les voie. Dans quel état étaient-ils avec une chaleur pareille ? Comment supportaient-ils le poids visqueux de la nuit ? Il remonta sans bruit à l'étage et glissa au fond du couloir. Leur chambre. La porte entrouverte. Il la repoussa millimètre par millimètre. Une odeur de rance, d'urine sèche, comme toujours avec les vieux. Son père dormait sur le dos, nu, jambes écartées. Il ronflait bouche ouverte. Obscène. C'était donc ça un gros propriétaire terrien débarrassé de ses costumes côtelés de velours, ses gourmettes en or et ses montres à gousset, débarrassé de sa morgue et de sa dignité. Sa mère était allongée à ses côtés, un bras pendant hors du lit, l'autre posé sur la cuisse du propriétaire terrien. Un râle régulier soulevait sa poitrine. Une mamelle, démesurément flasque et étirée, avait glissé dans l'ombre… Il sentit monter une nausée.

Il se retira en rampant, gagna l'escalier et redescendit du côté de la cuisine. Le café du lendemain était prêt. Elle pensait à tout, prenait de l'avance. Les deux domestiques n'arriveraient pas avant huit heures le matin. Lui-même devait se lever de bonne heure. Son père l'emmènerait au collège. Poursuivre les études ! Le grand mot. Il n'avait jamais aimé les études. Ni ce père. L'archétype de l'autorité telle qu'il la détestait. Front large, moustaches en pointe et col blanc. Un guignol. Puant l'avarice et la suffisance. Il allait commencer par se faire chauffer un peu de café… Mais qu'est-ce qu'elles avaient ces allumettes, elles étaient humides ou quoi ? Il posa la casserole sur le brûleur et ouvrit le gaz… Saloperies d'allumettes…

Alors, tout naturellement, il se recula d'un pas, puis de deux… Le chuintement du gaz qui s'échappait avait quelque chose de musical, de rassurant… Il ressentit un frisson, une euphorie qui montait doucement, une onde bienfaisante.

Il ouvrit les quatre brûleurs de la cuisinière et contempla l'ensemble en s'éloignant à reculons, ne lâchant pas des yeux le chuintement prophétique. Une promesse à portée de main, lumineuse.

Il n'y avait pas lieu de se presser. Il avait tout son temps. Il remonta sans bruit dans sa chambre et enfila un pantalon de pyjama et une chemise. Il y aurait sans doute à rendre des comptes. Puis il extirpa de la commode l'une des bougies disposées là en cas de panne de lumière. Il n'eut pas à tâtonner longtemps dans le tiroir pour trouver la boîte d'allumettes. Il coinça la bougie en haut de l'escalier, derrière le grand vase rococo en barbotine vernissée. Il alluma la bougie, remit la boîte à sa place dans le tiroir de la commode, redescendit en silence et quitta simplement la maison.

Le vent chaud annonçant l'orage lui piquait les yeux. Il s'éloigna suffisamment au milieu du parc et s'assit sur la pierre calcaire qui servait de marchepied pour accéder au puits. La belle maison familiale se découpait en contre-jour sur le ciel chargé de nuages noirs. Un volet là-haut battait

156

toujours. Le temps s'écoulait très lentement… Il y eut plusieurs éclairs derrière les collines suivis de coups de tonnerre éloignés… Puis un autre, pour lui seul, assourdissant, qui embrasa tout. Le souffle le jeta à terre et il roula sur lui-même. Il resta étendu et eut du mal à ouvrir les yeux. Le ciel était rouge. La maison dansait au milieu des flammes. Il avait dix-sept ans.

Il était plus de deux heures du matin quand Cynthia, cassée par les huit heures de route, enfila à tâtons la clef dans la serrure de sa porte. Rien ne fonctionnait dans cet immeuble. Comme avec les hommes, elle avait une fois de plus tiré le mauvais numéro. Restaient deux ans de crédit pour ce cinquième étage sans ascenseur. Mais elle ne regrettait pas d'avoir craqué pour ce trois-pièces dominant les jardins Oricellari. De son balcon, suffisamment spacieux pour le bain de soleil en nu intégral, son regard pouvait accrocher d'un côté Santa Maria Novella et de l'autre se perdre le long du cours tranquille de l'Arno. Et comme chaque fois bien sûr, l'image de Marko s'invitait en surimpression, floue, obsédante. Mais pourquoi était-il parti ? Sans un mot, sans un regard en arrière. Où se trouvait-il ? Maintenant. Précisément maintenant alors qu'elle se sentait fatiguée, impuissante, écœurée d'elle-même. Elle caressa machinalement Caroline, sa chatte, qui frottait ses flancs contre sa jambe. Caroline était un modèle dans la maîtrise du célibat. Parfaitement organisée pour rester trois jours, seule dans l'appartement entre les portions de croquettes raisonnablement réparties, la litière et le coussin violet au pied de la fenêtre.

Cynthia décida d'une petite pause avant d'aller dormir. Ce voyage retour l'avait vidée. Une soucoupe de lait entier pour Caroline et un Glennlivet sans glaçon pour elle. Elle s'allongea sur le canapé, fit sauter ses deux souliers et alluma une cigarette. Elle tripotait machinalement son briquet, le petit cracheur de feu chinois en érection, en repassant mentalement le film de ces trois jours et cette somme d'informations impensables qu'elle venait d'exhumer là-bas dans le Sud, dans la vallée du Basento où survivait encore Giuliana Feliciana Bassani.

Il faut croire que Varga, le paterne et rusé Varga, avait eu la même idée qu'elle. Fouiller l'ascendance de Lorenz. Mettre à jour tout ce qu'on pouvait rassembler sur un type autour duquel gravitaient trop de cadavres. La routine en somme. Dévoyer Angelo en utilisant les bonnes vieilles méthodes qui avaient fait leurs preuves avait été un jeu d'enfant. Le seul danger objectif étant qu'il tombe de son échelle pendant l'opération. Mais pour avoir accès au dossier rassemblé par Varga il fallait y réfléchir à deux fois. À son âge où en était-il avec ses hormones, endorphine, testostérone, phéromone, etc., pour envisager avec succès une stratégie de séduction ? Il semblait plus indiqué d'attaquer par la bande. Drogo. Cibler Drogo. Mais ce petit blanc-bec frais émoulu de l'école de police ne se prenait pas pour de la petite bière. Prétentieux, arrogant comme un coq.

Non, mademoiselle Grubner, il s'agit là d'un rapport de police, rigoureusement confidentiel, je ne peux en aucune façon... Nia nia nia... Top secret. Pour qui vous prenez-vous... Les journalistes, tous les mêmes... Seulement voilà, il avait affaire à Cynthia, qui n'en fit qu'une bouchée... Zip zip zip fermeture Éclair et ceinturon... Le coup du chapeau, l'as de cœur et la belle s'était envolée avec les copies du dossier et les illusions du jeune Drogo laissé pantelant au beau milieu de la moquette de son bureau.

Lorenz semblait avoir encore une parente, une mère, une grand-mère, une tante ? Une parente vivante. Grabataire, amnésique, aphasique mais vivante.

Cynthia connaissait mal le sud de son pays. L'impression de s'enfoncer dans des contrées étrangères. Elle avait finalement opté pour faire le déplacement en voiture. Autoroute direction Rome, Naples, Salerne, sortie sur Potenza. Six cents kilomètres jusqu'à cette terre qui semblait figée depuis des siècles. Une sorte de squelette où s'accumulaient encore des lambeaux, maisons isolées, rares troupeaux de moutons. Cynthia songea à Carlo Levi. Le Christ s'était sans doute arrêté quelque part sur une aire d'autoroute du côté d'Eboli, mais n'avait certainement pas voyagé à bord d'une Fiat 1100 pour se bousiller les vertèbres dans les lacets autour de Brienza, Satriano, Tito...

Parce que c'était là, dans ce coin perdu qui domine en partie la vallée du Basento, qu'elle vivait encore Giuliana Feliciana.

L'hospice était à la charge d'une matrone au sourcil épais, à la croupe chevaline. Une Calabraise au beau visage revêche dont l'activité essentielle consistait à agiter pendant des heures son éventail ou à somnoler sur un divan recouvert de velours marron élimé. Elle avait accueilli Cynthia les yeux mi-clos d'un c'est pourquoi ? peu engageant. Madame, je viens de faire six cents kilomètres... Et le téléphone ? Vous connaissez le téléphone ? *Certo si, ma...* Comment dire, Giuliana Feliciana Bassani se trouve être une proche parente, peut-être même la mère, d'un individu... Giuliana, un fils ! Et la grosse Calabraise s'était étranglée de rire. Elle se tenait les seins à deux mains pendant les spasmes... *Putana di Dio*, elle s'essuyait les yeux avec un mouchoir minuscule extirpé du sillon intermammaire... Ben vous alors ! Y a longtemps que j'avais pas rigolé comme ça... C'est sérieux ce coup du fils caché ? On va vérifier.

— Mademoiselle Grubner regardez vous-même. Tout ce que j'ai est ici. Vous pouvez consulter tout ce qui vous intéresse. Je ne vois pas exactement ce que vous cherchez mais notre pauvre Giuliana est depuis longtemps indifférente à tout ce qui l'entoure. Et particulièrement à la destinée de sa propre famille, si du moins il en existe une. Nous l'aimons beaucoup vous savez. Elle est notre mascotte, notre chouchou. Elle était déjà là il y a trente ans quand j'ai été nommée ici, à Calvello. Tout ce que je peux vous dire c'est ce qu'on racontait à l'époque. Ce qui m'avait intriguée au début ce sont ces traces très vilaines sur ses jambes et toute une partie du corps. Si vous assistiez à sa toilette vous pourriez encore maintenant les voir. De longues balafres rouges entourées de brides blanches. Ce sont des cicatrices, mademoiselle Grubner. Des cicatrices dites chéloïdes, consécutives à des brûlures profondes. Giuliana a failli perdre la vie dans l'incendie qui avait ravagé sa maison, celle de ses parents plutôt. C'était à la fin de l'autre siècle, vers 1900.

Un incendie ? Encore un incendie ? Mais…

— Ce qu'on racontait c'était ça. Ils étaient quatre à vivre dans une ferme modeste en pierre et en bois comme il en existe encore beaucoup maintenant. Les chèvres et les moutons vivaient pratiquement avec eux, le père, la mère, un fils qu'on disait anormal et la fille, Giuliana. Voilà le bruit qui courait. Ils étaient tous morts dans l'incendie, sauf Giuliana qui avait pu fuir de justesse, les cicatrices prouvent qu'elle en a réchappé de très peu. Après on ne sait pas trop. Comment elle a pu survivre, comment elle a été recueillie, mystère. Ce qui est sûr c'est qu'elle avait perdu la raison… Vous voulez vous installer ici pour consulter tout ça ? Mais avant peut-être, voulez-vous la voir ?

Personne dans cet hospice ne connaissait quoi que ce soit du passé de Giuliana. Elle était indéfiniment soudée au paysage, à la pierre, à l'ombre changeante des marronniers. Une sculpture étrange, vaporeuse, entourée de châles violets et de laine au crochet. Absente. En marge du temps. Un regard qui ne se posait nulle part, très doux, transparent. Elle ne paraissait nullement souffrir d'être sanglée dans son fauteuil. La fonte musculaire est totale, mademoiselle Grubner, et sa colonne ne la porte plus. Comme cela nous pouvons la sortir. Nous sommes certains qu'elle est mieux ainsi plutôt qu'allongée sans arrêt. Un fauteuil en osier, avec des roues en bois ! Le siège d'un autre âge. Du temps où elle était consciente, Giuliana avait elle-même demandé à conserver ce fauteuil. Plus de trente ans. Nul ne connaissait exactement son âge. Sans doute dans les quatre-vingt-dix ans, les registres de l'état civil et toutes les archives avaient pris l'eau en 1947 pendant les pluies diluviennes.

— Je vous propose mon propre bureau. Prenez votre temps pour éplucher tous ces papiers. Si le ventilateur vous gêne arrêtez-le.

— Vous êtes vraiment très aimable.

— Vous semblez avoir de bonnes raisons pour mener cette enquête... Et puis...

— Et puis...

— Vous êtes... vraiment mignonne.

Une gouine ! Vingt dieux manquait plus que ça ! Cynthia n'avait pas vu venir le coup. Mais alors pas du tout. Pourtant elle avait un double sens pour les repérer. Elle se sentait brusquement, presque douloureusement, prise en flagrant délit d'intolérance, de sectarisme excluant les gros, les moches et les mal foutus du jardin des délices. Elle lui sourit.

— Quel est votre prénom ?
— Marthe. Appelez-moi Marthe.
— Je sais que je vais faire du bon travail, Marthe. Encore une chose. Dites-moi où je pourrais dénicher un hôtel pour la nuit ?
— Un hôtel ? Mais, Cynthia, vous pouvez passer la nuit ici. Le confort n'est pas exceptionnel mais...
— J'en serais ravie. J'accepte de tout cœur.

Marthe resta quelques secondes appuyée au chambranle de la porte. Sa main potelée caressait machinalement le bouton de porcelaine. Elles se regardaient différemment. Cynthia n'en revenait pas, une sorte de picotement qu'elle connaissait bien se faufilait quelque part. Marthe disparut en refermant doucement la porte... Pour la rouvrir aussitôt et passer la tête.

— Au fait, vous êtes bonne en calcul mental ?
— En calcul mental ? Ce n'est pas vraiment ma spécialité !
— Alors prenez un crayon. Il a quel âge votre type ? Celui que vous soupçonnez de bousiller des gens ?
— Dans les trente-sept, trente-huit.
— Il y a une génération entre les deux. Il faut trouver le chaînon manquant.

164

— Mais… Giuliana s'est fait à moitié carboniser à l'âge de quinze ans et en est ressortie diminuée mentale…

— À vous de démêler cet imbroglio, travaillez bien… je vous rejoins tout à l'heure.

— Avec plaisir.

Cynthia releva la tête, les yeux dans le vague. Machinalement elle se massait les joues en contemplant au-delà de la fenêtre cette terre hors du temps, hors du monde et à nouveau les mots simples, immobiles, de Carlo Levi… Les hommes se sont arrêtés ici et le temps lui-même n'est pas allé au-delà. Et pourtant il n'avait pas pénétré en Basilicate, ces collines pelées, ces terres à l'abandon où les rares habitants, le plus souvent de retour au pays avec le modeste pécule amassé dans les usines du Nord ou dans les mines d'Allemagne ou de Belgique, grignotaient le bout de terrain familial.

Elle venait de poser pour la troisième fois le dossier Bassani. Un épais fatras de documents. Tous ceux concernant Giuliana Feliciana Bassani. La calligraphie minutieuse de la fin du XIXe siècle et le sépia donnaient à l'ensemble son poids de nostalgie muette. Elle se trouvait ici, la vie de Giuliana, coincée dans la poussière. Pauvre chenille rétractée, fossilisée dans son fauteuil en osier.

Giuliana était vraisemblablement née en 1885, la montée des eaux en 1947 avait lessivé la date exacte et le lieu. La ferme des Bassani avait brûlé quinze ans plus tard. C'est à ce croisement précis de deux trajectoires que tous les voyants lumineux s'étaient mis à clignoter dans la tête de Cynthia. Pourquoi la conviction absurde que cet incendie n'était pas sans similitude troublante avec celui des parents de Lorenz Vallero cinquante années plus tard ? Pourquoi imaginer un drame du même ordre ? Elle pouvait invoquer la perspicacité malsaine des paparazzi auxquels on pouvait l'apparenter. Il y avait autre chose. Il fallait qu'elle sache. Elle s'accrocherait comme un pou, un chien-loup, pour comprendre, essayer de retrouver les traces, les ruines mêmes pourquoi pas. Ils étaient quatre. Les deux parents, le fils diminué et Giuliana, vivotant comme les bergers dans une maison en terre séchée et bois fabriquée de leurs mains, comme toujours en ces lieux et cette époque. Elle était obligatoirement de dimensions modestes avec, au plus, deux pièces séparées. Et le gaz n'existait pas. Trois morts sur quatre, Giuliana elle-même prise par les flammes, s'enfuyant… Et à ce moment précis de sa réflexion Cynthia isola du tas de papiers une seule feuille qu'elle agita entre le pouce et l'index comme pour la faire sécher.

La fiche d'état civil avait été écrite à la main par l'officier attaché à la mairie de Matera, datée du 12 mai 1901. Giuliana Feliciana Bassani avait été accueillie par les sœurs bénédictines et avait accouché à l'hôpital du Bon-Secours d'une petite fille qu'on appela Maria. Aucune mention n'apportait davantage de précisions. On les appelait des filles perdues, des filles mères.

Maria ! Comme la mère de Lorenz. Cynthia, tout en se massant les reins, éprouvait une sorte de soulagement. Chronologiquement les choses se mettaient en place. Chronologiquement seulement. Il fallait qu'elle en parle avec Marthe. Parce que se dressaient dans cette logique deux tableaux effrayants. D'abord, Giuliana avait accouché six mois après l'incendie. Elle était donc enceinte le jour où son père, sa mère et son frère avaient brûlé dans les flammes. D'autre part revenait comme un oiseau fou cognant contre une vitre cette conviction que les deux incendies, de Giuliana et de Lorenz, étaient l'un et l'autre d'origine criminelle... Même scénario ? Même folie ? De toute manière, même famille.

Un parfum d'œillet fané flottant dans la pièce déposa délicatement Cynthia dans la réalité. Marthe, qu'elle n'avait pas entendue arriver, était derrière elle et lui souriait.

— J'ai frappé. Vous n'avez pas entendu.
— Marthe, je suis abasourdie. Je sens qu'il existe une continuité morbide dans cette famille. Ou alors je fabule devant de simples coïncidences.
— Parlez-moi un peu de ce...
— Lorenz ?
— Oui, Lorenz. Lorenz comment ?
— Vallero. Première surprise, Marthe, que je pourrai vérifier sur deux coups de téléphone. Lorenz est né en 1932 d'un père riche propriétaire terrien, Simone Vallero, et d'une mère, Maria. Le nom de jeune fille de cette Maria, Marthe, c'est Bassani. Maria Bassani, la propre fille de notre Giuliana.

— Je vous fais du thé, d'accord ?

— D'accord.

— Gâteaux secs ?

— Marchons pour les gâteaux secs. Marthe donnez-moi votre avis. Je suis peut-être en train de me monter tout un cirque dans la tête mais les faits sont là. J'ai là-haut, à six cents kilomètres, une dizaine de meurtres grand-guignolesques et une mère de famille avec trois enfants dont le mari psychiatrisé est mêlé à tous ces meurtres. J'ajoute rapidement que le troisième enfant n'est accidentellement pas de lui, qu'il le sait et j'ai le pressentiment qu'il va agir… Tous les journalistes spécialisés dans le judiciaire sont-ils des hystériques du scoop ?

— Cynthia vous devez vous détendre un peu. Allongez vos jambes, j'amène le thé.

Cynthia enfila un index inquiet dans son paquet de cigarettes. Vide. Elle le chiffonna dans la main. Autant presser un citron sec. Plus rien à en tirer. Comme pour le dossier de Giuliana. Il n'avait plus rien à lui livrer. Plus rien sinon un malaise persistant.

Pour être secs ils étaient secs les gâteaux. Des galets rugueux et dorés qu'il aurait fallu attaquer entre deux pierres en l'absence de trempage. Curieux comme avec le climat tout se transforme dans le même sens. Dans ces régions pétrifiées par la sécheresse tout était minéral, dur, agressif, taillé à la serpe ou au burin. Les mentalités, les visages, la végétation. Les biscuits. Originaire du haut Adige,

Cynthia avait encore au creux des mains le soyeux des mélèzes, des *stelle alpine*, de l'artémise. Les espèces ronceuses, crochues, apparaissaient avec la chaleur et l'austérité du Sud.

— Encore une tasse ?
— Non merci. Je ne sais que penser. J'ai l'impression d'avoir en main presque toutes les cartes mais que le jeu n'est pas commencé, et surtout qu'il se fera sans moi. Parce que je n'aurai pas su anticiper. C'est idiot probablement, enfin pas vraiment... Et puis merde... Marthe vous savez ce que j'ai dans le placard là-haut ? Un vieux chnoque qui s'est étouffé dans son lit en avalant sa médaille du mérite, un épicier d'origine tunisienne qui se tranche lui-même la gorge, une infirmière angolaise qui tombe de sa hauteur et s'éclate la boîte crânienne, un malade sérophobique intégral qu'on retrouve mort inondé du sang d'un chat éventré. Tout cela uniquement dans l'enceinte de la clinique psychiatrique dans laquelle est pensionnaire Lorenz Vallero. C'est-à-dire un maniaque doué d'une intelligence et d'un sens pratique hors du commun pour la mise en scène et le funambulisme meurtrier. Ce type joue au chat et à la souris avec qui bon lui semble, y compris avec moi quand il me coince dans un sous-sol en me faisant aimablement comprendre que pour cette fois j'aurai la vie sauve.

Marthe, décomposée, prit place en face de Cynthia, penchée en avant, les bras croisés sur ses seins, bouche ouverte.

— Et… il y en a beaucoup comme ça ?

— Une fille de vingt-deux ans trouvée après deux mois dans une décharge sauvage. État de décomposition plus qu'avancé. Mais pas d'agression sexuelle. Le sexe n'intéresse pas ce type. Ce qui, je vous l'avoue, me le rend encore moins sympathique. Autre détail, il laisse le plus souvent sa carte de visite. Il leur enfile un truc dans la gorge. N'importe quoi. Souvent une médaille, un bijou trouvé sur la victime. La gamine de la décharge ne portait pas de médaille, il lui a enfoncé dans le gosier une capsule d'eau gazeuse, banale, trouvée sur place dans la décharge.

— Cynthia ça me fiche la trouille…

— J'ai aussi une octogénaire dans un hall d'immeuble. On l'a trouvée dans le coin poubelle avec, excusez-moi mais les faits sont là je n'y peux rien, une lame de couteau de vingt centimètres enfoncée à travers son manteau, dans le bas du gros colon c'est-à-dire dans… enfin bon vous voyez. Mort lente par hémorragie.

— Mais… je n'ai rien vu dans les journaux…

— En ce moment les journaux s'intéressent essentiellement aux attentats, à Renato Curcio, à l'enlèvement de l'industriel Vallarino Gancia, aux carabiniers qui ont mitraillé Mara Cagol, au Rome-Munich ou à la gare de Bologne. Lorenz, s'il s'agit vraiment de lui, joue sur le velours.

— Et la vieille dame des poubelles ? Elle avait quoi dans la gorge ?

— Le profil gauche de Pie XII.

170

— Pie XII ?

— Pie XII. Une broche de pacotille qu'elle portait, épinglée. Un pape controversé certes, mais tout de même. J'ai encore une autre gamine. Il faut remonter quatre ans en arrière. Seize ans. Elle rentrait chez elle en vélo. Étranglée avec la lanière de son cartable. Seul indice identifiant le meurtrier. Dans la gorge le portrait de Gigi Riva, vous savez le footballeur… Attendez que je réfléchisse. J'ai aussi un malade en voiture orthopédique. En pleine rue cette fois, du côté de Mantoue. Tard le soir, à l'heure où les handicapés choisissent en général de sortir. Derrière l'église San Lorenzo. L'enquête a montré qu'ils avaient dû faire un bout de chemin ensemble. Les types comme Lorenz éprouvent le besoin manifeste, donc un plaisir accompli, de se faire accepter, de gagner la confiance et même l'attachement des victimes. C'est ce qui les fait bander, les excite, les comble.

— Quelque chose me glace, Cynthia. Il développe à travers son sadisme une sorte d'humour, non ?

— Difficile à dire. J'ai étudié cette population de meurtriers pendant des années. Ils ne maîtrisent pas tout. Lorenz Vallero, par exemple, a été hospitalisé une fois en urgence. On l'avait retrouvé hébété, inconscient, dans un périmètre sensible. Celui dans lequel les agressions avaient eu lieu. Il s'est enfui de l'hôpital la nuit qui a suivi. Ma culture était en grande partie livresque. Avec la famille Bassani, je sens que je passe brusquement aux travaux pratiques.

Marthe s'était levée et passant derrière Cynthia avait posé sans un mot ses deux mains sur ses épaules. Elle débuta un massage très doux à la naissance du cou puis le long des trapèzes et des dorsaux. Cynthia avait fermé les yeux.

— Une question me turlupine, Marthe. À votre avis à quel endroit est enterrée la famille Bassani ? Les trois qui ont disparu dans l'incendie.

— Quelle importance ? Mais il est sans doute possible de retrouver la tombe, ou ce qu'il en reste. Vous pensez qu'elle vous apprendrait quelque chose de nouveau ?

— Marthe, ils étaient quatre dans cette putain de baraque. Un feu, accidentel admettons. Une maison simple, avec quatre murs et des ouvertures. Elle n'a tout de même pas explosé !

— Comment voulez-vous en savoir davantage ? Giuliana ? Peut-être que dans sa tête toutes ces images tournent encore ? Allez savoir. Mais ne comptez pas sur elle, malheureusement… Vous n'imaginez pas que… Giuliana, elle-même ?

— Giuliana pyromane ? Enceinte et pyromane ? Non, ça ne tient pas. Un étranger ? Quelqu'un de l'extérieur ? Tout est possible, pourtant la similitude avec l'incendie qui a tué le père et la mère de Lorenz devient chez moi une véritable obsession… Et puis pourquoi pas elle après tout ? Je suis cuite, je suis à bout.

— Cynthia, il faut vous reposer.

— Supposez qu'on la retrouve cette tombe, avec

les dates et tout. Peut-être même qu'on retrouve, perdus dans un coin, les certificats de décès. Ils étaient déjà obligatoires à cette époque, en principe.

— Arrêtez de délirer. Pour aller fouiller dans les archives de la région, je connais peut-être quelqu'un, mais ce sera long. Il faudra du temps. Cynthia, allongez-vous sur le canapé, quittez vos chaussures et fermez les yeux.

Et Cynthia ferma les yeux. Un parfum d'œillet fané flottait autour d'elle. Elle portait une simple jupe légère en coton et un tee-shirt. Elle se détendit lentement, vidant son esprit des fantômes qui jouaient les ludions. Elle sentit Marthe s'approcher et s'asseoir près d'elle, lui prendre les pieds dans ses mains. Elle la massait méthodiquement, l'effleurant à peine, les pouces épousant les courbures plantaires, se glissant entre les orteils. Marthe investissait centimètre par centimètre le long des malléoles puis le ventre pulpeux des mollets. Une marée de frissons qu'elle ne cherchait pas à contenir. Cynthia ôta elle-même son tee-shirt et fit glisser à terre sa jupe en coton et sa culotte vert pâle. Elle était nue. Le ventilateur ronronnait mollement. Une ombre mauve, massive, jouait avec elle. Marthe l'engloutissait, la dévorait.

Cynthia n'avait pas rencontré Elvire depuis plus d'un mois. Le dernier appel téléphonique avait été extrêmement tendu. Elvire, la voix blanche, hésitante, manifestement fatiguée, demandant qu'on la laisse seule, que tout allait normalement, qu'elle se sentait prête à affronter Lorenz. Quelque chose avait changé dans son attitude. Elle devenait dure, renfermée. Chez Cynthia la sale sensation progressait à pas de loup. Les entretiens téléphoniques tournaient court. À la faculté même, Elvire était souvent absente. Après plusieurs internements en clinique psychiatrique, à laquelle il se rendait spontanément, de son plein gré, Lorenz ne faisait plus que de rares apparitions à la Marcella, toujours très à l'aise avec les trois enfants. Il n'y avait nul besoin d'être extralucide pour saisir les raisons qui poussaient Lorenz à provoquer sciemment ces hospitalisations volontaires. Un joker en cas de pépin. Une garantie tous risques en cas de confrontation avec la justice, avec les experts médicaux, avec les jurés.

Depuis la disparition de Nadja Fullam, Elvire avait engagé une jeune Albanaise, Justin, pour s'occuper de la maison et des enfants pendant son absence. Qui avait su mettre sa vie en péril, braver tous les pièges, supporter le poids énorme de la séparation d'avec sa famille, le poids de la culpabilité aussi. Une famille qui avait rassemblé l'argent du passage mais qui surtout avait investi la jeune fille de tout son désir de survie. Elle reviendrait, Justin. Elle leur avait juré. Effectivement elle reviendrait. Elle reviendrait sous forme de coupures de presse, d'avis officiel compassé, de condoléances incompréhensibles, de procès bâclé, de portrait mortuaire.

Le miracle proposé par les boissons de synthèse tient dans leur permanence indéfectible. Les années, les siècles passent, les chamboulements climatologiques, sécheresses, canicules, périodes glaciaires, couche d'ozone, pluies radioactives, becquerels et rayons gamma… Zéro effet, miracle assuré. Cynthia était accoudée au bar du Chiaroscuro, via Andrea del Verrocchio, une ancienne pharmacie restaurée à partir de boiseries et caissons récupérés dans les églises. L'un des points de convergence des Florentins branchés. Les deux premiers Martini l'avaient mise sur la rampe de lancement. Le suivant assurerait la mise à feu. Ciel à peu près dégagé mais gros nuages à l'horizon, elle précipita le décollage en corsant le quatrième d'une double ration de gin et sortit son paquet de Davidoff et son briquet fétiche, le petit cracheur de feu en jade et en érection. Elvire était en train de couler, elle sentait cela Cynthia. Elle descendit de son tabouret en assurant difficilement son équilibre et se fraya un chemin jusqu'à la cabine téléphonique naturellement occupée par une fille surexcitée, blonde à mèches vertes et minijupe, lancée en pleine scène de rupture. La crise de nerfs éclata au bout de quatre minutes, la fille hurlant que c'était un salaud, qu'elle l'aimait encore, qu'elle était au bout du rouleau, qu'elle n'avait plus de pièces et qu'elle allait raccrocher. Cynthia attendit cinq tonalités avant qu'Elvire ne réponde. C'était une joueuse. Elle tenta le coup. Il pouvait provoquer une rupture définitive. Ou bien faire craquer quelque chose, provoquer un déclic, une ouverture.

— Elvire ? C'est Cynthia. Je sais qu'il est revenu.

Après une minute d'attente interminable Elvire avait lâché simplement, d'une voix à peine audible :

— Oui, il est revenu.

Cynthia ne prit pas le temps de la réflexion et ne trouva qu'un mot.

— J'arrive.

Elle récupéra difficilement son sac en forme de filet de pêche bourré de documents, joua des épaules pour gagner la sortie. La Fiat 1100 était garée derrière Santa Maria Novella. Il lui fallait sortir de la ville, se dépêtrer des bouchons et atteindre la route du Sud, la 222 qu'elle connaissait par cœur mais dans laquelle, comme chaque fin de semaine, on avançait à trente à l'heure. Elle fumait d'une main, conduisait de l'autre. Puis elle put libérer les chevaux. La vitesse et l'alcool tenaient à

176

distance ce serpent qui lui roulait dans le ventre. Elle savait qu'elle paniquerait en arrivant. Que lorsqu'elle engagerait sa voiture dans le chemin empierré qui descendait à la Marcella, ses mains serreraient plus fort le volant. Trois quarts d'heure plus tard la silhouette sombre de la maison se découpait sur les premières lueurs de la nuit.

Justin était venue jusqu'au portail, avait ouvert le judas et dévisagé Cynthia avant d'ouvrir. Cette fille avait peur. Cette fille crevait de trouille ou alors ma pauvre Cynthia tu deviens vraiment mythomane ou parano. Justin avait les épaules recouvertes d'un châle violet vraisemblablement emprunté à Elvire. Elle le serrait de ses deux bras en croix comme si elle grelottait. Son regard s'éparpillait devant les questions.

— Madame Vallero est… sortie. Elle m'a demandé de rester ici cette nuit.

— Sortie ? Mais je viens de l'avoir au téléphone, il y a une heure. Elle ne vous a rien dit ? Elle savait que je venais la voir.

— Elle m'a juste dit qu'elle rentrerait tard.

— Justin, je suis inquiète.

Elles refermèrent le portail et gagnèrent l'entrée, sans un mot. On entendait les premiers coassements lointains des crapauds, le frissonnement des peupliers qui bordaient le ruisseau derrière la maison et le bruit des pas dans les graviers. En passant la porte Cynthia se retourna.

— Vous l'avez vu, vous aussi. N'est-ce pas ?

Les larmes montèrent d'un coup. Justin prit son visage dans ses mains. Cynthia la serra doucement dans ses bras.

— Monsieur Vallero est revenu, oui. Une première fois il y a environ un mois. Madame Vallero était présente. On ne l'avait pas vu depuis longtemps. Il était dans un drôle d'état. Mal habillé, les vêtements froissés, pas rasé. En colère, mais renfermé, inquiet. Madame Vallero m'a tout de suite dit de monter avec les enfants, de monter dans les chambres. Ils ont parlé longtemps mais je n'entendais rien. Les enfants voulaient savoir ce qui se passait. Alex s'est mis à pleurer, Angel le consolait, le rassurait.

— Et Teresa ?

— Elle est encore très jeune. À peine six ans.

— Comment sont-ils avec elle ?

— Très bien. Attentifs. Mais… ce sont des jumeaux vous savez. C'est autre chose que des frères, surtout ceux-là. Ils ont leurs manières, leurs coins, leur monde à eux.

Justin se détendait un peu. Où pouvait bien être Elvire à cette heure ? Pourquoi être partie alors que Cynthia venait de lui dire qu'elle arrivait, qu'elle voulait la voir ? Elle décida de rester jusqu'à ce qu'elle sache ce qui se passait.

— Madame Vallero vous a demandé de ne rien dire, c'est ça ? De n'en parler à personne, même à moi ?

— Oui.

— Je peux monter voir les enfants ?

— Ils dorment.

— Je veux les voir, Justin.

— Montez, je vous accompagne.

Le même malaise lui tordait le ventre à Cynthia. L'immobilité, le silence de cette maison résonnait de manière anormale. Tout était figé ici, glacé. L'heure tardive, Elvire absente ou les enfants endormis ne suffisaient pas à expliquer cette chape oppressante. Justin s'enfonça le long du couloir mal éclairé du rez-de-chaussée et attaqua l'escalier qui grinçait toujours, chaque marche apportant sa note personnelle. Elle se retourna une ou deux fois en montant. Pourquoi cette gêne, cette hésitation ?

Ils dormaient. Pas de doute ils dormaient, chacun dans sa chambre. Angel, le sage, l'ordonné, en chien de fusil, retenant dans ses doigts les couvertures qui lui couvraient la tête. Alex, le désordonné, l'indiscipliné, couché en diagonale, couvertures rejetées hors du lit. Cynthia se dit une fois de plus que pour chacun d'entre nous et jusqu'aux moindres détails, la nature dicte sa loi.

— Et Teresa ?

Teresa dormait. Couchée sur le dos, tête inclinée sur la droite près de son poing fermé. L'autre main, légèrement ouverte, était animée d'imperceptibles mouvements réflexes. Les doigts s'ouvraient parfois selon les chevauchées oniriques de l'enfant, puis se refermaient sur un objet imaginaire. Teresa avait presque six ans. Teresa au visage lisse, reposé, un mince sourire aux lèvres, ses longs cils noirs posés sur la nuit. Sur sa nuit.

Elles redescendirent en silence. Le bois de l'escalier leur racontait en gémissant qu'il n'y avait peut-être pas lieu de s'alarmer outre mesure, qu'il en avait vu d'autres, que cette putain de vie n'est pas toujours rose et qu'il fallait parfois faire le gros dos en attendant des jours meilleurs.

— Justin, vous m'avez bien dit qu'il était venu une deuxième fois, récemment ?

Justin eut un frisson et se cacha la tête dans les mains. Oui il était bien revenu. Et ce que Justin lui raconta confirma pour Cynthia que les hostilités allaient enfin commencer, que tout jusque-là n'était que prélude, que la sale sensation qui lui nouait les tripes allait trouver sa floraison. La ligne de visée était au point. La cible présumée s'appelait Elvire.

Cynthia récupéra la Fiat garée entre deux cyprès. Elle dut faire deux manœuvres pour se mettre dans le bon sens. Ce cul-de-sac était décidément un lieu sinistre. Quelle idée de venir s'enterrer ici. Et pourtant c'était un lieu magique. Berceau vivant d'une beauté millénaire, le paysage toscan. Justin lui avait ouvert le portail pour le refermer derrière elle. Il avait sans doute raison, l'escalier centenaire. Il y avait peut-être mieux à faire que de se martyriser la cervelle avec des élucubrations, des fabulations de journaliste déjantée. Cynthia engagea presque rageusement la première pour attaquer le premier raidillon... Et écrasa le frein en poussant un cri. Elvire était là, immobile au milieu du chemin dans la lumière des phares. Cynthia se rua hors de la voiture.

— Elvire ! Qu'est-ce que... Où allez-vous ?

Elvire, absente, déconnectée, semblait ne pas la reconnaître. Cynthia s'approcha d'elle sans l'effrayer, la prit doucement aux épaules. C'est moi Cynthia, n'ayez pas peur, je m'occupe de vous. Elvire se laissa docilement diriger vers la maison. Elle semblait découvrir les lieux, hésita devant la porte. Cynthia dut la pousser doucement et comprit qu'Elvire était peut-être capable de perdre la raison.

Une fois de plus Cynthia sentit monter la sale sensation. Un truc gluant et froid qui lui rongeait un coin de la tête. Une saloperie aux contours de poulpe qui cherche aveuglément l'angle d'attaque, le meilleur, celui qui blesse à mort. Qui ravage les âmes.

La sonnerie du téléphone fit sursauter Cynthia qui s'agrippa aux draps pour ne pas tomber du lit. Un monstre ce type endormi à côté d'elle. Un singe, plutôt savant. Comment s'appelait-il déjà ce grand benêt ? Amadeo… Amaricio… Un truc dans ce genre. Un mètre quatre-vingt-dix-huit, cent dix kilos, pivot central de l'AC Milan… Jamais posé les mains sur un engin pareil ! Encore plus grand couché que debout, comme… comme qui au fait ? Des cuisses plus larges que ses épaules à elle, un thorax d'orang-outang, des mains comme des poêles à paella, il était espagnol. Arrivée au moment décisif de leur relation amoureuse elle avait d'abord failli se recroqueviller sur le téléphone pour appeler Police-Secours. Mais si gentil. Un ange. Un bébé. L'Héraclès du palais Farnèse qu'elle aurait cueilli à la sortie d'une boîte de nuit comme on attend un gosse à la sortie de l'école… La sonnerie lui vrillait les tympans.

— Allô ? C'est Marthe, je te dérange ?
— Ben…

— Tu as vu l'heure ?

— Ah ! C'est tard ?

— Si nous sommes toujours sur le même fuseau horaire nous approchons de midi et demi… Tu n'es pas seule ?

— Comment ça je ne suis pas seule ?

— Je le sens, Cynthia. Je l'entends à ta voix. C'est qui ?

— Un… sportif. Il fait trois fois ma taille.

— Tu l'as pêché comment celui-là ?

— Au filet. Il est basketteur.

— Tu te le fais poché ou au four ?

— Cru. Complètement cru. À la tahitienne. Je m'en garde un morceau pour demain.

— Ne m'en veux pas mais je dois te replonger dans la réalité brûlante… Je peux continuer ou tu veux te tailler une autre tranche de King Kong ?

— Allez, Marthe, balance ce que tu sais.

— Il s'agit bien sûr de la famille Bassani. Mon copain qui a accès aux archives a mis du temps mais il a trouvé. Enfin… presque tout. D'abord la tombe des Bassani. Elle existe toujours. La dalle, si toutefois il y en avait une, a disparu. Il ne reste, comme le plus souvent, qu'un vague rectangle agrémenté de chiendent et de roquette sauvage avec une croix rouillée scellée sur une pierre debout qui s'enfonce dans le sol. Comme un bateau qui coule m'a dit mon copain. Ce n'est pas rare. Il en reste des centaines comme ça des tombes abandonnées dans ces pays déserts.

— Elle se trouve où ?

— Au milieu d'autres, derrière une église en

ruine. Un bled perdu. Capoletta. Ce qui est important, Cynthia, c'est que les noms des morts sont encore lisibles, parce que gravés dans le métal. Et sur la croix des Bassani il n'y a que deux noms. Augusto le père et Julia la mère. Rien d'autre. Pas de traces du frère. Disparu.

— Le frère… Il a pu tout simplement fuir aussi pendant l'incendie… Mais, merde…

— Oui ma cocotte. Mais… les ressemblances avec l'incendie de la maison des Vallero sont frappantes.

— Tu crois que…

— Cynthia j'ai passé des heures à réfléchir, à retourner tous les éléments. Giuliana a pu s'échapper, c'est un fait acquis. Elle porte encore les stigmates, la cicatrice des brûlures. Mais si le frère a pu lui aussi échapper à l'incendie, on peut penser qu'ils se seraient plus ou moins épaulés dans la fuite. Qu'ils seraient restés ensemble, au moins un certain temps. Et là j'ai des certitudes. Elle est partie seule, blessée, les deux jambes brûlées au deuxième degré et a erré comme elle a pu. On peut presque suivre son parcours jusqu'à l'hôpital du Bon-Secours où, le 12 mai 1901, elle a accouché d'une petite fille qu'on a appelée Maria.

— La mère de Lorenz.

— Exact. Mais ne perds pas l'essentiel. Si le frère, le diminué mental, avait péri dans l'incendie, son nom figurerait sur la tombe. Il a donc pu réellement échapper aux flammes. Et si on admet comme vraisemblable, en l'absence d'explosif ou de bonbonnes de gaz dans les maisons à cette

184

époque, que l'incendie et la mort des deux parents ne sont pas accidentels, on peut penser que Giuliana fuyait non seulement les flammes mais aussi son frère.

Le joueur de basket s'était assis dans le lit et baillait en se grattant l'entrejambe. Opération minutieuse, comme on épouille un animal. Il inspectait, soupesait, vérifiait le matériel. Il bailla encore trois fois, satisfait du résultat. Cynthia lui fit signe qu'elle téléphonait.

— Tu es toujours là, Cynthia ? La personnalité de ce frère émerge de tout cela de manière plus claire et inquiétante. Parce qu'il apparaît comme certain que c'est lui qui a mis le feu. Que Giuliana le savait et qu'elle se savait aussi menacée. On ne connaîtra sans doute jamais les raisons à tout cela, si ce n'est qu'elle était enceinte. De qui ? Le père ou le frère ?

Un bruit impressionnant venait des toilettes. Une chute d'eau plein pot qui dura deux longues minutes. Le basketteur urinait en visant soigneusement la réserve de la cuvette. Cynthia glissa du lit et s'assit à terre, adossée à la table de nuit. Elle était sous le choc mais le basketteur n'y était pour rien, bien qu'il l'eût laissée à plat. La sensation d'avoir fait l'amour avec une équipe entière de la NBA. Mais ça n'expliquait pas ces gouttes glacées qui lui coulaient du front.

— Je suis là, Marthe. Je pense à Lorenz… Sa mère Maria était probablement le fruit de l'union d'une fille de quinze ans avec son propre frère, un dérangé, un *minorato* qui a mis le feu à la maison pour tuer son père et sa mère…

— Je vois que c'est aussi clair pour toi que pour moi. Lorenz avait quel âge quand ses parents sont morts ?

— Dix-sept. Et ce qui me fout la trouille, Marthe, c'est qu'il court toujours. Qu'il tourne autour de la Marcella. C'est pour cette raison qu'Elvire va rôder le soir, à la nuit tombée. Elle l'attend, le cherche. Elle en devient folle. Tout se passe comme si un gène déconnait dans cette famille, surtout quand ils se le transmettent de manière consanguine. Le jour où on réussira à dérouler et à lire couramment dans les kilomètres d'ADN qui nous habitent on aura peut-être des solutions à proposer. Lorenz s'est livré à un phénomène très connu en psychologie criminelle. Il s'est livré à la RÉPLIQUE d'un acte antérieur, commis dans ce cas par un proche, deux générations avant lui. Il n'y a pour l'instant absolument rien de scientifique dans tout cela, mais la question est ouverte.

— Cynthia, je pense brusquement aux enfants d'Elvire.

— Cet aspect-là m'a également effleurée. Porteurs ou pas ?

— L'avenir le dira. Comment sont-ils ?

— Les deux jumeaux, physiquement identiques. Pour le reste, totalement différents. Ils ont neuf ans, on ne peut rien conclure. Alex est un instable, un inquiet, intellectuellement fragile. Angel est un enfant sans problème, réfléchi, bon élève. Il est attentif à son frère, le protège.

— De toute manière il y en a une, et pour cause, qui n'est pas intéressée par cette hypothétique hérédité, c'est leur sœur. Teresa.

— Tu le dis de manière assez cynique mais c'est la réalité.

Il y eut un nouveau silence. King Kong sortait de la salle de bains. Débardeur rayé aux couleurs du club, jeans et baskets délacées, son sac sur l'épaule. Demain il avait un match à Bratislava. Il fit un grand signe de la main, lui envoya un baiser et disparut.

— Putain, Cynthia, tu te rends compte où elle emmène toute sa famille cette femme ?

Elle le sait. Elle s'accroche à son option, sa théorie. Au risque de perdre elle-même les pédales, de finir dingue. Elle est consciente, totalement, de la perversité morbide de Lorenz, de la possible hérédité, du poids des déterminismes. Elle espère encore, bien sûr, que la suite lui démontrera le contraire, que c'est elle l'inquiète paranoïaque, qu'il n'est qu'un caractériel facétieux, je te rappelle qu'il n'existe encore aucune preuve. Elle aurait pu provoquer l'avortement pour ce troisième gosse qu'elle a eu avec un étudiant. Elle aurait pu. Et puis elle a décidé autre chose. Pour Lorenz. Pour lui balancer dans le cigare un électrochoc de dix millions de volts.

— Avec un pyromane tu crois que c'était indiqué ?

— Marthe nom de Dieu ! Ton humour, ta santé ! J'ai envie de te revoir.

— Je te rappelle que tu as dans ton lit actuellement cent kilos de viande de compétition... Hum ! Finalement je fais le même poids que lui.

— Marthe, sors l'aïoli et le Valpolicella. Dès que j'ai deux jours je descends.

Un ami à elle, un copain de passage, lui avait sorti ça un jour. Votre terre, à vous les Italiens, semble prédestinée à la tragédie. N'allez pas chercher plus loin l'intensité mélodramatique de vos auteurs d'opéra, ils se nourrissent du sol.

Va, pensiero, sull'ali dorate;
Va, ti posa sui clivi, sui colli,
Ove olezzano tepide e molli
L'aure dolci del suolo natal!...

Cynthia avait été d'autant plus sensible à ce legs analytique sommaire que le pauvre type s'était quelques mois plus tard tout bonnement fait écraser par une camionnette de Gelati Motta lancée à cent à l'heure dans le Corso Venezia à Milan. Cynthia ne se sentait pas précisément superstitieuse, ni déterministe, ni nostalgique ou angoissée par le devenir de l'âme. Elle détenait simplement un sens second, animal, prémonitoire du danger. Les ennuis, les complications, les coups tordus, elle les reniflait à des kilomètres. Comme une sauvageonne, une femelle au nez pointé vers le ciel. Ce copain éphémère, elle n'avait pas dû partager plus de deux nuits avec lui, avait su déceler chez elle une jouisseuse instinctive de l'instant.

Les êtres comme toi, ajoutait-il aimablement, dépourvus d'inquiétude métaphysique, donc tellement allégés, développent un système sensoriel proche de celui des animaux sauvages pour évaluer le berceau de l'instant à venir. Vous disposez d'antennes insuffisantes pour accéder à l'esprit philosophique, ce dont vous vous foutez éperdument, mais qui vous permettent de progresser en vous cassant un peu moins la gueule que les autres… Le livreur de glaces du Corso Venezia avait en quelque sorte corroboré et interrompu ce début d'initiation au positivisme matérialiste.

Une arme. Une lutte armée. Avec Teresa, Elvire avait déclaré la guerre. Devant l'inéluctable pente sur laquelle s'engageait sa vie, elle avait eu instinctivement la conviction qu'il ne fallait pas céder un pouce de terrain. Éventualité monstrueuse. N'avait-elle pas installé ce troisième enfant comme un défi, un rempart ? Calcul inconscient et machiavélique offrant à Lorenz la pire humiliation et la cible sacrifiée.

Cynthia la positiviste lui avait fait une révélation inattendue venant d'une fille aussi saine, équilibrée. Elvire ne me prenez pas pour une dingue mais votre mari, Lorenz, je le ressens comme une partie de moi-même. Je veux dire qu'une partie de moi lui ressemble. Nous sommes en présence d'un pseudo-adulte, un déviant à l'état infantile. Capricieux, impulsif, dénué de sensibilité, qui empale les hannetons sur des pailles, coupe en morceaux les vers de terre et les regarde se tortiller, organise des concours de sauterelles unijambistes ou carrément culs-de-jatte… Le cynisme, la diablerie du destin restera une énigme éternelle, un sujet sans fin de réflexion, d'expression artistique, voire de littérature.

— Ce qui signifie ?

— Que si l'on considère de près les dingueries sanguinolentes qui jonchent le parcours de Lorenz, on ne trouve jamais la moindre trace de logique, de calcul prévisionnel. La notion de préméditation est dans ce cas déplacée et un obstacle pour tenter de comprendre. Il se prend sans doute pour un génie de l'improvisation.

— Vous oubliez ses parents, Cynthia, ses propres parents.

— Je ne les oublie pas. Au contraire. Il s'agit du seul cas où il serait permis d'invoquer l'intérêt comme mobile, s'il était avéré qu'il est bien l'auteur de l'incendie. Mais malgré cette notion d'intérêt rien n'indique qu'il ne s'agisse pas dans ce cas également d'un passage à l'acte irrépressible, opportuniste.

En amenant Elvire sur le terrain, familier pour elle, de l'analyse psychologique, en mobilisant chez elle le potentiel intellectuel prenant le pas sur le passionnel, le dramatique, Cynthia savait qu'elle pouvait avancer ses derniers pions.

— Elvire, j'ai deux autres révélations à vous faire. Qui éclairent la donne d'un jour tout à fait ahurissant. Cet incendie dans lequel les parents de Lorenz ont péri est la réplique exacte d'un autre incendie survenu presque cinquante ans plus tôt. Celui dans lequel ont péri aussi un père et une mère. Un incendie allumé volontairement par leur propre fils, un peu simple d'esprit il est vrai, un *minorato*. Ces deux paysans vivaient pauvrement, esseulés dans une ferme très simple dans un coin perdu, Capoletta, au lieu-dit la Croix-de-Bari. Gardez votre sang-froid, Elvire, parce que vous risquez de subir un choc. Ils s'appelaient Augusto et Julia Bassani. Leur fille de quinze ans, profondément brûlée dans l'incendie, a pu s'enfuir. Elle était alors enceinte de trois mois et l'inceste fait peu de doute. Elle s'appelait Giuliana Feliciana et parvint, aidée par des sœurs bénédictines qui l'avaient recueillie, à mettre au monde une petite fille qu'on appela Maria. Cette Maria, Elvire, s'est mariée plus tard à un riche propriétaire terrien appelé Vallero. Ils eurent un seul enfant, un fils, Lorenz.

Elvire était restée rigoureusement immobile, raide, le regard fixe accroché à ces lèvres qui pratiquaient devant elle, pour elle, une dissection chirurgicale de la tumeur qui la rongeait depuis si longtemps.

— Elvire, j'ajoute que Lorenz, cela reste à vérifier, n'avait pas connaissance des détails de ces événements survenus entre 1885, année de naissance de Giuliana, et 1901, date à laquelle elle a pu s'enfuir de la ferme. Dans le cas contraire, Lorenz aurait dû faire la même enquête que moi, auprès des mêmes personnes, des mêmes services, débusquer et étudier les mêmes documents et registres officiels, donc laisser des traces. Je l'aurais su, même si son enquête était antérieure à la mienne.

Il avait peut-être trébuché. Il avait trébuché et avait roulé, sans connaissance. Il ne se souvenait de rien. Seulement de cet éclair blanc qui lui avait incendié la tête. Il n'y pouvait rien, ne le sentait pas venir, pour s'arrêter, se coucher. Les oreilles bourdonnaient d'un coup, l'assourdissaient. Et il tombait. Pour les hottes de terre qu'il fallait remonter chaque jour, il avait aussi l'habitude. Même il aimait ça, quitter la maison, monter seul dans les collines. Tous les jours aller chercher la terre. Monter, passer le *sasso*, et puis redescendre de l'autre côté vers la *gravina*. De la bonne terre ici, à ramener à la ferme. Ensuite remonter à la croix et descendre à nouveau, la hotte pleine, jusqu'à la maison. La répandre, la tirer au râteau. Quelques pelletées. Une misère. Tous les jours.

Descendre par le chemin charretier aurait été beaucoup plus facile. Mais beaucoup plus long. Alors il prenait le sentier des chèvres. Des lacets étroits et raides qui tombaient direct sur l'enclos.

Il reprit connaissance, regarda autour de lui. Il avait dévalé une vingtaine de mètres jusqu'à ce replat. Ses genoux saignaient, son front, ses mains saignaient. Il n'avait pas tellement mal. Mais la hotte avait roulé jusqu'en bas, les arceaux disloqués. Surtout ne rien dire. Ne parler à personne de l'éclair blanc. Personne.

Il essuya le sang d'un revers de manche et reprit la descente. La hotte avait éclaté. Un tas de planches, d'osier et de cordes. Il savait ce qui l'attendait à la maison. Il approcha en se cachant et attendit. Il n'aurait pas longtemps à attendre. Le soleil était bas. Il passerait l'heure du repos et attendrait encore. Ils étaient à l'intérieur. Tous les trois. Qu'elle était laide cette baraque en planches tordues. Ils devaient manger. Accroupi derrière le mur de pierres il se mit à se balancer d'avant en arrière, un mouvement de pendule, puis son front se déplissa. Un sourire hilare illumina ce visage fermé, obtus. Il tourna plusieurs fois autour de la ferme, sans se faire remarquer, et sortit son briquet à pierre. Ça, personne ne le savait qu'il avait un briquet à pierre. Le cochon était dehors, au milieu des poules.

Les tas d'herbe sèche montaient jusqu'au toit. C'était vraiment simple. Un autre sourire découvrit ses dents et il sortit le briquet à pierre. Un drôle de jeu. Une sacrée surprise. En moins d'une minute tout était en flammes. Ils allaient sortir, essayer de sortir par la porte ouverte. Il tenait dans les mains un tronc de cade. Il savait qu'il faudrait commencer par le père. Le tronc de cade c'était pour les chèvres avant de les saigner. Tellement facile. Le père avait déjà pris feu quand il se présenta, chancelant, frappé de stupeur, dans l'encadrement de la porte. Le cade lui ouvrit le front en deux. Raide comme un pantin il tomba à la renverse. Deux bras s'agitaient derrière lui, et puis plus rien, tout s'écroulait sur eux.

Une sorte de grosse chenille noire d'où s'échappait de la fumée roulait dans les cailloux, glissait vers le ravin en étouffant des gémissements. Giuliana.

Tout ce qui s'était passé jusque-là en Italie relevait d'une certaine logique. Économiquement au bord du gouffre, le pays avait vu exploser les revendications mais surtout les actions tous azimuts pour déstabiliser l'État. Le schéma historique n'était pas nouveau. Certains le trouvaient même salutaire si l'on considérait comme incontournable le passage temporaire par la violence. Mais tout allait déraper dans la confusion la plus sauvage. Le terrorisme frappait de manière irrationnelle, extravagante. Encore faut-il préciser que le terrorisme de gauche maîtrisait une certaine ligne de conduite, s'attaquant aux personnalités représentatives, aux magistrats, aux policiers ou aux responsables syndicaux. Le terrorisme de droite était une bête aveugle frappant sans discernement sur tout ce qui leur tombait sous la main, essentiellement dans la foule. Comme à la piazza Fontana à Milan, à Bologne ou à Rome. Le *Gruppo di azione partigiana* de Feltrinelli se voulait beaucoup plus théorique. Ce qui ne l'empêcha pas d'exploser lui-même avec la bombe qu'il était en train d'installer au pied d'un pylône à haute tension à Segrate. Des centaines de morts. Des milliers de blessés dont, par exemple, les victimes de la *gambizzazione* qui consistait à faucher dans les jambes au pistolet-mitrailleur. Dans la charcuterie fine tenue par les époux Vassari et leurs trois serveuses, à deux pas du Chiaroscuro, le bar favori de Cynthia, on avait retiré six corps déchiquetés par une bombe à grenaille. Le vendredi c'était le jour du *risotto toscano* et de la *pappa al pomodoro*. Un délire scénographique à la Carmelo Bene.

L'Italie s'habituait peu à peu à l'idée que des centaines de gens meurent sans que soient jamais élucidés les mobiles, les circonstances et la nature des meurtriers. Les drames se multipliaient, l'impunité allait bon train. Varga avait raison. Les carabiniers étaient dépassés. Leurs interventions musclées pouvaient elles aussi se terminer dans un bain de sang. Comme à la ferme Spiotta sur les collines d'Acqui Terme au milieu des vignes et des arbres fruitiers où Mara Cagol avait été mitraillée. La folie meurtrière installée comme une épidémie. Le grand opéra de l'hémoglobine et de l'irrationnel. L'Italien moyen, entre les chambardements du Calcio, les succès de la Squadra Azzura, la corruption, les scandales en tous genres, l'ombre occulte de la loge P2, les projets avortés de Berlinguer ou de Moro, la liquéfaction de l'Église dans la loi sur le divorce et le corps lardé de coups de couteau de Pier Paolo Pasolini sur la plage d'Ostia, il était saturé l'Italien moyen. Plus rien ne l'étonnait vraiment. La douzaine de cadavres qui sillonnaient le parcours de Lorenz Vallero ne soulevaient pas beaucoup de vagues.

Je reviendrai, Elvire, je reviendrai. Dans tes rêves d'abord, pour leur donner une autre couleur, une autre mise en scène. Ton théâtre minuscule demande que j'y apporte une touche personnelle. N'est-ce pas ce qu'on peut attendre de mieux de quelqu'un qu'on a décidé d'aimer, de tromper ? Et tu ne me barreras pas la route. Inutile de tourner la nuit autour de ta maison en attendant le monstre. Je me présenterai à visage découvert. Tu verras une main modeler ton visage, sculpter des images qui te hanteront toute ta vie. L'amour est-il autre chose qu'un fantasme lamentable ? Je ne m'intéresse qu'aux décors parce que ce sont les seuls éléments pour lesquels le Créateur nous a laissé quelque initiative. Sur le reste nous ne pouvons rien, ou si peu. Dans ce jeu complexe où les personnages se cherchent, se frôlent, s'accouplent, s'entre-déchirent, nous ne représentons chacun qu'une goutte de sang dans une vaste hémorragie dont l'issue ne nous appartient pas. Les pauvres illuminés, comme toi Elvire, qui ont des prétentions d'existence juste et maîtrisée, attirent sur eux les foudres divines. Je dois corriger ta trajectoire, t'indiquer la poussière, t'enseigner la modestie, l'humilité. Te mettre à genoux.

— Que s'est-il passé Justin, la deuxième fois ? Elvire était-elle avec vous ?

— Depuis un certain temps Mme Vallero dormait au rez-de-chaussée, dans le grand salon. Je n'osais pas lui en demander la raison, mais je sais maintenant…

— Vous savez quoi ?

— Elle l'attendait, madame Grubner. Elle savait qu'il nous voulait du mal, à tous. Personne n'avait l'air de la croire. Les policiers disaient qu'ils avaient autre chose à faire, qu'ils ne pouvaient rien quand il n'y a pas de délit. Ils ont dit qu'ils surveillaient M. Vallero, mais je ne les crois pas.

— Après ?

— Il était plus de minuit. Je dormais au premier étage, à côté des enfants. J'ai entendu du bruit, un bruit anormal, dehors. Des raclements dans les graviers. J'ai tout de suite senti qu'il se passait quelque chose. J'ai enfilé une veste et je suis descendue… En descendant l'escalier les bruits se sont arrêtés. La grande pièce du bas était vide. Personne. J'ai cherché Mme Vallero, elle n'était nulle part mais il y avait de la lumière au fond du couloir. La lumière venait de la porte qui descend à la cave. J'avais peur, madame Grubner. J'y suis allée, pour voir, pour fermer la porte… Et tout a explosé… Quand j'ai repris connaissance il me serrait le cou, serrait de plus en plus et puis relâchait un peu, il avait l'air de s'amuser.

Mettre hors d'usage et surtout hors de nuire cette horrible petite Albanaise avait été un jeu d'enfant. Comment pouvait-on confier sa maison et la garde de ses enfants à un laideron pareil ? Une noiraude velue, presque bancale, à la vulgarité obséquieuse.

Elle l'avait traversée comment, l'Adriatique ? À la nage ? Cette sorte de rat était-il aussi à l'aise en pleine mer que dans l'eau des égouts ? Tu connaissais les risques, tu aurais pu couler. C'est ce qui t'arrive en ce moment, tu saisis ? Tu comprends ? Tu as fait le déplacement pour rien. Terminé, c'est la fin du voyage pour toi. Il lui tenait le cou serré d'une seule main. Sous la pulpe de ses doigts la palpitation des jugulaires. L'impression de serrer un chat. Un chat sans griffes, au regard stupide, paralysé par la peur. Peut-être la peur de décevoir le bourreau, ne pas lui donner satisfaction, ne pas déclencher l'orgasme ? Cette jeune femelle visqueuse risquait néanmoins d'avoir la vie sauve, mais elle ne le savait pas encore. Elle attendait en tremblant le coup de grâce. C'était sûrement atavique chez ces gens-là la soumission au plus fort, l'acceptation fataliste des coups. Tu t'appelles comment ?... Parle plus fort je ne comprends pas... Jus... Justin ? Ciel ! Mais c'est un nom hollywoodien... Justin ! *Les Malheurs de la Vertu*... Je suppose que tu n'as pas lu Sade ? Maintenant c'est un peu tard mais je peux t'en faire un résumé. Imagine une fille très belle, un modèle de simplicité et de vertu qui accepte de livrer son corps aux pires dépravations et qui finit par mourir frappée par la foudre... Bon, tu n'as pas l'air d'apprécier. Ne perdons pas de temps, j'ai une bonne nouvelle pour toi. Je desserre un peu ton cou et permets ainsi à ce truc gluant qui te court dans les veines d'aller irriguer ta cervelle. Tu comprends ? Tu es contente ? Dis-moi que tu es contente... J'ai besoin de toi. Tu seras ma protégée, je veillerai sur toi. Mais tu ne dois en parler à personne, promis ? Personne. Est-ce que ça rentre bien dans ta tête ? On a peut-être omis de te raconter ce qu'il est advenu de la fille qui t'a précédée ici. Un accident. Un sale petit accident de parcours. Quand on l'a retrouvée, dans la décharge, il lui manquait la moitié de la tête. Les rats. Tu te rends compte ? Les rats ! Bien, maintenant dis-moi où sont mes enfants ?

— Et puis il m'a lâchée, madame Grubner. Il a desserré. Je ne voyais plus rien. Tout était rouge, je ne sentais plus mes jambes, j'étais étendue à terre, ma tête me faisait très mal. Je crois que j'ai rampé pour essayer de fuir, de me cacher. J'ai rampé jusque sous la table où je me suis recroquevillée... Il s'est approché et s'est penché. Il me souriait à travers la vitre de la table. Il me souriait et il me parlait, mais je n'entendais rien. Alors il a pris la table basse à deux mains et l'a tirée de côté. Je ne pouvais rien faire sauf me recroqueviller davantage... Il s'amusait beaucoup et m'a demandé si je savais comment font les renards pour ouvrir les hérissons quand ils se mettent en boule...

— Que s'est-il passé, Justin ?

— Il... a ouvert son pantalon et il m'a... uriné dessus en riant... ça n'en finissait pas. Il visait ma tête. Je me suis redressée, je ne tenais pas debout. J'ai essayé d'atteindre la porte et suis encore tombée... De toute manière je n'aurais pas pu ouvrir, il tenait les clefs dans sa main et les agitait. Il souriait toujours. Et puis il a pris l'escalier pour aller dans les chambres des enfants. Je ne pouvais rien faire. J'ai vomi.

Cynthia prit Justin dans ses bras. Pour quelles raisons cette gamine n'avait-elle pas déjà quitté cette maison ? Quels motifs impérieux la retenaient ici ? Son statut d'immigrée non régularisée n'expliquait pas tout. L'attachement aux trois enfants non plus. En fuyant un enfer elle tombait dans un autre. Elvire et Justin, au parcours tellement dissemblable, se brisaient l'une et l'autre sur le même obstacle.

— J'ai enfin pu me lever et gagner l'escalier qui mène au premier étage. Je ne pouvais pas le laisser seul avec les enfants. La porte de la chambre d'Alex était ouverte. J'ai pu approcher sans faire de bruit. La petite lampe de chevet, on la laisse toujours éclairée la nuit, était suffisante. Angel les avait rejoints. M. Vallero les tenait tous les deux dans ses bras. Il leur parlait, leur murmurait des choses que je ne comprenais pas. Puis il est allé coucher Angel dans son lit. Il les a regardés encore un moment et il est allé voir Teresa dans sa chambre. Il s'est approché d'elle, lui a caressé les cheveux. Ensuite il est redescendu. Sans me voir. Mais moi j'ai vu. Le couloir était mal éclairé mais j'ai vu. Son visage. Il avait pleuré, madame Grubner.

— Encore vous ?

— N'exagérons pas, Varga. Nous ne nous sommes pas revus depuis…

— La clinique San Matteo. J'en conserve un excellent souvenir. Qu'est-ce qui vous arrive encore ? Vous cherchez quoi ? Vous voulez un café ?… Drogo ! Va nous tirer deux cafés. Ce petit pédé de Drogo est très serviable. Prêt à tout pour l'avancement. Ah ! Ces lopettes ! Ils sont partout. Moi je vous le dis, ils sont partout. Regardez à la télé, tous des pédés ! Je suis à quatre ans de la retraite alors j'en ai rien à cirer. Ils peuvent bien s'enfiler comme des morts de faim, se faire péter les sphincters… Je m'en tamponne. Ah ! Mon petit Drogo, ma perle bleue, ma choupette, donne le café à la dame…

— Varga, vous me faites chier. Votre provoc est aussi déchaussée que vos dents. Ce cynisme de petit rond-de-cuir à l'étroit dans son costume est misérable.

— Vingt dieux les gonzesses comment elles parlent maintenant !

— Faudra vous y faire, Varga… Merci Drogo…
Il me semble que nous nous sommes déjà croisés ?

— Hum… oui, mademoiselle Grubner…

— Ah bon ? Où ça ?

— Ça ne vous regarde pas, Varga. Le lieutenant
Drogo s'est montré très aimable en acceptant de
débattre avec moi du mystère entourant tous ces
crimes, de me faire part de son point de vue, de se
comporter, lui, comme un partenaire poli, civilisé.

— Et voilà ! J'ai eu quatre morts la semaine
derrière à la sortie d'un cinéma, deux autres qui
ont explosé dans une pissotière du stade Victor-
Emmanuel, une camionnette bourrée de bouteilles
de gaz reliées à un détonateur à la sortie d'une
école maternelle… Et mon Drogo, lui, il s'en fout,
il vise le plan de carrière, le scoop, son portrait
dans le journal, alors il se fait secouer des renseignements par la mère Gibert… Gubert…

— Grubner, mon cher Varga, prénom Cynthia.

— Grubner, c'est ça. Gubert c'est une autre.
Ah ! là, là ! les femmes. Madame Grubner, je ne
nie pas qu'un siphonné de première s'amuse depuis
quelques années à étriper des gens le long des
chemins de notre belle Toscane. Cela sans motivation apparente, bien sûr. La théorie criminolo-
gique, vous voyez madame à la justesse des termes
utilisés que j'ai bien suivi mes cours de recyclage,
la théorie identifie clairement ce type de taré.
Citoyens bien sous tous rapports, noyés dans l'ano-
nymat, délivrant une image parfaitement lisse. Invisibles ! Indiscernables. Boulot, famille, enfants
dans un grand nombre de cas. Seulement voilà,

certains soirs de pleine lune ou par n'importe quel temps, même couvert ou pluvieux, quelque chose leur pète dans le cigare. C'est plus fort qu'eux il faut qu'ils aillent étrangler quelqu'un, lui ouvrir la gorge avec un couteau de cuisine, répandre ses intestins sur le trottoir. Une nécessité hygiénique. Peuvent pas se contrôler. Et quand on les pique ils sont les premiers à prendre un air étonné et à vous demander ce qu'ils ont fait de mal. Ils rentrent ensuite à la maison, peinards, soulagés, amnésiques, font joujou avec les enfants, s'occupent des devoirs, mettent la table, s'enfilent le minestrone et se plantent devant la télé qui, dans le meilleur des cas, parle un peu d'eux. Vous voyez où je veux en venir, Grubner ?

— Je vois, Varga. Je vois essentiellement que vous me prenez pour une imbécile en essayant de noyer le poisson. Le tueur à éclipses que vous nous décrivez, le père de famille bon enfant, rondouillard et sans aspérités visibles qui se transforme en loup-garou sur les coups de minuit ne présente aucune espèce de point commun avec Lorenz Vallero. Cet heureux héritier d'une petite fortune lui permettant à peu près toutes les fantaisies, ce qui n'est nullement sujet à suspicion, présente un parcours qui mériterait de votre part un début de curiosité professionnelle. Ce type a pris son envol à dix-sept ans après avoir échappé par miracle à l'incendie de la maison paternelle. Son père et sa mère ont grillé là-dedans. Lui, comme par hasard cette nuit-là, à trois heures du matin, contemplait les étoiles assis sur la margelle du puits. J'ai attentivement étudié le rapport. L'incendie est dû à l'explosion de deux bonbonnes de gaz d'un modèle courant, toutes deux simultanément en fonction. Vous saisissez, Varga ? Les détendeurs étaient ouverts, ce qui est rarement le cas puisque étant montées en parallèle elles sont censées être mises en fonction l'une après l'autre. Bon, admettons pour plausible la bénignité de ce détail. Mais il y a les brûleurs ! L'expertise est formelle. Même après plus de trois heures de combustion intense, le constat est accablant. Les quatre brûleurs étaient ouverts plein pot ! Quelqu'un avait ouvert les deux bouteilles de gaz et les quatre brûleurs en pleine nuit. Certainement pas les parents puisqu'ils dormaient au premier étage et ont laissé leur peau dans le stratagème. La mise à feu de la maison proprement dite ne peut plus être précisément élucidée, mais la flamme qui a déclenché l'explosion de la maison était éloignée de la fuite de gaz, probablement au premier étage… Le gamin de dix-sept ans, Lorenz, a été retrouvé couché dans le parc près du puits, dans un état aphasique qui a mis plusieurs semaines à rétrocéder. Ce fut sa première admission en hôpital neurologique. Sa déposition, tardive, est bien entendu confuse.

— Vous voulez me rappeler la date de cet incident ?

— Pas incident, Varga. Incendie. Il y a prescription je ne l'ignore pas. Mais sachez bien que si vous tentez de rayer d'un revers de manche cet épisode capital éclairant tout ce qui va suivre, je serai là pour témoigner quand on coincera Lorenz. Vous risquez une retraite un peu moins paisible que vous

ne l'imaginiez. Il existe au moins un élément historique assez clair. Jusqu'à ce qu'il rencontre Elvire,
qu'il épousera rapidement dans la continuité du
coup de foudre, personne n'entend parler de lui.
Inconnu dans les rubriques. Absent des dossiers. Il
n'a même pas de domicile fixe. On trouve des
traces dans les hôtels, de luxe essentiellement. J'ai
pu recueillir un certain nombre de renseignements
intéressants auprès de certaines personnes, préfec-
ture, services des passeports, de l'identité, des
permis de conduire…

— Quelles personnes, madame Grubner ?

— Allez vous faire mettre, Varga. Parce que le
meilleur arrive.

— Insultez-moi, j'adore. Ça m'excite.

— Lorenz Vallero, monsieur le commissaire à
deux doigts de la retraite mais qui commence à
méchamment se vider dans son froc parce qu'il
sent qu'il a de plus en plus le feu aux fesses, Lorenz
Vallero est une sorte de Petit Poucet. Il aime rien
tant que parcourir notre beau pays en semant
derrière lui non pas des cailloux, non, non, mieux
que ça. Des cadavres. Cet homme est un esthète,
comprenez-vous. Un artiste. Il a une œuvre à
accomplir. Pas de partitions, pas de rites, pas même
de préméditation. Et surtout, aucun mobile. Ce
serait trop vulgaire. Lorenz est un instinctif. Un
trois étoiles dans l'art de présenter les plats. Il ne
travaille pas le produit, il travaille l'instant, le
regard, l'émotion pure. J'ai analysé chacun des
crimes connus qui jalonnent son parcours. Chacun
des crimes connus, parce qu'il en existe vraisem-

blablement d'autres. Dans chacun d'eux la victime est invitée en tant que premier spectateur, privilégié en quelque sorte. La stratégie séductrice dans la prédation est manifeste. L'emprise ne peut se résoudre que dans l'anéantissement du sujet. Il s'agit peut-être du mode extrême d'une demande inassouvie. De reconnaissance. Ou d'amour, allez savoir. Ça vous la coupe, hein, commissaire Varga ? Nous ignorons tout de la souffrance des bourreaux. Allez coller votre dentier, Varga, il se décroche tout seul. Mon petit Drogo, tirez-nous donc encore trois cafés, plus une serviette humide pour les tempes du commissaire.

Cynthia ressentait de manière enivrante qu'elle tenait le bon filon, qu'elle était sur les bons rails pour faire plier le policier.

— Varga, quand Lorenz a rencontré Elvire il a sans doute visé le plus beau coup de sa carrière. Une surdouée. Une plante superbe. Un fleuron universitaire. Une tronche. Une pointe de diamant. Il allait sortir le grand jeu. Transformer cette fleur en papillon. Il allait lui ouvrir les ailes, la faire éclater comme un fruit mûr. L'éparpiller au soleil. Disperser ses cendres. La transformer en souvenir et la confier aux vents du large… C'est sans doute le seul coup qu'il a préparé minutieusement pendant des mois. Il ne s'est pas trouvé un soir par hasard accoudé à un cabinet acajou XVIIIe, un verre à la main, dans la grande salle de la faculté, piazza Brunelleschi. Un lys. Costume clair, cravate rayée. Comme dans un film de Woody Allen il l'a simplement prise par la main pour la faire sortir de l'écran. En un seul plan raccord elle passait de deux ans d'immersion au milieu des récurrences philologiques dans les langues romanes à une auberge ombragée sur les bords de l'Arno. Il est probable que le choix même de la chambre et sa reproduction du *Printemps* ne devait rien à l'improvisation. Dans cette danse printanière mais tellement macabre, la Mort subtilement déguisée en Zéphyr s'empare de la belle Simonetta. Prémonition délicieuse de doigté. Et comment résister à Botticelli.

» La seule question intelligente qui pourrait vous venir à l'esprit, mon cher Varga, concerne les motivations impérieuses poussant Lorenz à abandonner pour une fois, pour cette seule fois, son rituel d'improvisation pure. La soumission d'Elvire avait été programmée et planifiée comme une partie d'échecs. Il faut remonter quelques années en arrière pour retrouver la clef du problème. Quand Lorenz, saisi sans doute de nostalgie tardive, a essayé de récupérer la maison, le site rebâti, de son enfance. Vous êtes toujours ici, Varga, ou vos lobes frontaux sont-ils déjà en compote ? L'incendie criminel de cette maison familiale dans laquelle son père et sa mère ont trouvé la mort a représenté pour lui, il est permis de le penser, une renaissance, un épanouissement, sa véritable floraison, l'accès du monstre à la maturité. On pourra même spéculer, lors d'un procès éventuel, sur l'existence chez lui d'une forme abâtardie de culpabilité. Cette maison nourricière, berceau de son premier fait d'armes, qui l'a somme toute enfanté… lui appartient ! Il la veut ! Quels qu'en soient le prix et les moyens déployés pour qu'on la lui rende.

» C'est ici, à ce point précis de l'affaire, que va se dresser une femme, vieille mais déterminée, qui va lui opposer une résistance sans appel. Deux enfants seront électrocutés, un vieil homme mourra de chagrin, mais la vieille femme restera plantée en travers de sa route comme l'image desséchée de sa conscience. Le prédateur est coincé, désarmé. Il battra en retraite. À ce stade, mon petit Varga, on vous en a peut-être dit deux mots pendant vos cours de rattrapage, il peut se déclencher chez certains psychopathes un phénomène bien connu, un besoin irrépressible de compensation. Une urgence vitale pour eux. Ils disposent d'un réseau morbide de connexions cérébrales qui nous dépassent, nous les soi-disant normaux. Ils parviennent à réaliser des transferts d'identification impensables. Elvire a été spécifiquement sélectionnée pour endosser la faute, subir le châtiment.

» Seulement voilà, c'était sans compter avec le grand juge de touche planqué en coulisses. L'éternel facétieux, le spécialiste tous azimuts du coup tordu. Le destin avait décidé que la plaisanterie pouvait être améliorée. Il lui a balancé une première petite surprise dans le scénario, à Lorenz. On peut même dire une double surprise. Elle s'appelait Alex et Angel. Il s'est une nouvelle fois retrouvé piégé comme un fauve. Quelque chose s'est déchiré en lui. Il s'est débattu avec ses moyens, ses pulsions naturelles. Pour trouver l'air pur, l'air libre. Un type qui se noie se débat. Il se noyait. Je ne peux que prendre note du fait que c'est à cette époque que les cadavres ont pullulé autour de lui.

» Le grand juge de touche a dû considérer que son protégé était mûr pour encaisser une deuxième décharge, une deuxième surprise. Il lui a balancé dans les pattes un ange, un symbole vivant de pure beauté, une enfant de l'amour. Teresa. Et c'est ici, à cet instant précis, mon petit Varga, que vous intervenez. Que les circonstances sont telles que vous avez, vous devez avoir, le feu aux fesses. Parce que Mme Vallero et ses trois enfants sont en danger, en danger de mort. Vous saisissez ? Confirmez-moi, Varga, que vous pigez l'urgence de la situation.

Les lumières des bureaux voisins s'éteignaient les unes après les autres. Varga était tassé dans son siège, pensif. Deux ou trois carabiniers avaient passé la tête dans l'entrebâillement de la porte… Bon alors, commissaire, à demain… Ça va comme vous voulez ? Besoin de rien ? Non, non, *va bene a domani Giorgio, Cesco, Pucci*… Il se laissa glisser un peu plus dans le fauteuil, dégrafa sa chemise et laissa subrepticement tomber sa chaussure gauche qui lui faisait mal. Le café sur le bureau était froid. Ce petit enfilé de Drogo était incapable de faire un café correct. Et cette pouffiasse de Grubner qui restait plantée devant lui en attendant Dieu sait quoi. Cette histoire commençait à sentir mauvais. Très mauvais. Pour la clinique San Matteo il avait fait le maximum. Les gros bonnets qui tenaient cette affaire en sous-main n'étaient pas des plaisantins. Ils contrôlaient quatre-vingts pour cent des établissements médicaux privés. Consigne : ne pas faire de vagues. Varga était investi d'une seule mission. Identique à celle concernant les transports routiers, les trafics maritimes, l'importation des produits de luxe ou le convoyage de gamines qu'on mettait au turf partout où il y avait de la monnaie à prendre. Balayer la route, effacer les traces, jouer du pipeau aux petits futés un peu trop curieux comme cette emmerdeuse de Grubner. Moyennant quoi il trouvait de temps en temps un rouleau de billets au milieu des packs de lait que lui montait la concierge.

Les attentats qui se multipliaient dans tous les coins du pays, les citoyens qui se faisaient canarder les jambes à la sortie des cinémas ou des restaurants, les bagnoles qui explosaient au milieu du marché aux légumes, les notables indésirables qu'on retrouvait pendus dans leur living ou défenestrés à la suite d'un probable chagrin d'amour, constituaient, c'était le bon côté des choses, un excellent écran de fumée. Le business se déroulait normalement.

L'affaire Vallero risquait de prendre tout cela à contre-pied. L'opinion était saturée. Saturée de violence politique. Saturée et finalement indifférente. Le phénomène était connu. Un attentat de plus ou de moins, tant que ce n'est pas dans ma cuisine je m'en tape. Moi consommateur de faits divers et d'émotions fortes, tellement saisi aux tripes par tous ces malheurs qu'on voit à la télé chérie, fais moins de bruit en lavant la vaisselle, les gamins arrêtez de me casser les oreilles avec cette foutue console, va me chercher la grappa grouille-toi, tiens ! Encore un facteur en vélo qui vient de sauter sur une mine... Mais un tueur isolé ! Un maniaque !...

— Vous dormez, Varga ?
— Heu... non, je réfléchissais.
— Alors écoutez-moi, commissaire. Vous avez raison de réfléchir mais ne perdez pas trop de temps. Vous vous sortez les doigts du cul et vous vous mettez au boulot. L'autre nuit Lorenz Vallero est revenu rôder autour de la maison. Toutes les nuits il tourne autour, il les harcèle. Il cherche l'ouverture, le bon moment, la faille. Il va frapper, c'est certain. Rien ne l'arrêtera. Je connais ce type. Il m'a coincée un jour, dans un sous-sol. J'ai senti son haleine, l'odeur précise de sa sueur, de sa peau. Une odeur âcre, presque acide. Une odeur de maniaque. Et ma propre odeur se mêlait à la sienne. Peut-être même ressentait-il de la peur, comme moi. Je vais vous apprendre un truc, commissaire. Quand la mort approche, meurtrier et victime ne font qu'un. Se ressemblent. Se nouent l'un à l'autre. Composent une sorte d'accord parfait. C'est beaucoup plus fort que l'amour, croyez-moi. Ils se nourrissent l'un et l'autre du même suc, épuisent ensemble le même instant. Découvrent et habitent, un temps très court, le même silence... Varga c'est curieux, quand je vous parle votre visage a tendance à devenir mou comme de la guimauve... Retenez ceci. Un soir il a attendu Elvire dans sa maison. Elle a essayé une fois de plus de lui parler,

le ramener à la raison… Il l'a traînée à terre et l'a achevée d'un coup de pied dans la tête. Pour Justin, la jeune fille employée à la maison, ce fut pire encore mais elle s'en est tirée…

Varga transpirait comme un bœuf, abasourdi, accablé, les yeux dans le vague. D'une main moite il renversa son chapeau en arrière et porta le plus courageusement possible son regard sur Cynthia :

— OK, Grubner. Je m'en charge.

Je m'appelle Angel Vallero, et mon frère Alex. J'ai neuf ans et demi et je commence aujourd'hui un journal, je voudrais être écrivain.

Sept heures du soir.

Nous sommes retournés à l'école, hier. Comme d'habitude, et Mademoiselle Léo nous a embrassés deux fois en nous disant qu'elle comptait sur nous pour... je ne sais plus quoi mais bon elle comptait sur nous. Elle nous souriait avec l'air triste. Je la trouve encore plus belle avec son air triste. De toute manière elle a toujours l'air un peu triste la miss Léo. Elle n'est pas très grande, mince presque maigre avec des cheveux blonds et des sourcils très fins qui tombent un peu sur les côtés, comme les jeunes chiens. Tout le monde l'aime beaucoup et pourtant elle est sévère. Je suis son meilleur élève elle lit souvent mes devoirs à la classe, si ça lui fait plaisir pourquoi pas. Alex, lui, n'est pas le plus mauvais élève mais presque. Il y a encore Tarozzi derrière lui. Tarozzi il ne sait même pas lire couramment. Pour Alex je fais ce que je peux mais il est dur à traîner et quand je l'aide pour les devoirs miss Léo le voit tout de suite. Alors on s'est assis à nos places normales, les autres nous regardaient.

À midi juste avant la cantine miss Léo nous a dit de l'attendre. Elle nous a dit que le soir on ne verrait pas maman à la maison, qu'elle était malade. J'en étais sûr qu'elle était malade. Depuis une semaine c'est Cynthia qui nous garde parce que Justin est partie. Justin reviendra ou ne reviendra pas. Si c'est comme pour Nadja elle ne reviendra sûrement pas. Cynthia est la meilleure amie de maman. C'est elle qui nous a parlé de la pension, qu'il va falloir aller à la pension en attendant que maman soit guérie. Il faut que je parle de notre père. Maman et lui ne s'entendaient pas du tout mais alors pas du tout. Pour ainsi dire on le voyait jamais, il passait très peu à la Marcella mais toujours le soir ou la nuit. Il ne parlait pas beaucoup mais restait des longs moments avec nous. Tout ça c'était à cause de Teresa notre petite sœur, j'en suis sûr. Ils se disputaient sans arrêt. Alex ne comprenait jamais rien. Un jour, un soir plutôt, il est venu nous voir dans notre chambre, j'ai déjà dit qu'il ne venait pas souvent. Je ne dormais pas mais Alex lui il dormait. Je ne sais pas pourquoi mais il nous a pris dans ses bras et nous a serrés tous les deux. Au début il ne disait rien et puis il a commencé. Il nous racontait des tas de choses où je ne comprenais pas tout et je ne parle pas d'Alex qui avait tellement sommeil qu'il n'écoutait pas. C'est la première fois qu'il restait aussi longtemps seul avec nous. Il disait qu'il nous aimait mais qu'il fallait qu'il s'en aille, qu'il ne pouvait pas rester. Après il est allé voir

Teresa dans sa chambre. Elle dormait. Il est parti. Mais un jour ç'a été pire parce qu'avec maman ils se sont battus. Alex s'était réveillé, alors on est descendus tous les deux sans faire de bruit, personne nous a entendus. Maman était couchée par terre et elle pleurait. Papa l'a endormie d'un coup de pied dans la tête.

La dernière fois qu'on a revu notre père c'est le jour de l'enterrement de Teresa. Il y avait une foule de gens qui étaient venus de partout à l'église San Lorenzo. Alex et moi nous étions au premier rang avec la famille. On avait le même costume, j'ai horreur qu'on nous habille pareils. Tout le monde nous embrassait, surtout les vieux. Le curé a récité la messe, au sermon il a dit que finalement c'était peut-être pas si grave que ça en avait l'air, que le bon Dieu savait tout, voyait tout, que notre petite sœur était sûrement avec lui et qu'on la reverrait un jour. Au cimetière des gens avaient pris notre mère par les épaules parce qu'elle ne pouvait plus marcher et même pas tenir debout.

Notre père était là lui aussi, derrière tout le monde, blanc comme la mozzarella. Il y avait deux carabiniers à côté de lui. Ils l'ont emmené à la fin. Il s'est laissé faire. C'est là que je me suis souvenu de tout.

Vingt ans plus tard. Février 2002

Angel s'était réveillé en sursaut, son crâne heurtant la lampe bouillotte posée sur le bureau. Une masse de papiers avait glissé à terre. Angel ne numérotait jamais les pages de ses manuscrits. Une façon peut-être de défier l'ordonnance du temps, la tyrannie de la logique. Il s'était encore endormi, avait une fois de plus piqué du nez sur la page, le dernier mot dérapant en arabesque. La pendule indiquait deux heures vingt. Un simple réveil minuscule cette pendule, qui l'avait accompagné depuis l'école primaire puis au long de ses études, le bac, la fac, même le séjour de deux ans en Angleterre. Une sorte de grigri, comme les affectionnent les exilés, les voyageurs au long cours ou les détenus. Dans cette maison isolée au milieu des vignes qu'avec Chriss ils avaient choisie, pour laquelle ils avaient il y a plus de dix ans eu le coup de foudre, il se sentait maintenant comme un insecte pris au piège. Chriss n'avait pas tenu le coup, n'avait pas pu tenir le coup. Il ne lui en avait pas voulu de rompre les amarres, s'éloigner, disparaître. Il n'avait rien renté pour la retenir.

Il lui restait à peine cinq heures de sommeil avant d'aller réveiller Anne pour l'emmener à l'école.

Dans cette lutte qu'il menait chaque nuit contre le sommeil, contre l'écriture, contre lui-même, il venait encore de lâcher prise, d'aller au tapis. Cette progression éprouvante d'animal fatigué lui convenait finalement bien. Il traçait son chemin à la vitesse d'un glacier au milieu de ses moraines de notes éparses, de brouillons, de livres à peine lus, d'incohérences. Peut-être même un plaisir pervers à balayer les pièces du puzzle quand elles s'emboîtaient trop bien ensemble. C'est curieusement dans ces états de dispersion, sur ces plages jonchées de débris, que s'organisaient les images, se traçaient les routes sur la page. Il fallait ces champs d'après batailles pour que les mots se frayent un chemin. Les vieilles chimères sortaient de l'ombre, pointaient leurs museaux de rats pour trouver la sortie.

Il éteignit la lampe, sortit sur la terrasse et gagna l'angle où était entassé le bois. Le vent du nord qui soufflait depuis trois jours s'était un peu calmé. Il portait une simple chemise. Il se recroquevilla sous le froid et saisit deux bûches d'amandier. L'épidémie tuant les amandiers avait duré une douzaine d'années. Il avait abattu les arbres les uns après les autres et les avait débités. Un bois de luxe pour la cheminée. Des senteurs tout à fait particulières dans la maison, mais leurs taches flamboyantes émergeant des brumes matinales à la floraison avaient disparu. Dans le feu Angel avait l'impression de libérer un peu de leur âme. Il détestait l'expression bois de chauffe. Vent du nord et froid donnaient au ciel une limpidité extrême. Si loin des lieux de son enfance, de sa Toscane natale, le même étonnement chaque fois. La même émotion à repérer les constellations. C'était autrefois l'un des rares moments où leur père les prenait près de lui pour leur enseigner les mystères de la nuit, la lecture émerveillée des étoiles. Repérer la Polaire, la Grande Ourse et Cassiopée son image inversée, les Pléiades toujours bien visibles. Et puis Castor. Au loin, près de l'horizon, Scorpion entre Balance et Sagittaire. Mais ce qu'ils préféraient avec Alex c'étaient les histoires des dieux qui avaient donné leur nom aux étoiles. Lorenz leur expliquait qu'un châtiment terrible avait frappé certaines des femmes très belles qui n'avaient pas été sages. Cassiopée épouse de Phœnix, mère d'Andromède, avait osé comparer sa beauté à celle des Néréides. Elle mourut et fut transformée en constellation. Ces millions d'étoiles accrochées au ciel, les enfants, ont toutes été des femmes belles et séduisantes. Certaines ont été punies, d'autres récompensées. Elles brillaient maintenant, immobiles pour l'éternité. Et maman ? disait Alex. Et Teresa ? Et Cynthia ? Et miss Léo ? Et Melina qui leur glissait toujours un ou deux *cavalucci* quand ils passaient à la supérette de Sasso Marconi ? Lorenz avait pris Angel à part. Tu expliqueras à ton frère que ce ne sont là que des légendes, qu'il ne faut pas trop y croire. Alex est fragile, Angel. Il faudra toujours veiller sur lui. Mais Alex insistait pour qu'on lui raconte encore l'histoire des sept filles d'Atlas. Naturellement il mélangeait tout, Zeus, Énée, Cyllène et Poséidon. La voûte céleste l'hypnotisait. Il y décelait des parcours singuliers, pointait le doigt vers le ciel et le promenait avec attention comme s'il triait des perles. Un soir il dit qu'il avait trouvé, qu'il avait choisi. Choisi quoi, Alex? L'endroit où elles iront, toutes, maman, Teresa et toutes les autres. Surtout Teresa.

Suivaient la folie des distances et l'inadaptation de leurs cerveaux en herbe aux normes de l'univers. Leur père avait un soir identifié quelque chose de très rare, Andromède la nébuleuse. Deux millions d'années-lumière. Alex s'était endormi.

Il était près de trois heures du matin. Angel se sentait exténué, sans avoir réellement sommeil. Il résista à la tentation de retourner à son bureau, installa deux bûches dans la cheminée, passa par la salle de séjour et gagna le premier étage. Anne, le visage noyé dans sa chevelure blonde, couchée en chien de fusil, les deux mains sur sa bouche, dormait. Anne avait sept ans. La regarder dormir déclenchait toujours chez lui une sorte de malaise exaltant. Un miracle, le seul sans doute dans sa vie. Il n'en revenait pas. Une telle pureté dans ce visage, l'arc fin des sourcils dessinant comme une tension permanente, un étonnement à peine souligné proche de l'inquiétude. Le visage de Chriss. Il rassembla les couvertures et la borda avec précaution. Anne avait cette manie de se découvrir en dormant et finir la nuit en travers du lit, couvertures à terre. Il lui caressa les cheveux sans prendre le risque de l'embrasser, de la réveiller. Elle avait le sommeil si léger.

Huit heures moins vingt. Il n'avait pas entendu le réveil. Il sauta dans son pantalon et se précipita dans la chambre de sa fille... Le lit était défait, la chambre vide... Anne ! Anne !... Il constata qu'il criait.

— Papa, Je suis habillée, tu ne t'es pas réveillé, emmène-moi à l'école.

— Mais...

— Je suis en retard, comme la dernière fois, la maîtresse ne sera pas contente... Dépêche-toi je te dis qu'on est en retard...

— Anne excuse-moi, je n'ai pas entendu le réveil. Tu n'as rien pris, rien mangé.

— Tu sais très bien que je ne prends rien le matin... Maman me faisait une orange pressée, qu'est-ce que je lui dis à la maîtresse ?

— Rien, j'irai la voir.

Il savait très bien qu'au-delà du reproche à peine formulé il y avait autre chose, de plus grave, de plus douloureux. Pieds nus dans ses chaussures, un manteau rapidement jeté sur ses épaules, il prit le cartable trop lourd, mais pourquoi obligeait-on les enfants à porter des sacs pareils, et descendit au garage par la porte intérieure. Anne avait les yeux gonflés de sommeil et dégringolait maladroitement en s'appuyant au mur. L'école se trouvait dans le village, à huit kilomètres. Chriss, en acceptant de venir habiter au cœur de cette colline, avait parfaitement admis qu'il fallait s'éloigner à tout prix pour tenter de renouer avec une vie normale. C'est-à-dire avoir recours à l'artifice le plus médiocre et le plus symbolique, la distance. Ni l'un ni l'autre n'étaient dupes. L'illusion acceptée s'absorbe comme un palliatif, parfois comme un médicament. Ils avaient déniché cette maison isolée et en étaient immédiatement tombés amoureux. Anne était née trois ans et demi plus tard. À sept ans elle connaissait par cœur les collines environnantes jusqu'aux premiers escarpements montagneux. Chriss et Angel avaient patiemment assemblé chaque pièce du fragile édifice comme on assemble une maquette. Chriss savait presque tout de son passé. Savait surtout qu'il fallait l'ensevelir. Ne plus en parler, ne plus l'évoquer. Table rase. La vie ne peut se résumer, se dissoudre, en une blessure aussi féroce. Angel avait mis des années à évacuer les images, vider sa tête, se persuader qu'une fatalité immonde nous désigne parfois, aveuglément, s'acharne à nous entraîner au fond du trou. Qu'il faut survivre.

Anne assise au milieu du siège arrière tenait son cartable serré sur ses genoux, droite, les yeux dans le vide, mal réveillée. La voiture tressautait dans le chemin cailouteux descendant de la maison à la route nationale. La lumière des phares butait sur un brouillard cotonneux qui ne se lèverait pas avant la fin de la matinée. Angel n'aimait pas cette descente qui lui en rappelait confusément une autre, lointaine, ensevelie par les années. La Marcella.

Anne restait muette, absente. Il n'osait pas lui poser la question, la même chaque fois. Question que la petite fille attendait et éluderait probablement, comme d'habitude. Elle jetait des coups d'œil au tableau de bord... Papa je vais être en retard, et son regard se perdait à nouveau dans les méandres opaques de la route. Sept ans. Et dans ses yeux clairs la lassitude acceptée d'une journée comme les autres. Mlle Hirsh disait d'elle c'est une élève très appliquée, monsieur Vallero, très sensible.

Sans doute Anne avait-elle conscience de ce qu'elle représentait dans sa classe, peut-être même dans l'école. Une petite fille bien plus évoluée que la moyenne. Les rayons IKEA de sa chambre étaient déjà chargés de dizaines de livres qu'elle avait lus *in extenso*. Des après-midi entières assise en tailleur, la tête dans les mains. Elle venait d'attaquer *Le Père Goriot*. Tu arrives à t'intéresser à ce vieux grigou ? lui avait demandé Angel. C'est quoi grigou ? C'est ça précisément, un vieux type un peu ridicule. Il aimait ses filles non ? Après j'ai du mal à suivre, tu sais quand il entre dans cette maison. Il y a un homme là, Eugène je sais plus quoi...

Angel consulta sa montre. Sûr ils seraient en retard. Il cadra le visage d'Anne dans le rétroviseur.

— Qu'est-ce que maman t'a dit au téléphone ? Elle appelait de chez elle ?... Pourquoi ne dis-tu rien, je t'ai parlé.

La visibilité réduite obligeait Angel à rouler doucement.

— Papa…

— Oui ?

— Samedi je n'ai pas école, est-ce que pour maman…

— Tu vas la voir bientôt. Pas ce dimanche, l'autre. Je t'emmènerai moi-même… Anne qu'est-ce qu'il y a ?

Anne s'était laissée glisser, se tenait maintenant recroquevillée dans l'angle de la banquette. Angel savait qu'il venait encore de démolir quelque chose, de salir un peu plus ce à quoi il tenait le plus au monde. Jusqu'à quand traînerait-il encore sa honte, le dégoût de soi ? Quand cette vacherie de vie lui ficherait-elle enfin la paix ?

— Anne ma chérie, c'est un mauvais passage, je fais ce que je peux, tu es grande maintenant, tu dois comprendre…

Mais qu'est-ce qu'on pouvait bien lui demander de comprendre à cette enfant ? Conférant à ce verbe une signification totalement abusive. Comprendre ? C'est-à-dire admettre, accepter, rengainer ses souffrances et surtout ne pas emmerder les adultes. Qu'est-ce qu'une gamine de sept ans se sentant trahie et désemparée pouvait bien admettre de positif dans ce naufrage ? Comment lui avouer surtout que lui-même partageait la même trahison, le même désarroi dans sa lamentable incapacité à avoir su retenir Chriss ?

Anne s'était redressée et consultait à nouveau la montre du tableau de bord. Dans la pupille de l'enfant maintenant une colère sourde, métallique. Le regard de Chriss quand elle avait disparu, lui laissant la garde de leur fille. Angel ne cherche pas à comprendre avaient été ses derniers mots avant de gagner la sortie. Ce verbe décidément était doté d'une surprenante élasticité sémantique. La porte avait claqué sèchement. Par un curieux jeu de courants d'air elle avait frémi une deuxième fois quand Chriss eut fait claquer la deuxième porte qui donnait sur la terrasse dominant la campagne. La petite Renault avait disparu dans les lacets du chemin. Le toit jaune citron réapparaissait par moments entre les massifs de noisetiers tandis qu'il entendait taper le bas de caisse dans la descente. Angel était monté sur la murette bordant la terrasse. Elle allait, c'était couru d'avance, tourner à gauche en direction du village et reviendrait le soir, le visage fermé, martelant que cette fois encore… Mais que la prochaine serait irrévocable. Le toit jaune citron avait tourné à droite. Plus de deux ans. Chriss restait insensible aux bouées qu'il lui lançait par téléphone.

Angel tu ne t'en sortiras jamais, j'ai enfin réalisé que tu ne t'en sortirais jamais. Mais Chriss, me sortir de quoi ? Tu le sais très bien ne fais pas l'imbécile, tu n'as pas su te battre et je doute même que tu aies jamais essayé vraiment, il y a au-delà de ta maladresse et tes allures de victime une complaisance parfaitement acceptée. Je croyais être assez forte pour affronter avec toi, à tes côtés, ce que tu appelais ton passé. Je sais maintenant, j'ai la conviction absolue que pour d'obscures raisons tu te délectes avec l'obstination d'un nécrophile dans la contemplation de tes propres ruines. Ton visage a parfois et à ton insu, Angel, la pâleur, la dureté d'un malade, d'un type qui ne maîtrise plus rien. Je crois que tu es foncièrement démoli, coupé en deux de l'intérieur et tu me fais peur. J'ai si longtemps cru, Angel, pouvoir avec toi tourner la page, c'est-à-dire ne pas simuler l'amnésie mais embarquer pour un autre voyage et d'autres horizons. Je t'ai tenu la main pendant dix ans, pour partir avec toi, nager à tes côtés, tenter de nous éloigner tous les deux de cette chose horrible, cette flaque de sang qui enfle encore maintenant, s'étale comme une hémorragie inépuisable. Une sale hémorragie, Angel, qui nous emporte tous. Je ne veux pas suivre la voie qu'a empruntée Alex, ton double, ta caricature, ta deuxième peau. Tu t'es servi de lui, de sa fragilité, de son innocence et rien que pour cela tu seras amené à payer un jour.

— Chriss, ce que tu dis est monstrueux. Tu ne sais rien de ce que nous avons dû endurer.

— Tu ne t'en affranchiras jamais, Angel. Les sales images ne le veulent pas. Elles poursuivront l'œuvre entreprise il y a vingt ans. Et tu en crèveras, Angel. Comme Alex. Comme Teresa.

Angel stoppa la voiture en double file dans la rue principale. Anne avait déjà ouvert la portière et tiré à deux mains le cartable pour se jeter en courant dans la petite rue qui montait à l'école. Elle n'avait pas eu le temps de nouer ses cheveux et son manteau gris en fourrure synthétique était enfilé de travers. Il ne s'était jamais montré à la hauteur. Une vague de découragement lui labourait le ventre. Anne disparut derrière l'allée de platanes. Elle ne s'était pas retournée. Depuis quand ne l'avait-il pas vue sourire, éclater de joie en se jetant à son cou, se livrer aux pitreries, aux folies de son âge, jouer du piano sur son Olivetti, lui piquer des feuilles blanches et les massacrer en coloriages ? Il trouva une place convenable pour la voiture et parcourut la centaine de mètres rituels qui l'amenait à la Maison de la Presse et au Rocky-Bar où il prendrait un ou deux cafés en lisant les journaux.

Le café à cette heure était essentiellement fréquenté par des travailleurs en tenue, des ouvriers agricoles peu pressés, des gens du bâtiment étonnamment de bonne humeur et le lot habituel de zombies grisâtres pour lesquels le bar représentait le seul marigot familial un peu chaleureux. On lui adressait parfois un petit salut poli, rarement amical. Si ce n'est la patronne, Annie, mignonne, d'âge indéfini, qui l'avait pris en quelque sorte en affection et l'appelait de manière un peu théâtrale monsieur Angelo. Il ne faisait pas grand-chose pour combattre la froideur des gens du pays à son égard. Il ne ressentait pas le besoin, selon l'expression rituelle, de se faire accepter.

Une table près du téléphone était encombrée d'annuaires empilés, de grilles de Loto périmées et des journaux du matin jetés en vrac. Angel éprouvait une véritable répugnance à ouvrir ces journaux qu'une lecture hâtive et désordonnée avait saccagés. La sciure du sol était parsemée des vieux clopes de la veille. Il s'assit et se fit une place sur la petite table. Annie lui apportait le premier espresso. Outre les journaux français il achetait quotidiennement *La Stampa*, *Il Corriere* ou *La Repubblica*. Depuis que les Twin Towers s'étaient envolées en poussière le monde occidental découvrait avec stupeur que sa cotte de maille était bouffée aux mites et que les symboles fussent-ils phalliques étaient vulnérables. La une du *Corriere* était occupée par un Berlusconi au regard fuyant dévalant un escalier ministériel son attaché-case à la main. Deux colonnes sur le turnover dans le gouvernement. Carlo Taormina était passé aux libertés civiles, ce qui ne présageait rien de bon *ma andrà bene*. Bagarres au Sénat. À nouveau Berlusconi serrant chaleureusement des mains et embrassant des enfants. La Ligue du Nord se frottait les mains, la Juve se rendait à Londres pour un match historique contre Arsenal, al-Qaida existait vraiment le doute n'était plus permis. Le Pakistan dansait d'un pied sur l'autre, les montagnes là-haut au nord-est étaient inaccessibles. L'affaire Erika et Omar n'en finissait pas. Sharon en slip à la sortie d'un sauna, pas Stone, l'autre, malheureusement.

— Un autre café monsieur Angelo ? C'est pour moi.

— Avec plaisir, Annie.

— Quoi de neuf en Italie ?

Ben Laden occupait encore deux ou trois pages à lui seul. Ce type arrosait le monde entier de communiqués et de cassettes vidéo, couché sur un matelas dans une grotte perdue à deux mille mètres. Nouveau. Des marchands d'armes nucléaires se promenaient en Bosnie. Dans un Wall Street désintégré on évoquait encore le courage des déblayeurs et la ténacité des milieux financiers malgré les traders qui manquaient à l'appel. La télévision numérique jouait les Arlésiennes, les virus informatiques pullulaient en Occident et Ebola en Afrique. Arafat tenait le coup tandis que Ramallah et Gaza croulaient sous les bombes. Harrison était vraiment mort et on installait des marqueurs génétiques sur les morues de la mer du Nord. Une première rétrospective exhaustive était consacrée à Mario Schifano. En avant-derrière page, un paysan de soixante-quatre ans avait tué sa femme et son jeune amant dans les collines de Campobasso. Un livre retraçait la carrière d'Aldo Moro. Un autre vieillard de quatre-vingt-huit ans, Vittorio Versace, avait euthanasié sa femme Elide Dazzi clouée au lit depuis quatre ans... Mais le premier indice, la première giclée de poison s'étalait dans la troisième colonne de la dernière page. Une photographie de face, probablement ancienne au vu du piquetage qui rendait flous l'arc des sourcils, le pli serré des lèvres, la tache sombre des orbites. Une photo d'identité policière ordinaire, agrandie, impersonnelle. La tasse que tenait Angel était brusquement devenue d'une lourdeur de plomb. Il lut lentement. Après dix-neuf années d'incarcération, pour des motifs obscurs, l'un des meurtriers les plus honnis d'Italie se voyait accorder une remise de peine. Il avait près de soixante-dix ans, on le disait malade et fortement diminué. Il avait pris perpète dans les années quatre-vingt pour le meurtre de sa propre fille dans des conditions atroces.

Angel était livide, ses mains tremblaient. Le portrait noir et blanc du milieu de page le fixait, lui. Au centre du flou orbitaire, deux petites têtes d'épingle brillantes. Lorenz.

Tout ce qu'il s'était efforcé de gommer depuis tant d'années, d'enterrer sous des milliers de pelletées de terre comme on enterre un cadavre, lui éclatait d'un seul coup au visage. La sale maladie contractée à l'âge de neuf ans, qui avait bousillé sa vie, sa jeunesse, celle de Teresa et celle de son jumeau Alex maintenant disparu, qui avait démoli sa mère et son propre couple, qui commençait depuis peu, méthodiquement, un travail de sape sur la seule personne au monde qu'il tenait à préserver, sa fille Anne, la sale maladie lui faisait savoir, en deux colonnes sommaires et un portrait grossièrement ronéotypé, qu'elle avait patiemment attendu son heure et qu'elle n'en avait pas fini avec lui.

À la table voisine deux filles pouffaient de rire en s'accrochant les mains. La grassouillette qui lui faisait face avait quelque chose de délicieusement porcin, rouge à lèvres, ongles écaillés. Joufflue, épanouie, cuisses écartées et minijupe. Angel scrutait distraitement l'entrejambe, la peau nacrée, bleutée par endroits. Elle s'en rendit compte, le dévisagea franchement, alluma une cigarette et rejeta lentement la fumée sans cesser de le fixer. Puis elle sourit et adressa quelques mots à sa copine qui se retourna. Elles le connaissaient. Bizarre ce type. Personne ne savait exactement ce qu'il faisait, ce qu'il avait derrière la tête. Il écrit paraît-il. Sa femme a foutu le camp. Il vit avec sa fille. Un Italien, plutôt pas mal, beau gosse, une super baraque au milieu des vignes. Affaire à suivre. Elles écrasèrent leurs bouts filtres dans le cendrier, trièrent quelques pièces puis gagnèrent la sortie. La joufflue lui avait lancé un dernier regard. Personne ici ne lisait *La Stampa* ou *Il Corriere*. Personne ne pouvait soupçonner quoi que ce soit. Angel laissa lui aussi la monnaie sur la table avant de sortir. Il refermait déjà la porte quand Annie lui cria de loin... Monsieur Angelo, monsieur Angelo! On vous demande au téléphone. Moi? Vous, une dame. Qui pouvait l'appeler, à cette heure, à cet endroit? Chriss? Ce ne pouvait être qu'elle. Elle seule connaissait ses habitudes, ses itinéraires.

— Allô?
— Allô, Angel? C'est Cynthia. Ne raccroche pas, Angel. C'est important.

Cynthia! Qu'est-ce qui lui prenait à celle-ci de remonter à la surface? Il la croyait disparue, évaporée *ad vitam aeternam*. Pas revue depuis... Il tenait le combiné dans une main et les journaux dans l'autre... La dernière page sous ses yeux, l'article, le portrait...

Une mâchoire lui serrait les tripes, se refermait cran par cran. Il sentait les crocs lui labourer tranquillement l'intérieur. Presque une sensation de soulagement. C'était trop beau pour durer. Il savait qu'il avait toujours attendu la suite, le déroulement obligatoire. Il percevait dans sa tête un cliquetis de crémaillère, une mécanique aveugle que rien n'arrêterait. Il réajusta le combiné à son oreille.

— Angel, tu as lu les journaux
— Oui, j'ai lu les journaux. Et alors ?

Ils lui devaient énormément à Cynthia. Après ce qui s'était passé à la Marcella cette femme, par sa présence et son attachement, s'était comportée comme une sœur pour leur mère. Toutes ces années pendant lesquelles la santé d'Elvire avait été vacillante, avant de sombrer, jusqu'à cette retraite forcée dans la campagne euganéenne. Les rares acteurs impliqués dans le drame avaient évolué et évoluaient encore comme des insectes dans une boîte. Pas d'issue, pas de lumière, aucune échappatoire. Pour tous la vie s'était arrêtée comme pour les passagers d'un rafiot explosé sur une mine, en novembre 1981. Le procès de leur père avait duré un an. L'enquête n'avait épargné personne. Alex et lui avaient dû subir, et souvent sans ménagement, des interrogatoires, des confrontations dont ils sortaient hébétés. Des types odieux avaient mené l'affaire, sous la direction d'un inspecteur vicelard et crasseux. Les éléments désignant leur père étaient accablants. Ils avaient fait durer l'agonie, la mortification. Pour le plaisir sans doute. Le ministère public n'eut aucune difficulté à démontrer que Lorenz ne pouvait en aucun cas bénéficier du doute et encore moins d'une hypothétique irresponsabilité psychiatrique. Lorenz, protégé pendant tout le procès par une cage vitrée, menotté et entouré de trois carabiniers, était resté muet, presque absent, laissant à son avocat le soin de défendre l'indéfendable. Il avait, sans manifestation particulière, encaissé les chefs d'accusation, la liste des preuves et finalement la sentence maximum. Perpétuité en quartier de haute sécurité. D'autres présomptions énormes pesaient sur lui concernant d'autres faits monstrueux sur d'autres victimes apparemment choisie au hasard. La bête ne nuirait plus. On travaillait à rassembler les preuves.

— Angel il faut que je te voie. Lorenz sera libéré le mois prochain… Angel ?

— Oui, j'écoute. J'ai lu cela ce matin moi aussi. Tu appelles d'où ? Comment as-tu pu avoir ce numéro ?

— Tu m'en veux toujours ? On pourrait peut-être baisser la garde une bonne fois, rentrer les armes. Personne ne peut plus rien dans ce qui s'est passé. Le Ciel jugera, s'il n'a rien de mieux à faire. Donne-moi tout de même des nouvelles. Anne ? Chriss ?

Trois ans plus tôt, quand Alex s'était suicidé, Cynthia s'était montrée particulièrement distante avec lui, odieuse. Une vieille dingue. Une névrosée. C'est lui Angel qui avait trouvé son frère au bord de l'eau, au pied de la falaise. Il s'était suicidé, avait fait un saut de plus de vingt mètres pour venir s'écraser là. Angel le cherchait depuis dix jours et avait enfin découvert le corps dans un état effrayant après le passage des rapaces et des chiens errants. Ce qui restait d'Alex reposait sur une fine couche de sable, ballotté par les vagues. La fin d'un calvaire qui durait depuis des années. Alex, c'est certain, avait toujours eu les comportements, les réactions, d'un être hors de la réalité. Cette inadaptation s'était aggravée avec le temps. Mais Alex avait définitivement lâché la rampe à neuf ans, au moment de la disparition de Teresa. Dans les mois qui avaient suivi il ne s'était pas montré particulièrement affecté. Il prétendait la croiser très souvent dans la maison, jouait avec elle, lui racontait des histoires, lui prenait la main et l'appelait petite sœur. Il disait même l'avoir vue un soir couchée dans un pierrier semé de ronces derrière le bâtiment de la colonie de vacances. Celle où Elvire les envoyait en juillet, près de Bormio. Les médecins, les psychologues et même le vieux Schœnberg qu'on disait encore vivant et centenaire avaient conseillé de l'emmener régulièrement sur la tombe de Teresa. Le deuil ils appelaient ça. Alex écoutait, regardait, semblait captivé et repartait tranquillement à ses jeux, suivant le cheminement de ses pensées. Angel l'avait ensuite tenu à bout de bras pendant dix ans. Jusqu'à ce qu'Alex se lasse, que devienne insupportable la dépendance au plus fort.

Il disparaissait des mois sans donner de nouvelles pour réapparaître dans un état pitoyable. Déconnecté de ses proches et de la vie normale il menait désormais la vie erratique des laissés-pour-compte. C'est dans ces conditions que Cynthia avait réussi à l'accueillir chez elle pendant presque un an. Ce type abîmé par la vie, prématurément vieilli, n'avait plus rien de commun avec l'enfant, insaisissable certes mais illuminé par l'innocence, qu'elle avait connu à la Marcella. Puis il était parti, avait repris la route avec pour tout bagage une grosse malle en bois d'un autre âge, lui laissant la garde de quelques babioles dans un paquet. Il l'avait embrassée sans effusions.

Elvire, elle, avait essayé de se battre. Contre ses terreurs, contre les images folles qui hantaient sa mémoire. Le procès sans appel et la mise à l'écart définitive de Lorenz n'avaient rien calmé de la démolition en règle qui s'opérait progressivement en elle, l'érosion obstinée des vagues qui frappaient son cerveau, sa santé. La disparition d'Alex avait tout précipité. Elle avait lutté, tenté de reprendre ses cours et ses travaux. Jusqu'à la démission attendue, inéluctable. Angel s'était personnellement occupé de liquider la Marcella et la totalité de ce qu'elle contenait. Elvire avait peu à peu sombré dans une mélancolie pathologique et s'était retirée, prise en charge dans un établissement près d'Abano où reposaient ses parents, Escusa et Gian Battista. Elle n'avait pas cherché à retenir Angel s'expatriant vers la France. Alex était bien sûr le plus attentionné, le plus proche d'elle. Mais les visites à sa mère s'étaient faites de plus en plus rares. Alex était parfaitement conscient de ce qu'il était devenu. L'une de ces ombres vacillantes que la vie ignore puis lamine.

Cynthia attendait toujours, le combiné à la main.

— Cynthia, sache que je ne nourris aucun ressentiment à ton égard. Dans cette spirale infernale dans laquelle nous avons tous été entraînés, chacun à sa manière a cherché une issue ou un minimum d'alibi pour faire tenir debout les décombres, pour trouver un peu de sens à tout cela. Pour vivre, tout simplement.

— Angel, tu me comprends mal. Quand j'ai hébergé Alex ce n'était pas comme tu l'entends pour tenter de vivre, pour me rassurer, me dédouaner de cette putain de culpabilité qui me ronge encore. Mais pour tenter de le sauver, lui. Il paraissait par moments avoir trouvé un peu d'équilibre, de confiance. Le seul qui pouvait réellement lui apporter quelque chose c'était… Bah ! Tout ça est inutile… Tu m'écoutes ?

— Oui Cynthia. Nous avons déjà évoqué et épuisé tout cela. Ressasser les mêmes choses est sans intérêt… J'aurais pu ! J'aurais pu ?… Je n'ai rien pu. Et surtout pas prévoir et empêcher la mort choisie par mon frère. Trop tard, trop fou, trop monstrueux. Je ne t'en veux même plus de ton attitude, de tes réticences odieuses. Il m'était impossible d'imaginer… Cynthia, nous avons tous été acculés au pire et avons tous cherché à com-

238

prendre, à expliquer, à tenter de nous persuader qu'on pouvait dénicher des coupables.

— Angel, merde, ce n'est pas moi qui ai voulu en savoir davantage sur les circonstances de cet… accident. Je ne suis ni légiste, ni pneumologue, ni experte en hématologie *post mortem*, ni spécialement parano. Mais j'ai vécu presque un an aux côtés d'Alex. J'étais à la fois sa confidente et un peu sa mère…

— Je sais, je sais, ce jour-là précisément, les deux places pour *Falstaff*… je ne sais pas ce que tu attends de moi, Cynthia, mais je vais raccrocher, je n'ai plus rien à entendre. Je n'ai, je t'en informe en passant si cela t'avait échappé, jamais rien eu à te dire. Et pas grand-chose d'intéressant à écouter.

Peut-être sentit-il à cet instant qu'il avait fait fausse route, qu'il aurait dû la laisser développer. Elle prit son temps avant de répondre.

— Je te félicite, Angel. Tu es à peu près le seul à t'en sortir un peu moins déglingué que les autres. Quelle assurance, quelle santé même ! Tu as raison, j'avoue, je capitule, je fais amende honorable. Le chagrin et l'impuissance ont sans doute fait de moi une timbrée obsessionnelle. OK. Je peux même te confirmer que j'avais de grosses prédispositions dans ce sens. C'est ce qui m'a plu entre autres choses dans l'exercice de mon métier : aller fouiller dans la boue, dans ce qu'il y a de plus répugnant dans l'âme humaine. Encore une confidence, en plus de ma curiosité maladive j'ai probablement des tendances sadiques. Parce que j'ai rarement été déçue dans ce genre de spéléologie crânienne.

— Ce qui signifie ?

— Que j'ai oublié, enseveli, rejeté aux immondices mon trouble, mes doutes et les conclusions sommaires concernant ce qui s'est passé sur cette putain de falaise et ce putain d'étang où Alex a trouvé la mort. Oui Angel, je me sens vieille et usée. Saturée, à bout de forces. Je perds mes cheveux, ma ménopause est très mal compensée, mes ongles se fendent, je me décalcifie, je suis atteinte de polyarthrite rhumatoïde, mes triglycérides et mes gamma GT font du vol plané. Nous dormons à trois dans mon lit avec à gauche ma bouteille de scotch et à droite un carton bourré d'antidépresseurs. Tu vois, forme olympique, maîtrise de soi, lucidité, absence provisoire de décompensation. Ça baigne, mon petit Angel, ça baigne. Terminé toutes ces saloperies qui me bouffaient la tête. Je me sens neuve, légère, aérienne… Mais j'ai un petit truc encore à ajouter. Pas grand-chose. Un détail. Surtout ne t'inquiète pas, tu devrais pouvoir arranger ça.

Il la connaissait la Cynthia. Il avait eu tout son temps pour la connaître, l'observer. Même sur le chemin de la soixantaine cette dingue qui jouait les hystériques était armée d'une perspicacité redoutable. Avec ses airs d'ex-pute, de dévergondée frappée d'alignement, elle avait une tête chercheuse au bout de chaque idée et pouvait développer un acharnement de chien-loup, de mort de faim. Si elle avait vraiment tiré un trait sur le passé, qu'est-ce qui pouvait bien l'exciter de cette manière ? Qu'y avait-il de nouveau ? La libération de Lorenz ? Son père avait été jugé, condamné. Cellule spéciale, seul. On avait trouvé utile de le mettre en quartier de haute sécurité, comme s'il pouvait se promener dans les couloirs un couteau à la main. Ridicule. Il était allé le voir une fois dans sa cage. Lorenz avait paru ému de revoir son fils. Ils avaient peu parlé. Que des choses très anodines. À la fin du temps imparti ils avaient eu le droit de s'embrasser. Il avait trouvé que son père sentait la vieille soupe.

— Quelque chose à ajouter, Cynthia ? Quoi encore ? Mon père, je suis content pour lui. J'espère simplement qu'il trouvera un coin pour aller se terrer. Personne ne désire le revoir.

— Ben… Justement, Angel. C'est là que ça coince un peu figure-toi.

Inutile qu'elle poursuive. Il savait ce qu'elle allait balancer. À l'autre bout du téléphone la voix de cette vieille peau avait baissé d'un ton, acide comme un caillou qui raye une vitre.

— Lorenz, lui, il aimerait justement avoir quelques explications. Il se déplacera spécialement. Je peux même te dire que l'initiative de la libération anticipée est une idée qui a été jetée en l'air, comme ça, par un fouille-merde de juge qui s'est repenché sur le dossier Alex. Tu comprends, Angel, Lorenz il s'en contretape des enquêtes et du temps qui passe et qui n'efface rien. Il a simplement un truc qui lui tourne dans la tête et qui ne le lâche pas. Tout pareil que moi. C'est qu'Alex était incapable de se suicider. Tu piges ? Bon je ne te retiens pas plus longtemps c'est l'heure de la météo, après c'est «Bingoloto» mon émission préférée avec «Les chiffres et les lettres». Je regarde ça entre un paquet de *cantucci* et une bouteille de Martini. Le pied, Angel, le pied.

— De mauvaises nouvelles, monsieur Angelo ?
— Non… Non, Annie.
— Vous faites une drôle de tête.

L'attention que lui portait Annie, ce bout de femme à tête de poulet plumé, lui faisait du bien. Il se retrouva dans la rue, indécis sur la route à suivre. Cette vieille timbrée de Grubner était capable de tout. Il sentait monter une petite vague de panique. Stupide. Une joueuse, une tordue à la retraite qui se voulait encore intéressante, qui balançait son venin avarié du fond de son lit. Pourquoi exactement l'avait-elle contacté ? Il s'était comporté comme un imbécile en écourtant aussi vite l'entretien. Il aurait dû entrer dans son jeu, la faire parler. Son père ? Il s'en arrangerait. Il se sentait aussi malin que lui. Lorenz ne pourrait rien tenter contre lui. À quoi maintenant pouvait-il bien ressembler ? Sans doute une loque décharnée. On le disait en mauvaise santé. Vingt ans de cabane ! Presque soixante-dix ans. Un vieillard croupissant entre un lit en fer et une gamelle de soupe, probablement démoli par les psychotropes. Rien à voir avec le héros de son enfance. Que voulait-il savoir ? Que pouvait-il bien se passer dans la tête d'un vieux qui n'a pas mis le nez dehors depuis si longtemps et a déjà un pied dans l'incinérateur ? Alex ? Et alors Alex ? Il avait réellement eu pour ce frère mentalement fragile un sentiment beaucoup plus fort que l'amour. Des liens de chair. Alex avait représenté une part essentielle de son propre corps. Quand, à la Marcella, il le rejoignait sans bruit dans son lit, à pas de loup, sans même le réveiller, collait son corps au sien, s'incrustait sur lui et en lui, muselait sa panique en lui enfonçant le drap dans la bouche jusqu'à ce qu'il se soumette, accepte ses caresses, s'ouvre à lui. Alex paralysé par la peur, puis dompté. Aucune femme plus tard n'avait procuré à Angel une telle intensité dans le plaisir sexuel.

En grandissant, Alex était devenu de plus en plus instable, ombrageux, incontrôlable surtout. En quelques années une loque. Une de ces ombres indistinctes qui se multiplient dans les villes. Presque une dizaine d'années à essayer de lui tenir la tête hors de l'eau. Puis le découragement. Alex avait lâché prise. Cynthia l'avait effectivement récupéré pendant quasiment une année, puis plus rien. Alex et sa malle en bois avaient disparu. Espagne, Afrique du Nord. Silence radio. Puis il avait par deux fois lancé un appel. Il lui fallait de l'argent. Très, très vite de l'argent. Angel s'était exécuté, lui intimant l'ordre de rentrer. Il l'hébergerait, prendrait soin de lui, comme avant. Ils feraient des projets ensemble… Six mois. Alex revint six mois plus tard, en plein hiver.

Il était tombé une fine couche de neige. Le train était entré en gare à dix-neuf heures quinze. Il faisait presque nuit. Tous les voyageurs étaient descendus. Angel attendait seul sur le quai. Alex n'était pas là. Évidemment il n'était pas là. Comment croire, comment faire confiance à Alex ? Et puis, tout au bout du quai, sous la lumière pâle du dernier réverbère, il avait vu apparaître une malle à la portière du dernier wagon. Une malle qu'on poussait de l'intérieur, qui avait basculé sur les deux hautes marches et enfin sur le quai. Alex était descendu de dos en se tenant aux barres chromées. La malle, ils l'avaient dénichée ensemble autrefois. En bois, cerclée de cuir. Deux ferrures métalliques et un ceinturon pour la sécurité. Une malle abandonnée dans les combles de la Marcella. Là où ils s'amusaient à se faire peur. À sept ou huit ans Alex pouvait sans peine s'y cacher, s'y laisser enfermer. Angel avait une fois poussé le jeu un peu plus loin, verrouillant les serrures. Les coups sourds frappés de l'intérieur n'avaient cessé qu'en fin d'après-midi. La malle avait tressauté plusieurs fois puis plus rien. À l'ouverture, Alex ne bougeait plus. Comme les scarabées, les hannetons ou les sauterelles qu'ils enfermaient dans une boîte d'allumettes entourée de scotch. Un gros dormeur, Alex, qui finit tout de même par bouger. Comme d'habitude Angel avait pris la tête de son frère à deux mains. Geste de tendresse et de menace. Ça ne regarde que nous, Alex. Si tu parles il nous arrivera malheur, à tous les deux. Le soir il venait se glisser dans son lit. Alex à la fois prisonnier de sa jouissance et de sa terreur.

La disparition de Teresa allait tout faire voler en éclats. Ils se retrouvèrent en internat où, sur les conseils des proches, le principal avait tout fait pour qu'ils ne fussent pas séparés. À moins de treize ans Alex était devenu l'ours en peluche sexuel de son frère mais surtout, très vite, celui d'autres pensionnaires. Défilé de rapports furtifs avec les plus âgés du collège. Étreintes de quelques secondes, le plus souvent dans les toilettes du dortoir, Alex arc-bouté sur la cuvette des cabinets, connaissant déjà toutes les manœuvres. Seul accroc un soir, le surveillant de nuit, un Autrichien nommé Dreckman les avait surpris en flagrant délit. L'Autrichien s'était montré indulgent. Il l'avait tendrement enlacé et couvert de baisers en dégrafant son pantalon. Alex s'était plié sous l'envahisseur, son premier adulte, son unique protecteur jusqu'aux vacances de l'été.

L'homme qui était descendu du train était méconnaissable. Angel contint un réflexe de répulsion. Il avait sous les yeux un type au bout du rouleau, au regard fuyant, incapable de parler. Un être désert comme une gare de banlieue un soir d'hiver. Alex trébucha en passant le portillon et dut s'asseoir un instant. Dans le hall éclairé par deux néons, Angel dévisagea mieux son frère. Le squelette du crâne saillait sous la peau. Il le reconnut à peine. La malle noire et une musette de grosse toile furent embarquées sur le siège arrière de la Ford. Ils s'engagèrent sur la route pavée et bosselée qui longeait le fleuve. Le pare-brise égrenait les spots blanchâtres des lampadaires. Angel jetait parfois un regard à l'homme tassé à ses côtés, ballotté par les défoncements de la chaussée. Il avait prévenu Chriss, lui avait tout dit. Presque tout. Le reste relevait de l'histoire ancienne. Fantasmes et jeux puérils. Tous les enfants, n'est-ce pas Chriss, ont à affronter des comportements ludiques qui tournent plus ou moins bien. Alex et moi étions des enfants impossibles tu ne peux pas savoir. Le travail d'amnésie volontaire, de négation de l'acte avait providentiellement tout laminé. Tellement de bons souvenirs pour quelques défaillances. De simples parenthèses. Alex ? Tu sais, un individu tellement vulnérable. Nous allons l'entourer, prendre soin de lui, le remettre en forme. Anne sera ravie de faire la connaissance de son oncle.

Chriss avait su se remettre du choc à la découverte de ce clone, ce double à la fois parfait et totalement défiguré. Elle l'avait pris rapidement en affection. Alex s'accrochait à elle comme un chien errant. Anne venait d'avoir trois ans, elle l'appelait Tatou. Elle l'invita sur-le-champ a venir partager ses terrains de jeu, le désordre lilliputien de sa chambre. Cette tendresse inattendue creusait chez Alex une blessure ancienne. Aucune enfant ne s'était à ce point attachée à lui. Aucune, depuis vingt ans... La vie paisible dans cette maison au milieu des vignes, le rythme régulier des événements qui ponctuaient chaque journée semblaient lui faire du bien. Mais un cancer le rongeait de l'intérieur. Une vie qui ne lui appartenait plus vraiment. Un corps malmené, souillé, et par-dessus tout le poids dévastateur du silence.

Mais comment Angel s'y était-il pris ? Dis-moi Angel, comment as-tu fait pour concrétiser une amnésie aussi totale sur tout ce qui s'est passé ? Quel détergent as-tu déniché pour tout effacer ? Effacer à ce point. La réponse d'Angel était désarmante. Alex, tu te laisses emporter par l'émotion. Il ne s'est rien passé, tout simplement. L'ordre naturel, le cours obligatoire des choses, du temps qui passe, le hasard si souvent facétieux qui jette les cartes sur la table, les sème à tout vent. Tu dois me croire, me faire confiance. Tu ne disposes, pas plus que quiconque, de ce privilège illusoire qu'on appelle le choix. Chacun de nous sur ce petit morceau d'univers n'est qu'une coque épithélialisée, vide et biodégradable. Un blister conçu pour finir dans les cimetières, les décharges ou les columbariums. N'essaie surtout pas d'oublier, Alex. Le mot oubli n'a strictement aucun sens. Une arme illusoire, misérable. Alex, je n'ai moi-même rien oublié. J'ai simplement changé de peau, jeté à la poubelle une pelure trop petite ou trop grande je ne sais pas mais usée jusqu'à la corde, irrécupérable. Mais la nature a été généreuse avec moi. Elle m'a fait cadeau d'une deuxième peau, un double, une doublure, un doublon. Toi, Alex. Mon image miroir sur laquelle oui je l'avoue j'ai planté avec acharnement et délectation des rafales d'aiguilles comme dans les cérémonies vaudoues.

Tu étais ma poupée sacrificielle, mon animal captif, l'insecte fétiche qu'on enferme pendant des jours dans une boîte d'allumettes avant de procéder aux rituels de mise à mort. Dépeçage minutieux pièce par pièce, membre après membre, anneau après anneau, pour voir dedans, découvrir l'intérieur. Un jeu, un simple jeu, Alex. À ceci près que ton corps et le mien ne faisaient qu'un. Tes frémissements, tes convulsions étaient les miens. Enfant j'avais la certitude qu'on m'avait donné une enveloppe de rechange, un identique que je pouvais déchirer et rapiécer grossièrement, une poupée trouvée dans la rue que je pouvais piétiner, prendre dans mes bras avant de lui donner le biberon ou lui crever les yeux, que je pouvais livrer à mes copains pour qu'ils y plantent leurs jeunes crocs, s'accouplent, se glissent, se vident en elle... Mais tu vois, Alex, la tempête est passée. La vie efface les aspérités du parcours, remet tout à plat dans la sérénité retrouvée. Une patience de lingère devant la lumière d'une fenêtre, penchée sur sa besogne, chantonnant de vieilles rengaines.

Nous nous sommes retrouvés et c'est là l'essentiel. Je vais prendre soin de toi, te remettre en forme, te rendre présentable. Regarde de quoi tu as l'air. Une loque, une loque à la dérive. Un de ces types qui ont choisi la vie au ras du sol. Mais peut-être, vous les rampants, n'avez-vous pas tort de renifler de près la terre nourricière. Peut-être même auriez-vous dû franchir le dernier obstacle et vivre sous terre? L'homme a sans doute bâti son malheur en se redressant sur ses pattes de derrière. Il n'aurait jamais dû quitter les marécages. L'élévation l'a conduit à sa perte. Vous, armée chaotique de laminés, aquatiques des caniveaux, vermiculaires des halls de gare, des abris de fortune, des bouches de métro, vous qu'on évite ou qu'on enjambe sans un regard, vous avez traversé les millénaires, défié l'évolution. Vous représentez les êtres les plus proches de la création originelle voulue par Dieu. Darwin est un imposteur, Alex. Nous relirons ensemble Empédocle d'Agrigente et Grégoire de Nysse, Buffon, Lamarck et Herbert Spencer...

Angel stoppa là ses réflexions. Alex n'était pas revenu pour revoir avec lui les théories de l'évolution.

— Angel, je suis revenu te dire que la comédie est terminée. Que nous sommes, toi et moi, arrivés au terme du mensonge. Le rideau va tomber, Angel, devant une salle à peu près déserte parce que nous avons fait le vide autour de nous. Mais je compte beaucoup sur les derniers spectateurs, les plus fervents, pour donner un sens à tout cela et pouvoir enfin poser mon sac et m'endormir. Il y a si longtemps que je n'ai pas dormi. Depuis... Te souviens-tu Angel, frère bien-aimé, de notre ultime partie de petits chevaux dans notre caverne sous les combles de la Marcella ? As-tu gardé le souvenir que nous n'avons jamais terminé la partie ? Que nous avons été interrompus ? Que je venais de faire un coup de cinq points et que nous étions côte à côte à quatre cases de l'arrivée ? Que nous avions comme d'habitude défini un enjeu ? Que notre mère rentrant du travail est montée nous voir et que... Tout ce temps pour en arriver là ! Quel voyage interminable ! Reconnais au moins que tu m'as laissé porter l'essentiel du fardeau. Je ne sais comment tu as fait pour te décharger à ce point mais moi, comprends-tu, je suis à bout. Je dois me délester, ouvrir en grand mes bagages et disperser aux quatre vents tout ce que j'ai été contraint d'enfermer au secret.

— Que veux-tu dire, Alex ?

— Tout. Je veux tout dire. Tout déballer si tu préfères. Étaler et faire sécher au soleil ce qui reste de pourriture en moi, donc en nous. Mais qu'as-tu Angel brusquement ? Tu es pâle, tes lèvres sont blanches, elles tremblent. Tu ressens quoi ? La trouille ? La peur ? Tu me décevrais Angel. La peur est d'une vulgarité ! Indigne de toi. Une légère angoisse sur la ligne d'arrivée ? Tous les champions sont passés par là à l'approche de la dernière case... Bingo ! Angel. Je joue mon cavalier noir... *Uno, due, tre, quattro...*

Angel était revenu seul de la promenade sur la falaise. Alex avait éprouvé beaucoup de difficulté à gravir la colline surplombant l'étang. Une géologie mouvementée, une si jolie balade. Il avait aidé son frère à venir à bout de la pente parsemée de végétation épineuse. Ils soulevaient des pierres, faisaient fuir des familles d'insectes affolés, lançaient des cailloux, mimaient des westerns. Puis l'arrivée sur un plateau parfait, accueillant, brusquement rompu par un à-pic au-dessus des rochers.

Il était apparu comme une sorte d'apaisement sur le visage d'Alex quand Angel l'avait poussé dans le vide. Un ultime regard à son double, son image miroir. Le corps avait basculé dans un beau mouvement de ralenti, tournoyé dans l'air, effrayant une nichée de mouettes rieuses avant d'aller s'écraser vingt mètres plus bas.

Angel quitta le bar d'Annie pensif. Le coup de téléphone de Cynthia l'avait vidé. Il s'était laissé piéger. Son père ! Impossible de dissimuler que la nouvelle de sa libération, et on appelait ça perpète quel culot, lui avait filé une sacrée secousse. Vingt ans ! Vingt années de non-existence. De cette figure fascinante de son enfance ne demeurait qu'une vague empreinte photographique. Une image diluée. Lorenz était devenu bien autre chose qu'un père mort. Angel avait mobilisé toute son énergie d'adulte dans l'anéantissement des sales images. Le membre gangrené, monstrueux, croupissait dans le cachot d'une prison et bientôt dans la tombe. Il avait réussi la coupe chirurgicale, l'amputation. *Ciao* mon papa, *via via buon viaggio* poursuis ton chemin sans te retourner, va rejoindre Cassiopée, Phœnix, Andromède ou qui tu voudras, je te suggère le Commandeur dans les flammes de l'enfer, mais ne reviens jamais. Tu as été pour nous une étoile, un astre, une comète, une saloperie extraterrestre maintenant éteinte, définitivement. Alex ? C'est Alex qui te réveille d'entre les morts ? Qui t'extrait de ta tombe ? Romero a eu un éclair de génie cinématographique, papa, mais le coup du mort-vivant est usé jusqu'à la corde. Tu vas te ramasser un vrai bide, une vraie déculottée, toi la terreur des terrains vagues. Alex est *out*. Terminé. *Game over. Finito.* Et pourquoi ? Question stupide, et pourquoi pas ? C'est moi que ça regarde. Alex était à moi, il m'appartenait et à personne d'autre. Si tu avais pu voir son sourire quand il a plongé. Sourire encore pendant qu'il volait dans les airs, planait, faisait des ronds, des arabesques autour de moi. Un papier qui vole, une feuille morte. Il me frôlait avec des frémissements aériens de cerf-volant. Un dernier petit signe complice et il est allé s'écraser en bas dans les rochers, la tête dans l'eau. C'est moi qui l'ai trouvé et lui ai fermé les yeux... Dix jours plus tard, diable ! Il me fallait le temps d'arriver.

Angel se retrouva perplexe au milieu de la rue. Il entra dans le bureau de tabac pour acheter deux cartouches de blondes. José le buraliste lui rendit la monnaie en le regardant droit dans les yeux. Angel jeta un rapide regard circulaire... Les cinq ou six personnes présentes n'étaient-elles pas en train de le dévisager ? Ne s'éloignaient-elles pas de lui, lentement, à reculons ? Il n'allait tout de même pas devenir dingue ?

— Monsieur Vallero, votre monnaie...
— Ah ! oui... Merci José.

Angel s'accouda un instant sur la glacière Gervais du trottoir et reprit ses esprits. Depuis toujours

252

ces courts éblouissements dont il sortait épuisé, le front ruisselant. De simples malaises bénins avait-on dit à sa mère. Inexpliqués. D'autres dans la famille ? Non avait répondu Elvire.

Dix heures et quart. Anne sortait de l'école à onze heures trente. Aujourd'hui pas de cantine. Il l'emmènerait au Mac à deux kilomètres du village. Il n'avait plus le temps de rentrer à la maison et se remettre au travail. Mais pourquoi s'était-il lancé dans cette histoire de fille dont le corps remonte à la surface chaque année, le même jour à la même heure ? Comme depuis ses débuts il était parti à l'instinct, sans plan, sans canevas. Il aimait ça, Angel, se balancer au bouillon comme une jeune tortue de mer ou une anguille, se glisser dans la nuit des grands fonds pour aller pondre des œufs à l'autre bout du globe.

Le plus simple était de retourner au Rocky-Bar maintenant débarrassé des travailleurs matinaux jusqu'au coup de feu apéritif. En fixant le fond vide de son Vichy-citron il vit ses phalanges crispées sur le verre. Quelque chose d'inquiétant, pour l'instant incompréhensible, était en train de se tramer, lui disait qu'il se dessinait dans l'air des complications imprévues. Un arbre cachait la forêt. Lorenz, il en ferait son affaire. De quelles armes, de quel venin pouvait bien encore disposer ce vieillard caco-chyme ? Une loque lui aussi. Un *has been*, un dossier incomplet et poussiéreux qui irait croupir pour l'éternité parmi des centaines d'autres au fond d'un sous-sol saturé d'archives.

— Annie, un autre Vichy s'il vous plaît. Sans citron.

Cynthia avait téléphoné ici même, lui avait instillé la première décharge. Attablé dans ce bar sans intérêt il se rendit compte qu'il surveillait comme un chat aux aguets le vieil appareil en bakélite noire posé sur le comptoir entre le percolateur et le distributeur de cacahuètes. Il attendait la sonorité aigrelette. La première banderille était partie de là. Cynthia Grubner! Cette vieille peau scatophage lui avait injecté la juste dose, celle qui commence le boulot de grignotage. Pourquoi était-elle sortie de l'ombre elle aussi? Il y avait du nouveau. Quoi? Le zèle isolé et tardif d'un juge, un témoin, un flic? Impossible. Personne n'avait plus rien à fiche d'un clodo qui dérape dans les rochers ou des exploits d'un siphonné dans l'Italie des années quatre-vingt. Bien sûr, on exhumait parfois une affaire ou une autre. Ce Battisti par exemple, très bon auteur * par ailleurs. De simples écrans de fumée, des sujets en or pour faire mousser l'info. Grubner. Forcément elle! Elle seule qui avait déclenché le pataquès, décalaminé cette vieille affaire comme on exhume une épave, convaincu un magistrat de rouvrir le dossier Alex classé maintenant depuis trois ans.

Qu'est-ce que cette pétasse alcoolique avait bien pu découvrir de nouveau? Personne ne compren-

* Voir *Les Habits d'ombre*, Folio Policier n° 415, et *Buena onda*, Folio Policier n° 416.

drait, personne ne soupçonnerait jamais les liaisons océaniques, les racines entremêlées, invisibles, qui avaient lié les deux jumeaux. Le corps en miettes ballotté par les vagues au pied des rochers n'était pas celui d'Alex. Pas vraiment. C'était comme s'ils avaient sauté ensemble, étaient morts tous les deux, s'étaient décomposés, attaqués par la vermine et les rongeurs. Place nette. Pas de blessés, pas de survivants. Il n'était resté en haut de la falaise que le père d'une petite fille appelée Anne, témoin impuissant d'un drame, auteur, fabulateur, amnésique professionnel qui était rentré chez lui en prenant son temps, en pensant à toutes ces choses infimes qui mises bout à bout font une vie. Onze heures quarante-cinq... Anne devait l'attendre devant la porte de l'école.

— Monsieur ?

— Vallero. Je suis le papa d'Anne. Je n'ai pas vu passer l'heure, j'ai quinze minutes de retard, je comptais la trouver dans le hall...

— Sylvie ! Anne, tu as vu Anne Vallero ?

— Anne ? Mais on est venu la chercher. Vous êtes le père ?

Une giclée intraveineuse glacée. L'hormone d'urgence. Les surrénales avaient lâché les vannes à fond pendant que défilaient dans sa tête à la vitesse d'un réembobinage tous les schémas possibles, les heures, les jours qui passent, l'attente... Anne introuvable...

— Monsieur Vallero...

— oui, je...

— Anne ? Je suis étonnée que vous ne soyez pas au courant... Excusez-moi j'ai un appel... Allô ! Allô ! Non chéri pas maintenant... Plus tard c'est ça... Non pas midi non plus... Écoute je te demande... Oui parfait, si tu veux... Ce soir voilà. Donc excusez-moi monsieur Vallero, je vous ai à peine reconnu, il faut dire que je n'ai pas souvent...

— Anne ?

— Bien sûr, Anne. Mme Vallero est venue la chercher. Je pensais évidemment que...

Pourquoi ? Pourquoi, Chriss ? Les surrénales, une fois le boulot terminé, s'étaient mollement remises en sommeil. Jusqu'à la prochaine alerte. Le processus d'effacement du stress avait été instantané. Anne était en sécurité. Le reste, pour l'instant, ne l'intéressait plus. Pour la forme il joindrait Chriss au téléphone pour s'indigner des méthodes vexatoires qu'elle utilisait et de la bassesse du procédé qui jouait sur l'instrumentalisation de leur fille. Chriss tu ne sors pas grandie de ce type de manipulation. Il s'éloigna sans même saluer Mlle Hirsh l'institutrice.

— Monsieur Vallero ?

Angel se retourna, sincèrement étonné par la présence de cette femme qui l'appelait depuis la porte de l'école.

— Je suis confus, mademoiselle... Cet incident, Anne disparue, je veux dire absente...

— Je comprends parfaitement. Simplement une chose… On ne m'a pas donné d'explication, je suis gênée de vous le dire. Il y avait deux hommes avec Mme Vallero, deux inspecteurs de police. Ils se sont sommairement présentés et m'ont demandé de vous transmettre l'information, leur passage en compagnie de Mme Vallero.

Les premiers rayons du soleil faisaient enfin leur apparition entre les feuilles des platanes. Une pâle chaleur traînait dans les flaques de lumière. Il changea de trottoir, du pas d'un convalescent ou d'un type qui sent confusément que la messe est dite, que les cartes ont changé de mains, que tous les détails de la mise en scène vont se régler sans lui. Qu'il n'y pourra rien et qu'il a même toujours attendu, presque espéré, cette déconnexion faisant de lui un pion de plus, un élément du décor dans le petit théâtre de cette putain de vie qui nous ballotte à sa guise. Il se sentait désarmé mais tellement soulagé. La marée de panique s'était retirée, laissant une plage vide, lisse. Mais qu'est-ce qu'il en avait à foutre de tout ça ? Anne était en sécurité. La reverrait-il au moins ? Lui laisserait-on la revoir ? Aurait-elle assez d'une vie pour comprendre ? Encore le mot comprendre. Celui-ci il allait le censurer, définitif. Tatou ! Ses yeux s'embuèrent. Alex lui manquait. Son père lui manquait. L'ombre chiffonnée de Teresa lui manquait. Sa mère… Pauvre mère, pauvre vieille femme recroquevillée sur ses ruines, fouillant les décombres, monologuant sans fin…

Il disposait maintenant de tout son temps. Rien ne pressait. Il essuya ses yeux, ses joues, d'un revers de manche et sourit. Cocasse. Voilà le mot qui convenait, cocasse. Ils ne trouveraient rien ! Rien du tout. *Niente, nothing*, que dalle, pas le bout de la queue d'un indice et surtout pas d'une preuve. Bande de pignoufs minables et prétentieux. Ils s'imaginaient trouver quoi ? Un rouleau de trente-six Kodacolor ? Alex en randonnée, Alex en vol plané, Alex en hirondelle, en cerf-volant ? Alex et les lois de la gravitation ? Il allait tranquillement rentrer à la maison, téléphoner à Chriss qu'Anne n'était pas une balle de ping-pong, que son cinéma avait assez duré, que oui d'accord il regrettait. Il regrettait quoi au fait ? Il trouverait bien quelque chose.

Restait Cynthia. Cette pétasse à matelots voulait jouer au plus malin. Tous pareils ces vieux. Quand tout se débine autour d'eux et en eux ils exhibent leurs vieux réflexes professionnels, les lambeaux de leur notoriété dont personne n'a plus rien à foutre. Elle lui avait annoncé la libération de son père ! La belle affaire ! Le scoop occupait trois colonnes dans les journaux. Lorenz ! OK papa, je t'accorde un petit entretien. Dans quel état es-tu ? Pendant les éclaircies entre deux éclipses céré-brales tu me feras la morale et surtout le récit palpitant de ton passage sur terre.

Le chemin qui bordait la grande magnanerie désaffectée descendait en pente raide sur le village. Il empruntait rarement ces ruelles pittoresques bordées de maisons basses en pierres vives. Il salua le vieil Emilio assis sur sa chaise dans un angle ensoleillé. Il eut un sourire amical pour un vieux chien appelé Dimar qui tenait en laisse son maître, peintre célèbre et reclus. Dans l'encadrement d'une fenêtre d'un deuxième étage, l'ombre touffue d'un visage soudé à sa table à dessin. Il se disait de ce Roux qu'il avait il y a trente ans planté ses yeux et son Rothring dans une feuille de papier et ne les avait jamais plus relevés. Un peu plus bas deux enfants repartaient déjà à l'école en se tenant la main. Puis la place, la fontaine, l'inénarrable poilu noyé dans la pierre avec son fusil, à nouveau le Rocky-Bar et le salut étonné d'Annie. Il récupéra sa voiture et prit le chemin des collines.

— Vous croyez qu'il va se pointer, chef ?

— Qu'est-ce que j'en sais ? Il est prévenu. C'était le bon coup à jouer. Le prévenir. Lui faire savoir qu'on lui collait aux fesses, tu comprends.

— Et s'il se tire ? Mettez-vous à sa place. On est à deux doigts de le serrer ce type, pour meurtre. Il prend la fuite, normal.

— T'es con hein ? T'es vraiment con. S'il se tire ça équivaut à un aveu. Ce mec a du gadin, de la matière grise. Tu sais ce truc qui fait floc-floc dans ta tête. Lui c'est pareil mais en mieux.

— Bon, bon. On l'attend jusqu'à quelle heure ?

— Dix-huit heures, dernier carat, la loi française est pointilleuse. Chez nous il y a longtemps que j'aurais foutu un coup de pied dans la porte et vidé la baraque.

— Et si on ne trouve rien ?

— Alors toi tu en tiens une vraie couche. On ne trouvera rien ! Ces timbrés ne laissent jamais rien traîner. Le but c'est pas de trouver quelque chose.

— Ah ! bon. Et c'est quoi le but ?

— Je vais t'expliquer un truc. Tu me rappelles

quand j'ai débarqué de l'école de police. Méthode, logique, liens de causalité, alibis, rapports circonstanciés et tout le bordel. Pour les vols de cageots de pommes ça marche mais avec les entortillés du cigare tu as très peu de chances. La logique, le rationnel, les enchaînements cohérents et compatibles ils connaissent pas. Ou plutôt si, c'est le contraire. Ils connaissent tout d'instinct. Ils maîtrisent comme des joueurs d'échecs, à l'aveugle. Ils ont toujours dix coups d'avance sur toi. Il faut pas essayer d'être plus savant, il faut essayer d'être plus vicieux qu'eux. Leur faire perdre les pédales, leur faire commettre une erreur.

— Vu comme ça, chef !

— Eh oui ! mon petit, ça s'appelle l'expérience. Tu sais, il y a vingt ans, si j'avais pas connu Varga et regardé comment il bossait, je serais resté un petit flicaillon englué dans la paperasse et les idées toutes faites.

— Il a tout de même fini avec une balle dans la tête, non ?

— Ah ! les risques du métier. Une balle perdue. Varga est mort dans la dignité, dans le droit sens du devoir.

— Il a surtout fini dans la trajectoire d'un pruneau bien ajusté.

— Ta gueule, petit enfilé de stagiaire… Bon, va dire aux *francesi* que dans dix minutes ils peuvent défoncer la porte. Et n'oublie pas qu'il n'y a qu'eux et le représentant du procureur qui peuvent pénétrer.

Drogo s'épongea le front et retourna s'asseoir dans la Fiat. La radio de la police crachotait des chapelets d'infos 24 heures sur 24. Il débrancha et mit Dee Jay Radio, « *Ciao Belli* ». Il était crevé. Ils avaient fait six cents kilomètres depuis le matin. La collaboration avec la police française était tendue. Ils s'étaient déjà fait piquer pour excès de vitesse sur l'autoroute. Convaincre ces deux cow-boys de motards qu'ils étaient de la police italienne avait demandé une demi-heure, cinq coups de téléphone et, le plus insupportable, un sermon débile sur les dangers de la vitesse même quand on a des galons de commissaire... Gna gna gna... Quels casse-burnes. Feraient mieux de s'aérer un peu le képi en ciblant les causes authentiques de la maladie routière au lieu de réciter leur catéchisme.

Il y en a tout de même une à qui ils devaient une fière chandelle, qui avait su rassembler le puzzle, remonter aux sources, motiver les acteurs. Sacrée Grubner ! Il ne l'avait pratiquement jamais revue depuis le jour où dans son propre bureau elle l'avait carrément foutu à poil pour lui extorquer des éléments du dossier Vallero. Des coups pareils c'était pas à la portée de tout le monde. Un culot monstre. Vingt ans plus tard elle devait en avoir gros sur la patate la Cynthia pour s'engager à ce point dans les hostilités. Avait-elle conscience qu'elle risquait sa peau ? Qu'au moindre faux pas elle pouvait se retrouver le ventre ouvert comme un fruit mûr ou étranglée avec un lacet ou une corde à piano ? Oui elle savait tout cela, en avait parfaitement conscience. Mais, au-delà, il y avait le poids immense de la culpabilité. Elle avait tout vu venir mais trop tard, n'avait rien pu faire, rien empêcher. Le sentiment d'impuissance est infiniment plus corrosif que l'erreur. Rien ne pouvait, rien ne devait rester en l'état. Il suffisait d'attendre, attendre et encore attendre. Quelque chose finirait par craquer. Lorenz sous cloche dans une cellule, Elvire évaporée mentalement, Alex à la dérive, Angel se reconstruisant dans la chaleur familiale… Trop beau, trop lisse. Le filet d'un sale venin devait couler quelque part, se faufiler en sous-sol, cherchant la faille, le point faible, reniflant du museau pour trouver son chemin, la lumière.

— Hé ! Commissaire Drogo !
— Hein ! Quoi ?
— Vous dormez ?
— Petit imbécile… On en est où ?
— Il y a une voiture qui monte, là. Les *francesi* ils disent que c'est lui.

Il avait vu les deux véhicules de la police. De loin, depuis le chemin qui quittait la nationale et sillonnait dans les vignes. Il avait vu le toit de la Fiat verte avec son gyrophare, le break bleu marine. Rien de grave a priori. Surtout ne pas fuir, ni s'arrêter ni même ralentir. Il était prêt à les affronter. Comme un plongeur de compétition à l'extrémité de la planche. Relâché, serein, prêt à opposer à l'imparable le fuselage de son corps, de sa peau.

Le représentant du procureur lui tendit une feuille qu'il parcourut distraitement. Un mandat de perquisition. Sans un mot il apposa sa signature dans la case indiquée par un index manucuré et leur ouvrit la porte. Quatre policiers français et l'officier de justice se dispersèrent dans la maison. Angel ne jugea pas utile de simuler l'indignation ou l'erreur judiciaire et décida d'attendre dehors, assis sur la murette qui bordait la terrasse. La campagne vallonnait à perte de vue. La lumière déclinait déjà. Ils ne trouveraient rien. À moins que… Il alluma une blonde. Une fine brise emmenait la fumée vers le sud, demain il ferait beau. Drogo et le jeune stagiaire s'approchèrent. Il ne tourna même pas la tête.

— *Signor* Vallero…

Il les dévisagea. Leurs vêtements froissés, leurs allures gauches mais amènes. Bons flics sûrement. Ce Drogo lui rappelait vaguement quelqu'un. Il aimait bien leur allure. L'Italie aussi lui manquait. Il ne répondit pas. Aucune émotion, rien. Il n'était pas concerné, c'est tout. Drogo rengaina les quelques questions, de curiosité pure, qui lui brûlaient les lèvres. Elles auraient dérapé sur ce masque cireux qui, à l'évidence, en évoquait un autre. Celui d'un fou furieux qui avait pris perpète dans les années quatre-vingt, qui venait de bénéficier d'une remise de peine et faisait partie du dispositif tendu par cette folledingue de Grubner.

Deux heures plus tard les deux voitures officielles faisaient voler la poussière du chemin en disparaissant dans le paysage. Angel n'avait pas bougé de son poste. Monsieur Vallero tout est OK. Nous avons essayé de ne pas trop déranger, vous savez les ordres sont les ordres, s'il nous faut des compléments d'information nous vous prierons de bien vouloir… Signez là.

Angel contemplait le nuage de poussière qui se dissipait dans les vignes. Ils s'imaginaient quoi ces pieds nickelés ? Et dire qu'on leur confiait notre sécurité ! Il jeta son mégot et pénétra dans la maison. Ils l'avaient souillée de leurs pieds, de leur suffisance bureaucratique, de leur manque d'imagination. La maison en serait quitte pour un passage à l'eau de Javel, un bon bain, comme violée. Il téléphonerait à Chriss demain, ou même après-demain. Fatigué, simplement fatigué. Il restait deux tranches de porc dans le frigo, il n'avait pas mangé depuis la veille. Il avait du mal à avaler. Même tartiné de moutarde le porc sec et froid faisait de la résistance. Quelques gorgées d'eau direct au robinet de l'évier, il s'enfila rapidement trois abricots et un reste de panettone qui sentait un peu le moisi. Presque neuf heures du soir. Il monta au premier étage et se livra comme d'habitude à des mouvements d'approche autour de sa table d'écriture. Aucune envie de reprendre cette histoire de fille qui remonte à la surface à dates et à heures fixes. Au chapitre précédent elle avait jailli des eaux noires en ayant perdu ses dents, ses oreilles et ses cheveux. Et s'il balançait dans l'eau un jeune berger avec sa badine qui abandonne ses brebis et plonge pour la sauver ?

À ce moment précis il encaissa le premier des gros chocs qui allaient décider de tout. Il manquait quelque chose sur la commode ! Ou alors il l'avait déplacé, mis ailleurs. Quel imbécile ! Pourquoi avait-il conservé ces cochonneries ? Complètement oublié. Un détail. Un vague souvenir. Une carte postale. Une vulgaire carte postale envoyée par Alex, il y a plusieurs années. Quel idiot. Il passa en revue toutes les pièces, minutieusement. Ces flics décidément, un peu plus malins qu'il ne l'avait imaginé. Il faudrait trouver une explication, une raison, même foireuse. Ça ne constituait rien, ni une présomption et surtout pas une preuve. Putain d'adrénaline. Il s'assit à son bureau. Le petit berger avec sa badine plongea. Et se noya.

Il s'était mis au lit à plus de deux heures du matin, avait ferraillé un bon moment contre les hordes de sensations, de pressentiments qui se battaient bec et ongles pour s'imposer. Surtout ne pas dériver sur ces terrains-là, ces sables mouvants. Il se retourna sur le ventre, enfouit la tête dans l'oreiller et plongea.

Moins d'une heure plus tard la sonnerie du téléphone lui perforait la tête. Il fallut cinq sonneries pour le faire remonter à la surface et l'arracher du lit. Presque trois heures. Il traversa la chambre en se heurtant aux meubles jusqu'au combiné téléphonique du couloir... À l'instant de décrocher il se ravisa et attendit. Sans raison précise. Un pressentiment, vague, lancinant. Il ne fallait pas répondre, pas décrocher, pas tout de suite. Chaque stridence lui vrillait dans la tête une idée de plus en plus précise. Que le jeu allait enfin commencer, que tout jusque-là n'était que prologue et amuse-bouche, qu'il allait maintenant donner sa vraie mesure. Que la chance tournait, tournait irrémédiablement et qu'il vendrait sa peau chèrement. Ça oui très chèrement. Quelqu'un avait engagé le duel et ne le lâcherait pas. Parfait, on allait s'amuser. Les sonneries du téléphone cessèrent. Angel attendit deux minutes avant d'approcher sa main du combiné quelques secondes avant que le téléphone ne crevât à nouveau le silence de la maison. Il savait, sans l'ombre d'un doute, qui était à l'autre bout du fil.

— Allô! Bonsoir Cynthia. Nous avons des insomnies?

Quinze minutes plus tard toute la chaîne d'urgence régulant le stress avait volé en éclats. Cette immonde pouffiasse avait fait fort, n'était pas partie à la guerre avec un lance-pierre et une poignée de figues. L'argument elle l'avait en sa possession. Depuis trois ans. L'arme fatale, l'arme qui tue. Alex mon frère, mon double, mon Janus, pourquoi m'as-tu caché ce détail? Pourquoi ne m'as-tu rien dit de ton désarroi, de tes doutes, de ta douleur? Pourquoi as-tu confié à cette traînée le diamant qui nous unissait? Il reposa le combiné à sa place avec précision, essayant de se concentrer, de mettre de l'ordre. Il fallait s'organiser, ne pas paniquer. Ne pas laisser aux milliards de synapses frappées de plein fouet par des rafales d'hormones la possibilité d'entrer en surchauffe. Comme souvent dans ces conditions, une image remontait à la surface.

Celle de son père. Maintenant, tout de suite, à l'instant même, comment s'y serait-il pris, lui, pour tester la validité des paramètres, trouver la solution ? Et si c'était du bluff ? Du bidon, un piège grossier ? Grubner, morue avariée, démolie par l'alcool et les remords compulsifs, était parfaitement capable de monter un canular énorme pour le faire plonger. Elle avait besoin d'un coup d'éclat, un transfert, une projection tardive pour tenter de se lessiver la conscience... Le petit coffret acajou disposé sur la commode et qu'avaient subtilisé ces lourdauds de flics ne présentait maintenant qu'un danger mineur. Il faudrait simplement bidouiller quelque chose.

Mon pauvre Alex, mon petit frère, tu as encore fait une grosse bêtise d'enfant inconséquent et frivole. Est-ce que tu sais ce que nous risquons ? Est-ce que tu réalises vraiment ce que nous risquons ? Allez, réfléchis. Dis-moi ce qui nous arriverait si je n'étais pas là pour prendre les affaires en main ? Évidemment tu t'en fiches. Tu n'as rien vu et ne veux rien voir, rien savoir. Tu t'évapores, te dérobes, pars en fumée. Angel est là, Angel s'en occupe, Angel sait toujours exactement ce qu'il y a à faire...

Trois heures et demie du matin. Dans la maison vide le silence était rompu par des craquements divers. Les structures en bois gémissaient sous les assauts de la bise. Angel alluma une cigarette qu'il écrasa immédiatement et sortit sur la terrasse. Le vent du nord avait totalement nettoyé le ciel. Le froid balançait ses aiguilles à travers sa chemise ouverte. Ranger ses idées. Comme des crayons dans une boîte. Par affinités, par ordre d'importance, par destination, par n'importe quoi mais trouver la solution. Circonscrire la tumeur. Et la bousiller, l'opérer. Liquider l'affaire.

Son regard se porta naturellement vers le ciel d'une luminosité parfaite. Comme autrefois, serré contre Alex aux côtés de leur père. Repérer la Grande Ourse puis son image inversée Cassiopée, la Polaire et les satellites. Il attendit qu'un lambeau de stratus se déplace pour identifier les Pléiades. Toutes ces étoiles ont été des femmes belles et séduisantes disait leur père. Certaines ont été élues, récompensées. D'autres ont vu fondre sur elles un châtiment mérité. Castor, Balance, Scorpion... Oui Alex, elles sont toutes ici accrochées quelque part, exactement à leur place, Nadja, Teresa, bientôt notre mère et tant d'autres dont nous ignorons les noms. Toutes sauf une. Une qui va bientôt les rejoindre, qui doit enfin trouver la paix de l'âme, déposer les armes et se refermer sur son éternité.

Nous disposons d'environ six heures de route pour surprendre au saut du lit cette bête malfaisante. Nous nous rendrons ensemble chez elle, mon Alex, lui énumérerons ses droits, lui lirons l'acte d'accusation, les attendus, la liste de ses fautes, ses infamies, ses infractions à notre loi à nous et surtout lui demanderons de nous remettre sans opposer de résistance les documents et objets dont elle dispose et qui pourraient nous nuire. Après quoi nous nous retirerons un dixième de seconde dans le silence du délibéré avant de prononcer la sentence immédiatement exécutoire. La vie de cette maniaque dévorée par ses obsessions retournera à la poussière originelle. Elle entamera alors la longue route, son sentier lumineux, en direction de la voûte céleste.

Elvire est assise sous les feuillages. Elle écoute le bruissement des arbres. Ils murmurent entre eux, se poussent du coude. Ils se confient des secrets qui tombent en pluie sur elle. Elvire se laisse envahir, se laisse flotter. L'étang sous ses yeux prend la couleur grise du soir. La barque à fond plat de Josepha est à peine visible dans les roseaux, amarrée à la passerelle en bois. Une risée fait frissonner la surface de l'eau. Elle entend les grincements de la chaîne, ouvre les yeux, cherche. Rien. La fraîcheur et la brise lui piquent la peau. Elle rassemble le châle sur ses épaules. Il faudra bientôt rentrer. Les arbres du parc s'installent pour la nuit, cessent de s'agiter. Il y aura peut-être des orages mais beaucoup plus haut, du côté du Monte Grappa. À nouveau les grincements de la chaîne. La barque s'est libérée seule et avance lentement sur l'étang. Deux formes sombres à bord. Elvire sait que c'est eux.

— Bonsoir maman.
— Bonsoir mes petits. Comment s'est passée la journée ?

— Moyen maman. Je n'ai eu que sept en histoire mais ai récité au tableau.

— C'est bien. Vous devez être sages, bien écouter.

— On fait ce qu'on peut. C'est pas facile.

— Je sais, mes enfants, je sais. Et toi Teresa ?

— Moi j'avais oublié mon cahier…

— Quel cahier, Teresa ?

— Le cahier de textes, avec les devoirs et tout. La maîtresse m'a enlevé un point.

— Ce n'est pas grave. C'est un peu ma faute.

— Ta faute ?

— Oui, ma faute. Manque de temps, d'attention. J'ai tellement à faire. Justin vous a-t-elle donné le bain ? Pas encore ? Voilà un bel exemple, je devrais être à la maison pour m'occuper de vous. Et Nadja ? Elle vous a aidés pour les devoirs ?

— Ben… Oui maman, elle nous a aidés.

— C'est bien. Ce sont de bonnes petites vous savez. Soyez très gentils avec elles. Je ne vois pas Angel ?

— Angel ? Mais, maman, il n'est plus avec nous.

— Comment ça plus avec vous ?

— Angel… Angel… Dis-lui toi Teresa.

— Oui maman, il est… parti. On ne sait pas où. Il est peut-être mort.

— Mort ! Mon Angel mort ?

— C'est probable.

— Ça ne fait rien. Tant pis. Je vous ai vous, mes enfants chéris.

— Maman il est tard. Il faut qu'on retourne. À demain.

272

— Déjà ! Comme le temps passe ! Soyez prudents, ne faites pas de bêtises. Couvrez-vous, il fait frais le soir… Teresa ! Teresa !…

— Je n'entends plus, maman… Que dis-tu ?

— Je dis qu'il fait frais, couvre-toi, pourquoi sors-tu ainsi, tête nue ?

La barque s'éloigne sans bruit. Elvire se lève et marche vers la maison. Josepha l'attend sur le pas de la porte. Il faut rentrer, madame Vallero.

Elle avait commis une erreur, Cynthia. L'erreur de trop. Celle qui ne pardonne pas. Une erreur idiote qu'elle aurait pu aisément éviter en accordant un peu plus d'attention aux kilométrages et aux facilités de déplacements offertes par les autoroutes.

Clope au bec, en robe de chambre à carreaux et cheveux en désordre, elle glissa sur les neuf heures du matin de son lit à la cuisine, rinça le filtre sous le robinet, tassa deux rations de Lavazza et attendit les premiers borborygmes de la cafetière. Accoudée à la fenêtre elle contemplait sa ville. Il allait faire une journée magnifique. Au-delà des toits, le cours rectiligne de l'Arno avait le matin une couleur argentée. En se penchant davantage elle pouvait dénicher une partie de l'immense église dominicaine Santa Maria Novella. Florence commençait à s'agiter. Elle retournerait dans son lit après avoir lentement dégusté son café noir. Tout était en place. Elle avait pensé à tout, étalé dans le bon ordre toutes les cartes du jeu, calculé la meilleure mise. Il allait fatalement se produire quelque chose.

Pendant des jours il avait fallu travailler au corps ce gros empoté de juge Campanella pour lui faire admettre de déclencher le processus de libération anticipée. Ce n'était tout de même pas compliqué à comprendre. Un seul au monde pouvait faire craquer Angel. Un seul, Lorenz. Lorenz avec qui elle n'avait pu avoir qu'un entretien très bref. Une petite heure à l'intérieur même de sa cellule. Étrange proximité où peu de mots furent échangés. Un Lorenz impassible, immobile dans son coin, fumant cigarette sur cigarette. Aucune envie mais alors aucune envie de rappeler à cet individu en cage leur tête-à-tête, il y a des années, dans les sous-sols de la clinique San Matteo. Situation hautement insolite. Elle venait lui annoncer sa libération prochaine, uniquement comme entrée en matière. Le cœur de l'entretien était, aurait dû être, les circonstances entourant le suicide de son fils Alex. L'entretien avait tourné court. Mademoiselle Grubner vous avez toute ma sympathie mais je vous demande de me laisser maintenant.

Cynthia à sa fenêtre alluma une deuxième cigarette. La perquisition chez Angel avait eu lieu comme prévu entre dix-huit et vingt heures la veille. Drogo l'avait immédiatement contactée depuis le téléphone de la Fiat. Un coffret, mademoiselle, un coffret ordinaire contenant de menus bibelots et ce fameux souvenir conservé curieusement par Angel. Avec un peu de chance nous disposons là d'un élément accablant si les analyses montrent que le prélèvement a bien été fait *post mortem* et non pas plusieurs semaines ou mois auparavant.

Ce qu'elle n'avait pas dévoilé à Drogo et conservé au secret et quitte à se faire coincer pour détention d'indices, c'est ce qu'elle possédait, elle. Impossible de faire confiance à un aimable flicaillon comme Drogo ni à un quelconque plombé de la semelle de magistrat ligoté par les règlements et les protocoles. Jusqu'ici son plan fonctionnait comme elle l'avait conçu. Coup de téléphone à Angel en pleine nuit, juste pour lui planter sous l'oreiller une fusée d'alarme. La suite s'enchaînerait d'elle-même. Elle lui remettrait peut-être ce dont elle disposait, le petit souvenir. Bien sûr qu'elle lui remettrait. À certaines conditions. Aujourd'hui même elle conviendrait avec lui d'un rendez-vous en terrain neutre. Ils s'expliqueraient sereinement. Sur tout. Livrer Angel à la police ? Le faire passer en jugement ? Foutaise. Il y avait mieux à envisager pour lui. Ce gosse était le porteur obligé, monstrueux, d'un destin qui ne lui appartenait pas vraiment. Le même qui avait ravagé la famille Bassani dans une ferme à Capoletta au lieu-dit la Croix-de-Bari, laissant s'échapper une fille de quinze ans, Giuliana Feliciana, brûlée au troisième degré et enceinte, probablement du frère. Maria Bassani était ainsi née chez les sœurs bénédictines près de Matera et avait épousé plus tard ce riche et replet propriétaire terrien. Triste fin pour ce couple dans l'incendie de leur maison. Lorenz avait poursuivi seul la route. Puis Angel. Puis qui encore ? Qui plus tard ? Qui toujours ?

Accoudée à sa fenêtre, ses pensées dérivant avec les écharpes de brume sur l'Arno, Cynthia sentait monter en elle une vague de révolte. Où l'homme va-t-il chercher ses inépuisables réserves de sauvagerie ? de haine, de désirs de conquête, de domination, de destruction massive ? Quel être assez niais et suffisant pouvait, sur cette sacrée planète, se sentir exempt, à l'abri, immunisé ?

Pour Angel elle pensait tenir la moins mauvaise solution. Lui venir en aide. Le présenter nu, avec pour seule arme le poids de sa conscience ou de ce qu'il en restait, devant le seul individu qui pouvait peut-être lui venir en aide. Son père, Lorenz.

Cynthia écrasa sa cigarette sur le rebord en zinc du toit et se retourna. Il était là, immobile, et la regardait.

Un grand bon point pour les hormones du stress. Elles s'étaient surpassées. La giclée qui tue, qui réduit en un centième de seconde le cerveau en un paquet de gélatine inerte, fonctions bloquées, capacités de réaction à zéro. Cynthia glissa le long du mur, terrorisée, un bloc de glace derrière les lobes frontaux. Elle referma la bouche, la réouvrit une ou deux fois, recommença instinctivement la manœuvre. Un poisson qui s'asphyxie sur la grève, couché sur le flanc, yeux exorbités, et qui attend le coup de grâce, le coup de ciseaux dans le bide, les tripes au soleil, l'huile bouillante.

Il était planté devant elle, les bras le long du

corps, presque l'air de s'ennuyer. Il contemplait de manière tellement passive cette loque palpitante répandue à terre. C'était donc ça ! Cette morue échouée qui tentait de se débattre sans le quitter des yeux, se protégeant stupidement le visage. Cette femelle ravinée par la vraie laideur des vieux au saut du lit, puant probablement le tabac froid et l'urine sèche, cette pute sur le retour qui avait tissé autour de lui ses filets, installé ses pièges ! Elle le prenait pour quoi ? Un ruminant à cornes qu'on change d'enclos, qu'on endort avec une seringue ? Un lapin de garenne qu'on capture avec un collet ? Il avait la conviction qu'avancer encore d'un pas suffirait à provoquer un arrêt cardiaque, un blocage pulmonaire, deux ou trois hoquets et clac ! *Ad patres*. Non, il fallait d'abord qu'elle lui remette cette saloperie de document qu'elle prétendait détenir. Impossible au téléphone de lui faire dire de quoi il s'agissait mais il avait la conviction qu'elle ne bluffait pas. Une chose que cet imbécile d'Alex avait confiée à Cynthia après l'année d'hébergement chez elle. Ça se tenait son histoire à Cynthia. Alex prenant la route avec pour tout bagage la vieille malle en bois et une musette et laissant chez elle quelques menues choses… Lesquelles ? Il l'avait pourtant inventoriée plusieurs fois cette malle, pendant le séjour d'Alex dans sa maison et juste après sa mort. Rien ne manquait. Rien n'avait particulièrement attiré son attention. C'était peut-être ce détail-là le plus inquiétant. L'absence totale d'objets suspects.

Mon pauvre Alex, je ne peux décidément pas

compter sur toi. Tu es vraiment trop imprudent, trop inattentif. Qu'as-tu fait là encore comme bêtise ? Regarde dans quelle situation nous sommes. Quel besoin avais-tu de conserver toutes ces babioles, ces cochonneries, et surtout de les confier à cette femme ? Pourquoi n'as-tu pas tout liquidé, comme nous l'avions souhaité ? Va pour les deux ou trois livres de classe ou carnets de notes dans lesquels, je te rappelle, tu collectionnais les mauvaises appréciations et le désespoir de nos maîtres. Va pour le lance-pierre ou ce fameux jeu de Mikado que nous utilisions pour empaler les animaux. D'accord pour le stock de vieilles photos devenues avec le temps si émouvantes. J'ai moi-même mis en lieu sûr cette unique photographie de toute la famille à la neige. Ah ! Ce voyage par Vicence, Trévise puis la haute Vénétie. Papa avait ensuite fait le détour par Trento, Bolzano, Merano, Bormio… Te souviens-tu de la chaîne magnifique de l'Ortles-Cevedale ? Le Palon della Mare t'évoque-t-il quelque chose, mon pauvre amour…

Angel poussa un soupir, dégagea une chaise et s'assit. Un coude sur la table en formica et le regard dans le vide. Ne pas aller trop vite, ne pas précipiter les choses. Il avait tout son temps. Personne ne soupçonnait sa présence ici, personne ne l'avait vu entrer dans l'immeuble, prendre l'ascenseur et pénétrer si facilement dans l'appartement avec le double des clefs conservé par Alex. Mais il était fatigué. Une nuit blanche, presque six cents kilomètres. La proie était là, sous ses yeux, coincée entre lui et la fenêtre. Elle ne bougerait pas, n'avait aucune issue. Rien à craindre.

— Cynthia sois gentille, fais-moi du café.

Il y a tout de même un détail neurocomportemental qui lui échappait à Angel. C'est le hiatus souvent surprenant qui peut se créer entre l'enveloppe charnelle, Cynthia en l'occurrence, son corps électrocuté, et certains centres spécialisés du cortex. Elle disposait d'un instinct animal. Se tapir, ne pas bouger, déplacer le moins d'air possible. Rétablir les circuits. Surtout maîtriser les manifestations physiologiques de la peur. Utiliser la défaillance comme un écran de fumée, une diversion. Pour l'instant, victime acculée, partie perdue, bestiole sous le choc et qu'un seul coup de patte réduira en bouillie. OK Angel, OK. Mi-temps, je te fais un café. Un sucre ou deux ?

— Excellent, Cynthia. Les Français pour la plupart n'ont aucun goût et aucune compétence concernant la magie noire, le traitement des arômes et de la caféine. Mais je n'ai pas fait tout ce long voyage pour te parler de nos vertus nationales. Reprends pleinement tes esprits et sois rassurée. Il y a maintenant un peu plus de six ans, juste avant qu'il ne prenne la route pour Dieu sait où, tu as hébergé Alex, ce dont je te suis infiniment reconnaissant. Tu prétends détenir quelque chose qui lui, qui nous, appartenait. Ne m'en veux pas si je trouve un peu naïf de m'apprendre cela à trois heures du matin alors que je suis à quelques encablures d'autoroute de chez toi. Tu t'y es fort bien prise pour créer un malaise, Cynthia. D'autant que je suis d'une curiosité maladive. Tu voulais me rencontrer ? Une confrontation, une mise au point ? Tu l'as. J'ai compris que tu te faisais une joie d'exhiber ce que tu as subtilisé. Je t'écoute.

— Je n'ai rien subtilisé, Angel. Quand Alex a pris la route il m'a de lui-même laissé un simple paquet ficelé. Je n'ai rien vu d'anormal ou d'inquiétant à cela. Il ne savait pas pour quelle destination il s'enfuyait. Parce que selon moi il s'est enfui. Je n'avais aucun droit de le retenir. Il a emballé ses affaires dans sa malle, m'a embrassée et a disparu. Le paquet ? Il y a des choses dedans, a-t-il dit, que je ne veux plus voir, plus porter. Et je n'en ai jamais su davantage. Je devais garder ça. Il reviendrait, le récupérerait peut-être. Juste une consigne s'il lui arrivait ce qu'il appelait quelque chose. Ouvrir et en faire ce que je voulais mais avant tout épargner sa mère, la laisser loin de toutes ces choses, la laisser le plus paisiblement possible dériver là où les vents la poussaient, malgré elle, malgré nous.

— Tu as une cigarette ? Je suis à sec.

— Le paquet est juste là, derrière toi.

Il se leva lentement, sans la quitter des yeux et tira une cigarette. Quelque chose ne tournait pas rond. Cette pétasse avait totalement récupéré, sûr. Elle présentait cela de manière trop anodine, trop lisse. Des lettres, des confidences écrites ? Pas possible. Alex tenant un journal ? Ridicule. Pour dire quoi ? Exposer quoi ? Ce serait de toute manière judiciairement inexploitable. Quel crédit accorder aux élucubrations d'un être aussi fragilisé ? Alex manquait d'imagination et même de clairvoyance. Il ne pouvait en aucun cas avoir une quelconque prémonition de ce qui se passerait là-haut sur le plateau dominant l'étang. Pas plus qu'il n'avait conscience de tout ce qui s'était passé les années précédentes. Restait la possibilité d'un document écrit, même maladroit et incomplet, sur leur liaison charnelle de l'enfance et surtout de l'adolescence. Liaison solaire, abyssale, d'une beauté incompréhensible hors de portée de l'entendement commun.

— Tu as ouvert le paquet ficelé ?

— Évidemment.

— Pourquoi ? Pourquoi maintenant ?

— Parce que Alex est mort, Angel. Parce que son crâne a explosé sur les rochers.

— Ça ne répond pas à ma question. Pourquoi maintenant ? Alex est mort il y a trois ans… Mon père ? Parce que mon père va sortir ? Dans un mois seulement il me semble.

— Non, Angel.

— Non quoi ?

— Lorenz ne va pas sortir. Il EST sorti. Depuis plus de trois semaines. Seuls le juge Campanella et moi sommes au courant. Il m'a fallu trois ans pour rassembler les arguments, accumuler sur son bureau un dossier épais comme un millefeuille et surtout lui labourer le crâne et semer des tombereaux de petites graines jusqu'à ce que ça pousse. Un vrai tas de cailloux ce type. Il a fini par craquer.

— Mon père ? Où se trouve-t-il ? Qu'est-ce qu'il veut ?

— Ton père, Angel, il pense. Et quand on est en cabane on a tout son temps pour penser. Ça tombe bien parce que moi aussi je pense. Pareil que lui depuis trois ans. Il s'agit, comme tu le sens bien, du suicide d'Alex. Ton père désire te revoir, Angel. Tu vois comme la vie est simple ? Un père avait deux fils. Il y en a un qui bousille l'autre en le balançant du haut d'une falaise. C'est son droit à ce gamin, merde, si on n'a plus le droit de zigouiller son propre frère où on va ? Je te le demande, où va-t-on si on nous supprime le droit de faire un peu de ménage en famille ? Ben oui, mais le père lui, il faut le comprendre, ça le chagrine, ça le rend tout patraque ces enfants qui n'arrêtent pas de se faire des farces qui tournent mal, et pourtant il en connaît un rayon sur les aléas de la vie et de la mort. Alors il demande, et je l'aide à fond les ballons, à sortir de prison, à mettre le nez dehors…

Angel extirpa une troisième cigarette et poussa un soupir de soulagement. Tout ce cirque pour en arriver là ! Il regrettait même les six cents kilomètres. Bon, l'orage était passé. D'accord, ma petite Cynthia, pour le tête-à-tête avec le condamné à perpète. D'accord pour encaisser les réprimandes, affronter les regards lourds de reproche du criminel le plus tordu, le plus cinglé, des années quatre-vingt. Oui papa je m'excuse, c'est pas ma faute, on jouait là-haut sur la ligne de crête, à quoi je ne sais plus, marelle, saute-mouton, trape-trape, gendarme et voleur... Enfin bon on jouait quand tout à coup il a perdu l'équilibre et hop ! Adieu Berthe plus d'Alex ! Et à part ça comment vas-tu ? La santé, le moral ? Tu ne regrettes pas le bon vieux temps ? Ah mon salaud, tu t'en es payé des galipettes ! Tu te souviens du coup du mec la tête dans les chiottes d'une clinique ? Raconte-moi ta version c'est à se tordre. Et la vieille qui rentrait du marché ! Pan ! Le mari qui la trouve dans sa baignoire déguisée en pot-au-feu, la vache ! T'es vraiment le meilleur... Eh, dis !... Et celle du paralytique ? Allez, sois pas vache, non non d'abord celle du colonel qui avait deux médailles, une dans la bouche l'autre dans le rectum... La classe je te dis, la classe. Et la gamine à vélo avec le portrait de Gigi Riva dans le gosier ! Alors celle-là tu aurais pu l'éviter. Personne n'est parfait mais je vais te dire moi celles que je préfère, je ne dis pas que les autres ne sont pas bonnes non, mais les deux bijoux à mon avis c'est la petite bonne albanaise, comment s'appelait-elle déjà, que tu as froidement balancée dans une décharge. Alors là chapeau pour les décors et l'ambiance. Et, bien sûr, le coup de maître, comment tu as liquidé tes vieux dans un incendie. Ça demande autre chose que du savoir-faire. Il faut un vrai mental pour accomplir ce type d'exploit. Bon alors écoute, il se fait tard, je te quitte, vachement content de t'avoir revu, prends soin de toi, la vie continue...

— Soulagé Angel? Tu te sens mieux? Tu vois, rien de bien terrible en définitive. Il suffit de rassembler les pièces, les remettre en ordre, bidouiller un truc présentable. Mais tu vois, Angel, j'ai comme l'impression que tu fais fausse route. Si, si, je t'assure, je vois ça à ta manière de te caler sur ta chaise, de tirer sur ton clope...

Il écrasa son mégot avec le plus grand soin et se leva. Une idée venait de le frapper de plein fouet. Une sorte d'éclair rouge lui inondait les yeux. Cette saloperie de pouffiasse le manipulait comme un pantin et il se laissait endormir, berner, enfoncer... En une ruade il fut sur elle. Elle n'eut pas le temps d'esquisser un geste. Sous le tranchant de la main la pommette éclata comme une fraise qu'on écrase. Un deuxième coup lui cassa la nuque en arrière, il lui prit alors la tête à deux mains et la martela par trois fois sur le bord métallique de la fenêtre. Cynthia sentit craquer quelque chose dans son cou mais aucune douleur, pas encore. Elle glissa lentement le long du mur, laissant une large traînée rouge qui prenait son temps en belles coulures le long du carrelage. Imbécile! Je suis idiot. Ne pas la tuer tout de suite. Il la traîna comme un sac jusqu'à l'évier et lui inonda la tête d'eau froide. Elle toussa, vomit, reprit en partie sa respiration... Cynthia, il s'agit d'un malentendu, un simple malentendu. Il la prit dans ses bras pour la rassurer. L'hémorragie lui éclaboussait les doigts, il était couvert de sang. Il lui appliqua sur le cou la serpillière qui traînait à terre et l'installa comme un sac mou sur l'une des chaises. Ma petite Cynthia reprenons tout à zéro. Je ne veux surtout pas te faire de mal, tu comprends ? Il ne faut pas me mettre en colère, me harceler, me faire de la peine, tu comprends ? Il faut que tu dises tout à Angel, ce que tu sais, ce que tu possèdes, ce que tu veux. Tu seras soulagée, moi aussi. Je repartirai comme je suis venu et tu ne me reverras plus. On oubliera tout. On s'est fait trop de mal, ma petite Cynthia, trop de mal. Mais… qu'est-ce que tu as ? Qu'est-ce qu'il t'arrive ? Tu ne vas tout de même pas tomber dans les pommes ?

— D'accord, Angel, d'accord. Attends, il faut que je respire… Tu vas piger, vieux, tu vas enfin piger. Mais avant, avant d'en finir, je voudrais…

Une toux thoracique étouffait sa voix.

— Je voudrais procéder à une petite opération qui te rappellera sans doute quelque chose… Passe-moi, oui oui passe-moi les ciseaux là, juste derrière. Ne crains rien je ne peux déjà plus bouger les jambes…

Et Cynthia procéda à l'opération.

Ses mains tremblaient comme celles d'une parkinsonienne. Elle grimaça de douleur en levant les deux bras jusqu'à sa chevelure. Les ciseaux dérapèrent trois fois avant de réussir leur coup. Angel sut immédiatement que c'était le vrai terminus, qu'il venait enfin de toucher le fond, que l'épilogue se jouait ici sous ses yeux, sur les carreaux brillants d'une toile cirée dans ce trois-pièces d'un cinquième étage dominant le cours tranquille, imperturbable, de l'Arno.

Cynthia éparpilla un épais paquet de cheveux.

— Dis-moi, Angel. Elle t'est venue comment cette idée de trancher les cheveux ? De ta petite sœur Teresa il y a vingt ans et de ton frère Alex ?

La table en verre feuilleté cerné de métal du célèbre designer milanais Gus d'Amato, Angel l'avait passée en salle des ventes, à Rome. Un joli prix. Gus avait eu une carrière assez brève. Riche mais brève. Comme Teresa. Elle s'était débattue comme une furie avant de mourir. Le couteau-scie dérapait dans la confusion de la lutte. Une chatte qu'on égorge, une boule de nerfs et de barbelés, se tordant comme un ver sous les impacts de la lame… Alex imbécile tiens-lui les jambes… Elle avait réussi à ramper sous la table basse de Gus… Angel l'avait ainsi immobilisée pendant un temps infini avant qu'elle ne se décide à cesser de gigoter.

Quand il s'était relevé il ne restait sous la table qu'une bouillie, une bouche déformée collée à la vitre, une larve dans son écrin. Il aimait cette petite sœur, il aimait Teresa. Il aurait tant voulu pouvoir l'aimer encore, ne pas être obligé de lui ôter la vie, l'envoyer dans les étoiles. Mais c'est à cause d'elle, à cause d'elle sans aucun doute… Et le film au ralenti lui martelait une fois encore le cliquetis des sales images… Ni Elvire ni Lorenz n'avaient entendu les craquements dans l'escalier, les froissements si légers de leurs pieds nus de marche

287

en marche. Ils étaient restés là serrés l'un contre l'autre dans le noir du couloir. Deux ombres, deux chenilles qui s'imbibaient d'horreur ordinaire.

Et puis les petits chevaux c'est une affaire sérieuse, quand on joue, on joue. Ce soir-là l'enjeu c'était une mèche de Teresa. Elle aurait mieux fait d'accepter de bonne grâce. Fermer la pièce télé et passer dans le grand salon pour poser le saphir sur les quatuors de Beethoven était une bonne idée. Bonne aussi l'idée d'aller ouvrir la porte d'entrée et un battant du portail. La mauvaise idée pour Alex avait été de garder en souvenir une poignée de cheveux de Teresa.

Angel se mit à tourner comme un fou autour de la table, tous les cadrans bloqués, plus d'information intelligible venant de la tête. La panique le paralysait. Plus question de peur. Le cerveau venait de partir en flammes sur un autre registre, l'affolement général, l'inhibition, l'explosion totale des dispositifs de navigation. Cette chevelure, cette ridicule chevelure confiée par Alex à Cynthia dans un vulgaire paquet ficelé… Et le souvenir monstrueux du carnage… Oublié, enterré… Avait-il réellement eu lieu ? Tellement loin… Tellement… Quand, c'était quand ?… Cynthia je t'en supplie, dis-moi, dis-moi ce qui s'est passé… Pourquoi Alex ? Pourquoi Teresa ?… Pourquoi, à lui aussi… Cynthia, je suis malade…

— Angel il faut te calmer. Tu n'y peux plus rien maintenant. Personne n'y peut plus rien. Repose-toi. C'est la fin. La fin de notre cauchemar à tous. Surtout le tien. Fais-moi confiance. Souviens-toi de nos jeux, nos rires, notre incroyable insouciance dans les jardins de la Marcella. Teresa, Alex, toi et moi courions après Justin, lui accrochions sa robe, la roulions à terre... Nous ne savons rien, Angel, de ce que la vie nous réserve. Cette chienne de vie qui décide pour nous, concocte pour nous les coups les plus tordus, les plus beaux ou les plus immondes. Accroche-toi à moi, Angel, je ferai tout pour te tirer hors de l'eau, de la noyade. Lorenz sait. Il sait tout depuis le début et n'a rien dit. Il savait aussi que tu viendrais obligatoirement me voir. Peut-être pas aussi vite.

— Que va-t-il se passer, Cynthia ?

— Il va d'abord se passer que nous allons tous poser nos bagages. Elvire, Lorenz, toi, moi. Parce que nous sommes rompus. Nous sommes parvenus au bout, l'extrême bout du chemin qui a duré vingt ans. Le paquet que m'avait laissé ton frère contenait diverses choses insolites, des souvenirs sans doute, mais contenait surtout, agglutinés les uns aux autres... une poignée de cheveux. Des cheveux, tu entends ? Comme sur la carte postale trouvée par Drogo chez toi... Ils seront analysés et comparés à ceux d'Alex, après exhumation du corps... Quant aux circonstances de la mort de ton frère, la thèse de l'accident peut encore se plaider. C'est toi qui l'as trouvé en bas de la falaise. En finassant bien, ton geste peut s'expliquer. Pour Teresa (Cynthia tentait de maîtriser ses mots à travers les sanglots), pour Teresa les juges auront à statuer sur l'impensable, sur la malédiction qui peut s'emparer d'un être, un gamin de neuf ans fils de Lorenz Vallero. Tout est maintenant entre les mains de la justice. Je devais en passer par là, pour ton bien, pour te sauver, t'extraire du gouffre. La chevelure ensanglantée de Teresa était aussi accompagnée d'un truc incroyable conservé par Alex. Un jeu ordinaire de petits chevaux avec son tapis vert et deux cavaliers en bois, un rouge et un noir.

Angel avait changé de visage. Il souriait de manière anormale, angélique. Sa voix se fit sourde, fluette, presque grinçante…

— *Bingo Angel !… Uno, due, tre, quattro… Gioco il cavallo nero… Cinque punti… Siamo nella stessa casa… Ma, dove vai ? Perché scendi ? Angel ! Angel !… Aspettami !…*

Il était lentement passé derrière elle. Un mouvement tournant dont elle ne prit pas immédiatement conscience. Quand elle comprit il était trop tard. Il avait en main le torchon à vaisselle roulé et lui encerclait le cou… Elle se jeta à terre, roula sous la table, se rétablit en catastrophe et enfonça tête baissée la porte de la pièce à côté, salon, télé, bibliothèque, chaîne hi-fi, joli balcon avec vue sur la ville et son fleuve indifférent. Elle ressentit une explosion dans son crâne, la deuxième cervicale avait cédé un peu avant sur le bord métallique de la fenêtre, une apophyse osseuse devait se balader quelque part. Il s'essuya plusieurs fois la bouche du dos de la main, le regard halluciné. Il ne semblait pas la fixer vraiment, plutôt la cadrer dans le paysage, chercher l'angle d'attaque. Une démesure aveugle, absurde. Il était déjà couvert de sang.

Plaquée à la porte-fenêtre il ne lui vint aucune idée à Cynthia, aucune solution de rechange. Asphyxiée par la panique elle allait crever, enfin crever. Ce que le père lui avait gentiment épargné dans les sous-sols de la clinique San Matteo, le fils allait lui administrer, terminer le boulot. Une tradition dans la famille. Un truc comme ça, qu'on se refile de génération en génération. Tranquille, peinard. La dynastie des flingueurs. Chez les Bach c'était la musique et chez eux, les Vallero, c'était le décarpillage en série, on prend des individus au hasard ou presque et on les bousille. Distrayant, rapide, plutôt scénographique et ça nettoie un peu le terrain…

Il avait sans doute terminé l'évaluation générale de la situation. Il se jeta sur elle en coup de bélier, la porte-fenêtre céda, ils explosèrent entremêlés sur le balcon… C'est à ce moment précis qu'elle prit conscience de sa dernière chance. Sa main droite était encore serrée sur les ciseaux qui avaient coupé ses cheveux. Trop tard pour tester d'autres arguments ou pour réciter les sommations. Le faciès exsangue et les yeux fous il se jeta une nouvelle fois et la saisit à bras-le-corps. Cynthia se sentit soulevée comme une catcheuse poids plume et jetée hors du balcon…

Les deux lames des ciseaux se plantèrent avec un ensemble parfait au niveau de l'hypogastre,

Cynthia avait évacué dans ce geste tout ce qui lui restait d'énergie. Elle le sentit pousser un grognement quand le métal perfora la vessie, puis il la souleva à nouveau comme après une simple pause. Cynthia bordel reprends-toi, fais quelque chose, coupe, taille, enfonce, fais le ménage... Et elle coupe, Cynthia, elle cisaille à mort, elle taille comme une épampreuse professionnelle, elle avance, elle avance, elle sectionne. Les deux lames sont saisies de frénésie, s'acharnent à l'aveugle, progressant dans un milieu mou, inondé et hostile. La vessie se vide, l'intestin est perforé... Le colon, les uretères... Fouille Cynthia, fouille, pénètre... Son bras a disparu dans l'abdomen... Une fontaine de liquide poisseux, une odeur nauséabonde, le ventre se vide et gargouille... Clac! clac! et clac! Mais putain il ne va pas me lâcher? Eh non! Au contraire. Il se rassemble encore sur ses jambes, prend appui sur la rambarde, se ploie en arc de cercle, arrache Cynthia du sol et se jette en arrière... Ses bras brusquement mous laissent glisser le corps tandis que lui-même poursuit sa course, sa parabole, et s'envole.

Un papier qui vole. Une feuille morte.

Alex mon Alex, mon miroir, mon double, mon amour... Attends-moi, j'arrive, je te rejoins. Que c'est bon tous ces ronds, ces arabesques dans les airs. Tiens-moi la main, Alex, et partons tous les deux, fuyons ce monde cruel... N'ai-je rien oublié? Anne! Ma petite Anne, ma fille chérie, surtout n'en veux pas à ton père... Il s'absente un moment, pense à toi très fort... On m'appelle, on me réclame...

Cynthia rampa de quelques centimètres sur le ciment du balcon, passa la tête sous le dernier barreau pour regarder le vide. Les fenêtres du cinquième étage donnaient directement dans la petite impasse Nuevella. En bas, une simple tache, une sorte d'araignée écrasée dont les pattes étaient encore animées de curieux soubresauts.

La forme indistincte d'un vieil homme se détacha alors de l'angle d'un porche, traversa la chaussée d'un pas mal assuré. Il se pencha sur ce qui restait d'Angel. Les deux silhouettes se mélangèrent en une seule flaque sombre qui se brouilla aussitôt. Cynthia avait perdu connaissance.

Ce fut un très bel hiver. Quand le temps prend tout son temps, s'étire comme un chat au soleil. Les bruits de la ville lui parvenaient mais épuisés. Un petit souffle d'air animait les rideaux. Le médecin passerait en fin de journée. Le grand jour, mademoiselle Grubner, les suites opératoires sont parfaites, les radios excellentes. On enlève la minerve, la rééducation sera une formalité.

Quelques semaines plus tard Cynthia poussait la porte du Da Rocco et s'asseyait seule à une table. Il y avait un nouveau barman qu'elle ne connaissait pas, une poignée d'habitués qu'elle ne connaissait pas. D'autres arriveraient qu'elle ne connaîtrait jamais. Elle commanda un Martini, sortit son paquet de Marlboro et son briquet en faux jade. Le petit chinois lui donna du feu. L'érection avait brillamment traversé les épreuves. Comme quoi la vie n'est jamais aussi terrible qu'on l'imagine.

Au même instant Chriss, de retour du travail, gara sa voiture devant sa maison. Elle ouvrit la malle pour sortir les sacs bourrés de provisions.

Anne allait apparaître et lui sauter au cou. Anne avait maintenant huit ans. Martine sa poupée avait aujourd'hui été très, mais alors très vilaine.

DU MÊME AUTEUR

Aux Éditions Télémaque

RACINE, RACINES, 2010.

TRACES, 2009, Folio Policier n° 597.

LES MORCEAUX, 2007.

Aux Éditions La Fosse aux Ours

PARADISE, 1998.

Aux Éditions Michel Chomarat

UN AUTOMNE ORDINAIRE, 1993.

COLLECTION FOLIO POLICIER

Dernières parutions

Composition Interligne
Impression Novoprint
le 20 septembre 2010
Dépôt légal : septembre 2010

ISBN 978-2-07-040242-7./Imprimé en Espagne.